回到過去變成貓

BACK TO THE PAST TO BECOME A CAT NO.11

陳詞懶調 × PieroRabu

東區四賤客

黑碳（blackC）

主角貓。本名「鄭歎」，原為人類的他不知為何變成一隻黑貓，穿越到過去年代。為求生存，他開始訓練自己的貓體，展開以貓的角度看世界的貓生歷險。

警長

白襪子黑貓。個性好鬥，打起架來不要命，總跟吉娃娃過不去。技能是學狗叫。

阿黃

黃狸貓。外形嚴肅威風，其實內在膽子小，還是個路痴。技能是耍白目，被鄭歎稱為「黃二貨」。

大胖

黑灰色狸花貓。很聰明，平時不動則已，動則戰鬥力爆表。技能是被罰蹲泡麵。

焦家四口

焦明生（焦爸）

收養黑碳的主人，楚華大學生命科學系教授，住在東教職員社區B棟五樓。他很保護黑碳，與黑碳之間有種莫名的默契。也因為黑碳到處「惹事」的關係，讓他認識不少各行各業的能人。

顧蓉涵（焦媽）

高中英語老師，從垃圾堆中撿回黑碳。鄭歎很喜歡吃她做的料理。

焦遠

焦家的獨生子，很照顧妹妹的好哥哥。他保送上京大，離開父母、小柚子和黑碳，展開在京城的大學新鮮人生活。

顧優紫（小柚子）

因父母離異而寄住焦家，是焦遠的表妹。終於進入高中生活的她，選擇寄宿制的學校，讓黑碳在夜晚相當寂寞。

小動物們

小花

與牛壯壯同齡的聖伯納犬，主人是生科院退休的李教授。牠個性溫和、親近人，經常被四隻貓騎在身上。

爵爺

帶虎紋和斑點紋的大貓，暗金色的毛稍長而厚。牠個性凶殘，由於是實驗室出品，攻擊力爆表；牠相當聰明，懂得選擇主人與棲身環境，對自己人很好。

將軍

珍稀物種的藍紫金剛鸚鵡，屬於鸚鵡中的高富帥。牠超級愛唱老歌，喜歡咬貓耳朵，最厲害的技能是懂摩斯密碼！

千里、順子

蘭老頭買來看守小花圃的兩隻小土狗，由黑碳欽點，結果卻與喜歡狗的警長玩在一起、睡在一起。

人類朋友

卓小貓

小卓的兒子，稱呼黑碳為「黑哥」。很聰明的小小孩，會裝哭來吸引黑碳的注意與關心。終於能與母親小卓生活，讓卓小貓相當的開心。

王明（二毛）

衛稜的師弟，其吊兒郎當的個性讓全家族都受不了。養了母貓黑米，與龔沁結婚生下二元，目前正往傻爸爸一路前進。

六八

業界有名的私人偵探，喜歡玩各種撈錢的、有趣的大案子。自從大地震後知曉黑碳的秘密，開始與黑碳合作起來。

黃樞（黃鼠狼）

雜貨店老闆，長相刻薄。在雨天主動讓黑碳和小花進店裡避雨，進而讓黑碳見識到他的行商之道與民間藝術。

Contents

Back to
the past
to become a cat

第一章
酷爸二毛

和過去幾年一樣，這一年過年也是回焦爸老家。

與去年相比，今年鄭歎終於給出了最高金額的紅包。焦遠收到紅包的時候依然彆扭，小柚子倒是沒說什麼，但回家之後鄭歎看到小柚子將裝著錢的紅包放進她的存錢筒裡，那裡面還放著去年的紅包。

鄭歎給紅包的事情，焦家也就焦遠、小柚子和焦爸知道，沒讓焦媽知曉，不然又得數落黑碳好半天。

年一過完，焦家眾人就各自忙起來了，上班的上班、上學的上學。

鄭歎也忙，因為又有人找上門來，楊逸有事找他。

不過楊逸只是在中間牽線，真正要找鄭歎的是黎微。因為黎微要拍一組照片，與動物一起的合照，好像是為了宣傳動物保護方面的什麼。在來找鄭歎之前，黎微也和其他一些動物一起拍攝過，雖然合作拍攝的動物有好幾隻，但最後只會選擇一隻，被選上的那隻動物很可能會登上時尚雜誌封面。

這讓小郭很激動，雖然這沒有他什麼事，但畢竟鄭歎是跟他的工作室簽過約的，他也有一定的關聯性，所以對這件事情也是相當的關注。

跟著黎微的有專門的攝影小組，他們會隨著黎微到各處去拍攝，因為很多像鄭歎這樣的並不方便出遠門的動物。鄭歎被小郭送到黎微他們在楚華市的工作室，攝影小組裡面還有好幾個外國人，拍照之前還要經過幾天的「培訓」。

鄭歎不知道之前跟黎微一起拍攝的那幾隻動物是否也經過了這種培訓，他只知道這次黎微的公司給的酬金挺多的，還有免費的培訓。

鄭歎無所謂，反正對他來說，只是稍微無聊一點罷了。接到這任務的時候，鄭歎還想著是不是要走T臺，到了才發現只是按照那些人的要求配合黎微擺幾個姿勢而已。

不得不說，超級模特兒就是超級模特兒，一站那裡，氣勢就來了，為了不被黎微的氣勢比下去，鄭歎也收斂了一開始的漫不經心，既然接下了這個任務，就得認真對待，畢竟這是與獎金掛鉤的。

拍照完了之後，黎微包了個紅包給鄭歎，裡頭的錢足夠將鄭歎過年送出去的紅包填補回來還有餘。這讓鄭歎很高興。

黎微和她公司的人並沒有在楚華市一直待著，他們在趕時間，黎微不久後還有一場秀。

小郭說，如果這次鄭歎跟黎微合作的照片被選上的話，鄭歎就發達了，還有一些其他的別人難以想像的機會。

鄭歎其實並不怎麼在意，至於小郭口中的「機會」，如果又是拍電影的話，鄭歎不想再去，這種經歷有一次就夠了，他又不打算專門從事這方面的職業，與齊大大不同。

黎微他們的出現並沒有給鄭歎的生活帶來多大的不同，鄭歎依舊是鄭歎，是社區裡的一隻看起來和普通家貓差不多的貓。

春暖花開時節，校園裡總是比較熱鬧，甭管是人，還是動物。

鄭歎出去閒逛了一圈回來，走去大胖家陽臺上掏出電子感應卡和鑰匙打算進樓，就聽到四樓那裡傳來的聲音。

「一個呀和尚挑呀麼挑水喝～嘿嘿～挑呀麼挑水喝～」

三樓陽臺那裡探出來個光頭，對著四樓吼：「你再唱這首歌我就上去拔了你的毛！」

四樓的賤鳥從籠子裡使勁往外看了看，然後道：「禿驢！」

鄭歎、二毛：「……」

「我……」想罵髒話但考慮到家裡還有閨女在，二毛硬是將蹦出來的「艸」憋下去了，對著四樓怒道：「你給我等著！」

馬的，頭髮怎麼還沒長出來！二毛恨恨地想。

二毛是今年三月份天氣轉暖的時候帶著老婆孩子來社區住的，還是之前他租的那戶三樓的房子，房子原主人已經將很多東西運走，又清理出來一個房間，書房改成了嬰兒房，另一間房間給請的保姆住，還將黑米帶了過來。

因為以前就在這裡生活過，氣味還算熟悉，來了之後黑米適應得也快，沒有因為換地方而焦躁的叫。

有保姆幫著收拾，屋子也不像以前那樣雜亂了，畢竟是結了婚有了孩子的人，和以前那不著調的樣子相比，現在的二毛穩重了不少。當然，如果不是那個光頭的話，還是有人相信二毛變成熟了，但加上那個光頭，那味道就變了。

說起二毛那光頭，這是今年二毛他閨女二元生日的時候，二毛太高興，幫閨女吹蠟燭時得意忘形湊得太近，前面的一撮毛直接被蠟燭燒焦了，好在沒燒傷沒啥事。之後二毛索性直接剃了個光頭，一歲大的二元沒事就給她爹的光頭上來兩下，拍得啪啪響，二毛也不生氣，就讓她拍，長出來頭髮閨女嫌扎手？再剃！

跟方三爺寵閨女一樣，揪頭髮拍巴掌那是完全由著她們，只要閨女高興，一切都不是問題。

龔沁和女兒倒是不嫌棄二毛的光頭，但是這光頭有時候容易給人帶來不怎麼好的第一印象。比如前些天二毛帶著女兒去看花展，從那裡出來的時候被警衛攔下，連剛好巡邏到這裡的警察都過來詢問情況，要二毛出示證件，還用懷疑的眼神打量二毛。

剃著光頭、戴著墨鏡，模樣看上去又不怎麼正派的男人，懷裡還抱著個乾淨漂亮的女娃娃，怎麼看怎麼可疑，再加上年前有幾個販賣孩子的案件發生，二毛就被人直接攔下了。

這事沒少被秦濤他們笑話，說二毛就不適合剃光頭，所以二毛也下了決定，除非頭髮自然掉光，不然還是別去學人家剃光頭了。

因為龔沁和朋友去國外參加什麼貓展，二毛便直接帶著閨女過來楚華大學這邊的社區住了，相比起自家那邊的環境氛圍，他還是比較喜歡這裡，這社區裡孩子多，周圍的人也好，二毛不指望他閨女以後學識淵博、多才多藝，只要健健康康就好，這裡不過是起到個輔助的作用。

對此，二毛的爸媽還挺贊成的。現在很多社區鄰里之間關係都淡漠得很，也不知根知底，再加上二毛的爸媽不相信二毛的人品，能夠在一個好的氛圍裡成長，至少孫女不會長得跟她爹一樣歪吧？

可二毛哪知，剛搬來就被四樓那隻鳥嘲諷了。

你說牠唱啥不好要唱「和尚」？這不明擺著諷刺嗎？現在還連「禿驢」都出來了。

簡直……簡直欺人太甚！

除了這隻賤鳥的問題，二毛覺得，這裡的生活還是滿和諧的。

有保姆在，父女倆不愁吃喝，二毛每天只要帶帶閨女就行了。別看二毛每天閒著沒工作也好像沒做啥事，但人家腰包裡的錢一直充實著，銀行帳戶裡的錢隔段時間再去看，喲呵，又多了幾十萬。

就連二毛他爸媽也不知道二毛究竟做過多少投資，以前兩老催二毛幹點正事存錢娶老婆，現在二毛娶了老婆、孩子有了，腰包也充實，兩老就不再多管二毛的事情了，與其每次提起二毛都頭疼，還不如多說說孫女。

每天下午，二毛就帶著女兒下樓和社區裡其他帶著孩子出來散步的人交流經驗，社區裡的老先生、老太太對這些小孩子都很熱心，二毛還將二元放在聖伯納犬小花的背上騎過幾次。

社區裡很多孩子都喜歡小花，相比起牛頭梗壯壯那個在很多人眼裡體型不大、長得畸形還凶悍的傢伙，小花這隻溫和的大傢伙在孩子們當中的人氣確實很高。當然，也沒多少家長能放心讓自家孩子去接觸牛壯壯，誰都知道這種狗不太好相處，而且牛壯壯是真的咬過人，還不止一次。

這天早晨，鄭歎出門打算出去閒晃，下到三樓的時候看到二毛正將一個四輪兒童公主車搬下樓，隨後二毛又上樓接女兒。

這是又要遛孩子了？

鄭歎曾經試過抬那車，大概有三十公斤左右。因看著不顯眼，他一開始本以為跟社區裡小孩們用的那種多為塑膠材質的車一樣，也就十來公斤，沒想到一試發現車比較重，二毛每天搬上搬下好幾次也不嫌麻煩。

仔細觀察的話，會發現這輛兒童車內有乾坤，很多防護措施做得挺好，絕對比看上去要結實安全。

二毛將二元抱下樓之後，就讓二元自己走過去開車門爬上車。

二元現在一歲半不到，走路還行，跑就不行了，上車的時候也有些費力。不過，她大概是以前玩過這個，那一連串的動作也做得熟練，爬不上去的話二毛會再幫一把。

等二元上車坐好，二毛讓她繫好安全帶。鄭歎看了看，還真有安全帶，裝備挺齊全的。

二毛今天穿著一套運動服，一切準備好之後，便掏出個小遙控器，走了起來。同時，二元坐的那輛公主車也動了。

用車遛孩子現在似乎已經比較常見了，沒有當初卓小貓那時候稀少，這種方法也被很多年輕的父母們所喜愛。

二毛跑得快超過車的時候就放慢速度，變跑為走，等車過來才再開始小跑起來。不管怎樣，二毛不會讓那輛兒童車遠離自己。

二元似乎很興奮，一點也不怕，一直笑著，有時候還拍拍車內沒起到真正作用的方向盤。

鄭歎看著那兩人，大早上帶孩子去閒晃，真有閒情。

反正也是閒著沒事，鄭歎跟著跑了過去。

四月，學校裡的含笑花都開了，走在道上都能聞到香氣。

二毛控制著女兒的車，往人不多的小道上走。校園裡的馬路上車輛行人來去匆匆，不安全，還有汽車排放的廢氣，孩子聞著不好；小道上就不同了，安全還安靜，花多樹多，空氣也比那邊的好。

二毛一邊走，一邊教女兒認事物，樹、鳥、花朵、雲……

二毛教一個詞，二元就說一個詞，一次說不對再教第二次、第三次，直到說對為止。

以前鄭歎一直覺得二毛這人不可靠，沒想到對女兒還挺有耐心的，就想到當初養黑米的時候他好像也挺有耐心。

二毛邊走邊教，還拿著相機拍幾張照片。養黑米的時候，二毛就拍了很多黑米的生活照，而現在的樂趣就是替二元拍照，等回去了再拍二元和黑米的合照。對二毛來說，每天重複同樣的事情也樂得如此。

正走著，二毛的動作一頓，將二元的小車緩緩停住，皺眉看著前面。

鄭歎動動耳朵，也聽到前面有點不同尋常的動靜。

「哎喲——」

一個人從前面岔口的斜坡上滾了下來，鼻青臉腫的，身上很狼狽，很顯然是剛被人揍過。從吹過來的風，鄭歎可以聞到一股酒味和一些其他難聞的氣味。

那人的後方，又有三個人從斜坡上跳下來，對著滾地上的那人又是幾腳，還罵罵咧咧的。

在前面幾人開始拳打腳踢的前一刻，二毛將手伸進兒童車裡遮住了二元的眼睛，並且嘗試著跟二元說話來轉移二元的注意力，同時另一隻手控制著兒童車的遙控器，打算離開。這種閒事他可不管。

沒想到，前面為首的一人看到二毛之後還走了過來，一臉怒氣衝衝的樣子，長袖捲起，露出胳膊上的紋身。

二毛眉頭皺得更緊了，將兒童車轉了個方向，不讓二元對著走過來的人。

「喂，你！」那人指了指二毛，確切的說，是指著二毛掛在脖子上的數位相機，「你剛才拍照了是不是？」

那人的意思是二毛將他們剛才的作為拍了照片，要檢查。不過，鄭歎瞧著，這好像不僅僅是查看有沒有拍到他們的照片，那眼裡的神情，明顯就是想將相機占為己有，畢竟這可是個單眼數位相機，還是名牌的，值不少錢。

鄭歎看了看周圍，雖然去年的盜車事件讓學校又在一些車棚和宿舍等地方添加了監視器，但像這些小道等偏僻點安靜些的地方，並沒有安裝，學生們估計也不怎麼在意，畢竟平日裡在這些偏僻地方做某些兒童不宜事情的人可不少。

沒有監視器，保衛處的人除了巡邏的時候，也沒誰會注意這邊，一旦不小心撞見哪對小情侶了，又得挨學生的罵，多管閒事、不務正業什麼的，有的說。

加上這種時候，來這裡的人並不多，而此刻這條道上也真的沒有其他人。

如果只是二毛一個人的話，鄭歎不擔心，二毛絕對能輕鬆擺平他們，但現在二毛可是帶著女兒的。

二毛看到來人走近，那邊正在踢人的另外兩人也看著這邊。往周圍瞧一圈，然後二毛笑了笑，看起來有些討好的意思，一副很緊張的樣子對來人道：「這位大哥，能不能找個地方說話，這裡……不太好。」二毛說著指了指這條道，前面剛走過的路口偶爾還有車輛路過。

那人估計也考慮到了，也不想將事情惹得人盡皆知，便點頭。在他們看來，這就是學校裡的某個年輕教師，一般來說，學生啊、年輕教師之類的人都比較怕事，好欺負。而二毛剛才說完話之後掏手機看了下時間，又放回口袋裡，這讓那人眼睛一亮，手機也是好手機，說不定身上還帶著錢，看起來油水挺多。

因為剃光頭而被誤會過，所以二毛在學校一帶閒逛的時候都戴著帽子，今天也沒戴墨鏡，本來年紀也不大，所以現在被人誤以為是楚華大學的老師也情有可原。

那人指了指斜坡上面的某個地方，那裡有一些石桌石凳之類的，平時也有一些學生坐在那裡讀書，但今天估計是因為這幾個人的原因，那裡一個學生都沒有。

「黑煤炭，你幫我看著點二元。」二毛將兒童車推到邊上靠近草坪的地方，這樣車不容易打滑，然後便和那個領頭的往斜坡上走了。

二元還左顧右盼的找二毛的身影，鄭歎撥了撥拴在車上的一個小毛娃娃，將二元的注意力吸引過來，省得這小傢伙哭。與此同時，鄭歎也支著耳朵，仔細聽聽斜坡上方的動靜。只有二毛一個人的話，那邊三人很容易就能擺平。

那三個傢伙看起來凶神惡煞的，但實際上遠不如那些真正打架的人。虛有其表而已，唬唬那些單純的學生還行，但在行家眼前裝，那就只能說他們找死了。

事實也確實如鄭歎想的那樣，那三個人有多少真功夫，二毛心裡清楚得很，有信心擺平，再加上擔心離開太久二元會鬧，上去斜坡之後便速戰速決。他不怕被人知道，他只是不想被二元看到這種暴力情景而已。

看著三個趴在地上蜷成蝦米似的連大叫也沒叫出來的傢伙，二毛將掉在地上的一張名片撿起來，這是從那位領頭的身上掉下來的，上面有「XX擔保投資公司」幾個大字。

「喊，我當是什麼，放高利貸的啊。」二毛不屑道。

「沒……我們……只是幫忙……要債的……」那人有些艱難的說道，本來還想再辯解幾句，但二毛很快打斷了他。

「放債的、要債的，關我屁事。」二毛抬手拍了拍對方的臉，「一點眼力都沒有就出來混，不長眼的東西，我出來混的時候你們還不知道在哪個角落。」

——你年紀還沒我大呢！

那為首的人腹誹，但臉上完全不敢表現出什麼，不然招呼自己的就不止是這兩個拳頭了。剛才他還以為這人是個好對付的年輕教師，現在看這人摘下帽子，露出那個滿是短毛的像是剛出獄的髮型，再加上現在的那一身匪氣，為首那人心裡已經開始吐血了：馬的，今天就不該出門，大清早的過來堵什麼人要什麼債啊！

二毛不想再去理會這三個小嘍囉，趕緊戴上帽子，說完又是一拳。這要是以前還沒結婚的時候，他不會揍得這麼輕，至少會見血。現在他並不想讓手裡染血，他還要幫女兒推車呢。

彈了彈掉落在身上的樹葉和看不見的灰塵，快步往兒童車那邊過去，至於躺在小道中間的那個人，二毛連看都沒看一眼。

這個社會誘惑太多，很多人難以自制，並逐漸沉迷其中，尤其是那些對誘惑抵抗力弱、又想進入花花世界逍遙的學生。因為家庭困境而借款的人還能說得過去，但流連聲色場所，因為某些不良嗜好而借高利貸的人，二毛看都不會看一眼。

很多民間高利貸為了避免「高利貸」這三個敏感字眼，會打出「投資公司」或者「擔保公司」之類的招牌，而民間高利貸發展到現在，很難發現他們的漏洞。無論是欠條還是抵押手續都非常齊全，而且這些公司在辦理高利貸時規避了所有的風險，去告也很難告贏。

民間高利貸並不屬於政府監管，而合法立案的貸款公司都需要取得營業執照，且審核審批非常嚴格。可是民間高利貸明顯屬於違法行為，但卻很難強制制止。

擔保公司合作最多的就是討債公司，這幾個幫忙討債的傢伙如果出了事情，擔保公司也容易擺脫麻煩，雙方互利而已。

至於這三個人，不過是討債公司的小嘍囉罷了，掀不起浪，也壓根不敢報復。這個二毛看得出來，所以用不著多費心。

以二元的聽力，很難聽清楚那邊的話，但鄭歎卻將二毛和那個人的話聽得一清二楚。不過他也沒多想，在二毛過來之後，便離開了。

接下來幾天，鄭歎在學校裡散步的時候都沒見到那三個人，也就將這事拋腦後。

五月底的時候，鄭歎因為聽到小柚子說最近小九總請假，有些擔心，便打算往那邊跑跑，學校堵不到人就去瞎老頭那邊看看。沒想到在小柚子的學校附近，鄭歎看到了那三個被二毛修理過的幫忙討債的人。

在那三個人中間，還有一個鬍子拉碴、衣衫襤褸的男人，鄭歎沒見過，也沒什麼好感。那四個人在學校附近的一家店鋪旁邊窩著，看著國中部的校門，臉上很不耐煩。而那個衣衫襤褸的人戰戰兢兢的，對那三個人很是畏懼。

四人都像是在等什麼人。

鄭歎小心靠近那邊，聽著那邊幾人的對話。

「到底哪個啊？！有沒有看到？你他媽是不是騙我們？！」為首那人語氣很不好的說道。

「沒，絕對沒有，她姐說看到她在這裡上學的。」衣衫襤褸那人瑟縮著。

「那怎麼沒看到人？你進去把她喊出來！」

「我不知道她在哪個班啊，只知道她現在叫黃玖……」

鄭歎一驚：黃玖，那不就是小九？那個人……

繼續聽他們說了幾句，鄭歎才知道，那個鬍子拉碴的人就是小九血緣上的父親，也是那個當初把小九賣掉的人。

酗酒、賭錢，現在看來，還欠了高利貸。

都將女兒賣了，現在又回來想讓女兒幫忙還債？

當年沒賣的時候，小九跟家裡的關係就很淡，賣過之後，小九估計早就對家裡人死心了。明明現在小九過得很好，這人為啥還要來找？

小九這幾天請假的原因難道就是因為這個？

「哎，那個，那個那個！」幫討債的三人之一激動地指了指不遠處站著的一個女孩。

鄭歎看過去，正是小九，只是今天小九沒有穿校服，手裡拿著一個公文袋。

上學的時間在外面站著，書包也沒揹，她只是拿著一個公文袋，冷漠的看著這邊。這和平時鄭歎看到的小九很不一樣。

小九這孩子，對人好的話那是相當之好，也很為別人著想；反之也是，她不待見誰的時候，就算是有血緣關係的親爹也一樣。何況這位親爹還將她賣過，如果那時候不是鄭歎幫了她，或許小九早就不在了。

有恩報恩，有仇報仇，果斷，也夠狠。或許，這才是當初瞎子坤爺准許小九留下來的原因。

以小九現在的後臺而言，壓根不用怕這幾個人，所以鄭歎不擔心小九被他們欺負，只是擔心以現在小九的年齡不好做出決斷。

這邊幾人看到小九之後很激動，小九她爹還打算喊兩聲習慣性的罵幾句，那邊的小九只是招了招手，示意幾人換個地方談話。

「嘿，妳這丫頭讓我好找，妳……」小九她爹過去之後還打算動動手來著，但卻在觸碰到小九的眼神之後硬生生止住了。

他害怕。

沒再看這位親生父親一眼，小九帶著四人來到一間不算太大的餐廳，門口掛著「暫停營業」的牌子，小九沒有理會，直接推門就進去了。裡面的老闆和服務生們都和平時一樣各幹各的事，並沒有對走進來的五個人好奇，似乎早就知道了，也沒有多看他們一眼。

五人圍著一張桌子坐下，服務生遞過來一杯水。是的，只有一杯水，並且只放在小九眼前，至於另外四個人，全當空氣。

「哎，你們這裡怎麼回事？顧客是上帝知不知道？連這都不知道還做什麼生意？」為首那人嚷道。

話音剛落，三個服務生加老闆捋了捋袖子，看過來，眼神極其不友善。

「要不，我送你去見上帝？」老闆淡笑著道。

為首那人一噎，悻悻回頭，不再去糾結。他現在只想趕緊討完債回去。

小九喝了點水，擱下杯子打算說話，瞥見窗外站著一隻黑貓，原本帶著複雜情緒的眼裡閃過笑意，趕緊起身打開門。

「黑碳！」

為首那人臉上抽了再抽。又是黑貓？他們前段時間在楚華大學裡被揍的時候，好像也有隻黑貓在場。果然，碰到黑貓就沒好事。不過，這貓的名字聽著怎麼好像跟那天的黑貓有點類似？難道是同一隻？可這裡離楚華大學也不算很近。

鄭歎進門之後，便大大方方蹲在旁邊的一張椅子上，看著事情的發展，為小九助陣。

一個員工朝老闆努了努嘴：老闆，有貓！

另一個員工小聲對老闆道：「那貓很淡定啊，跟小九認識？膽子挺大，一點都不怕陌生人。」

餐廳老闆扯了扯嘴角，聽說這貓連坤爺的鬍子都敢玩，還有什麼不敢的？別人不知道，關於這隻貓的傳言他可聽說過。

餐廳裡因為鄭歎的加入，氣氛稍稍變了那麼一點兒。

小九深吸一口氣，將公文袋裡面的東西拿出來，那是一張薄薄的紙，像是剛列印出來的，紙上沒什麼皺摺和汙痕，煞白煞白的。

將這張紙推到父親眼前，小九說道：「簽了這份協議，我們橋歸橋、路歸路，再無關係。」

小九的父親認字不全，但大部分還是看得懂的，這上面說得也清楚，小九幫他還債，然後大家兩不相欠，養育之恩也就這樣了。

看到可以還錢，小九的父親也沒多考慮，拿起筆在上面簽了名字，還按了個手印。

小九垂著眼皮，讓周圍的人看不清她到底在想什麼，看起來很平靜，但鄭歎從小九攥緊的拳頭能看出這孩子並不如表現得那般。不管怎樣，畢竟是血親，這男人在簽協議的時候卻沒怎麼猶豫，做到這分上，鄭歎也不知道該說什麼。

二毛和眼前這人，同樣是當爹的，差別怎麼就這麼大呢？因為貧窮嗎？還是因為其他？

這份協議只是小九的一個試探而已，早在坤爺決定將小九留下的時候，各種手續就已經辦好了，小九不再與這家人有關係，就算是到法庭見面，也有足夠的證明取得壓倒性勝利。

在這個男人簽字的那一刻起，小九就跟過去真正的做了個了斷。

將那張紙揉成團扔進垃圾簍，在對面的男人準備吼出聲的時候，小九拿出一張卡，放到為首的討債那人眼前。

「密碼六個9。」說著，小九又從口袋裡拿出三張紙鈔，指著坐在對面的有血緣關係的人，卻看向為首那人道：「這個人從哪裡來，你們把他送回哪裡去，我不想再見到他。如果他再出現在這裡，他，以及你們，一個都走不掉。」

「妳在威脅我？！」

為首那人站起身，只是他還沒站直，一把菜刀就砍在了他手臂旁邊，幾乎是貼著手臂砍進桌子，袖子已經被劃破了，再偏那麼一點點，手臂就會被砍下一塊肉來。

好刀法！鄭歎心道。

不管是要債的三人還是小九的父親，此刻的臉色慘白慘白的，為首那人臉上抽搐了幾下，看向刀飛來的方向。

那邊，餐廳的老闆坐在收銀臺那裡，手指有規律的敲擊著桌面，臉上還帶著和平時一樣的笑容，彷彿剛才做了什麼很平常的事情一般，「哎呀，不好意思，手滑了，本來打算砍蒼蠅的。」

一位坐在門口的服務生看著這桌的人，嘿嘿的笑了笑，在他的手指上一把餐刀快速的轉動，就像轉筆似的自然，手指卻完好無傷。

——馬的，以後絕對絕對不能來這家餐廳吃飯，餓死也不來！

這是三位討債人共同的想法。

如果現在還不瞭解形勢的話，那也夠腦殘了，好在這三位討債人還沒腦殘到極限，知道判定形勢，既然在這裡不能強勢起來，錢也拿到手了，早點離開才是正確的。

強作鎮定狀，為首那人收好卡以及那三張紙鈔，提著鬍子拉碴的人就趕緊出了門。

走出一點遠之後，討債的三人才長呼一口氣。驚嚇過後，就是憤怒。為首那人抬手給了小九父親一巴掌，「都是為了你！馬的！」

鬍子拉碴的人也不敢出聲辯解，繼續瑟縮。

「現在怎麼辦？」另一人道。

「還能怎麼辦？當然是找個提款機看看卡裡是不是有錢！」

「沒錢的話是不是還回去要？」

「……」三人沉默了。

餐廳裡，氣氛一下子又和諧起來。老闆和服務生安慰了一下小九，他們與小九認識，小九也經常來這邊吃飯，有時候小九還在這裡睡午覺。

老闆放下一碗蓋飯在小九眼前，「吃吧，吃了趕緊回去上課。」

小九拿著湯匙一勺一勺往嘴裡送，她早晨沒吃早餐，這幾天因為這事也沒啥胃口。她頭低得很低，一邊吃，一邊眼淚往下掉，臉上沒什麼表情。

畢竟還是個孩子。

餐廳裡的人都沒說話，老闆輕輕拍了拍她的頭，放了一碗溫的紅豆湯在旁邊。

吃完飯，喝了紅豆湯，小九又變成了那個帶著朝氣的小九。

鄭歎送小九進學校，還擔心小九會因為遲到兩節課而挨訓，哪知在進門的時候，小九從包裡掏出一張病假條和醫院的證明，再看小九有些紅的眼睛，校門口的負責人也不好多說什麼了，直接放人進去。

鄭歎：「……」

看著小九進入班級教室之後，鄭歎才回去。不管是小九還是小柚子，她們的班級教室隨著年級的上升，樓層也上升，鄭歎不好上去。

在小九待過的那家餐廳裡，門口「暫停營業」的牌子已經被撤了。

「哎，老闆，剛才那三個慫貨是誰的人？那麼跩？」服務生問道。

那位老闆隨意擺了擺手，「不是什麼上得了檯面的玩意兒，改天扔出市裡就行了。」

那三個被評為「上不得檯面」的人看著提款機螢幕上顯示的數字，正沉浸在自己能分多少錢的世界裡，壓根不知道他們已經被人盯上了。

就像某些人曾說過的，沒那個眼力，出來混哪行也混不長久。

◆◇◆◇◆◇◆◇◆

回學校的鄭歎因為小九的事，心情頗為沉重，想想二毛怎麼對二元，再看看小九她爹怎麼對小九，差別夠大的。不過，鄭歎再想了想自己還沒變成貓的那時候，那個一年到頭也見不了幾次面的不負責任的父親，又想想現在的焦爸……嘖。

親情，其實也挺複雜的。

也不對。

到底複雜的是親情，還是人心？

路過幼稚園的時候，鄭歎頓住步子，今天上午卓小貓他們最後一節課好像是室外活動課，於是鄭歎跳到圍牆欄杆那裡蹲著，等卓小貓他們的室外活動課到來。

最近卓小貓同學的心情也不好，為什麼？

卓同學想上小學，可老師有異議。

六歲為法定入學年齡，有的地方還是七歲，因為學生年紀太小了，可能會存在各種各樣的不便，對很多孩子來說，提早入學未必是好事，學校也為難。

前段時間鄭歎來這邊時聽卓小貓抱怨他們老師還讓他再上一年呢，不過那小屁孩曾私下裡跟鄭歎說，他就算是去佛爺那裡「打滾」，也要在今年上小學。因為卓小貓上小學的話，按照小卓的許諾，她就該回來了。

室外課開始，卓小貓他們班的孩子都往外跑，搶著自己喜歡的爬梯和城堡等遊樂設施，只有卓小貓先往圍牆這邊看一眼，然後笑瞇了眼睛顛顛兒跑過來，一邊跑一邊大聲道：「黑哥黑哥，我跟你說……」

鄭歎一聽「我跟你說」這四個字就反射性的坐直了。

相比起前段時間，卓小貓今天的心情看上去是相當不錯。而「我跟你說」四個字就預示了接下來會有一段很長的話。

雖然每次鄭歎過來都是卓小貓在說話，但今天這傢伙的樣子，看上去好像會說更多。

果然，卓小貓接下來就說了他去找佛爺的事情，而且很得意的敘述了他是如何運用他聰明的大腦去佛爺眼前裝可憐、怎麼打滾、怎麼跟佛爺談條件。

鄭歎突然想起了某次去外面老街閒晃，溜達到一個豆腐攤的時候，聽旁邊幾個大嬸說賣豆腐的那孩子「考醫大的腦袋卻用來做豆腐」。而現在，鄭歎看卓小貓這個當物理學家的智商卻用來撒潑，而且還撒成功了。

經過一大堆的前言和鋪陳之後，卓小貓眼睛亮亮的盯著鄭歎，嘴巴忍不住都咧開了。

「黑哥，葉奶奶同意我今年讀小學了！」

卓小貓口中的「葉奶奶」就是佛爺，佛爺的本名叫葉赫，平時卓小貓直接稱佛爺為葉奶奶。除了這位葉奶奶之外，還有「李奶奶」、「張爺爺」、「劉奶奶」等一大堆的爺爺奶奶，有這些話語權頗大的老人們幫忙，卓小貓提前上小學確實不是問題。

而且，卓小貓已經經過附小那邊的測試了，上一年級的確一點問題都沒有，壓根不需要另外走後門。如果不是卓小貓年紀還小，那位負責測試的老師都差點說這孩子不用上一年級了。

鄭歎知道，這小傢伙的智商比其他孩子要高，當別的孩子還在勉強認數字的時候，他已經接觸圓周率了；當其他孩子爭相表現能背誦圓周率小數點後多少位數字的時候，這小屁孩早就開始接觸立體幾何——有一次鄭歎過來時看到卓小貓在拿著一個小皮球測量直徑，而他的繪畫本上倒數第二頁寫著球的體積運算公式。

現在才五歲的卓小貓到底知識面達到怎樣的程度，鄭歎沒底。平時也只聽幼稚園的老師們說卓小貓挺聰明的，卻極少提到「天才」這兩個字，足以見得卓小貓還是挺低調收斂的，頂多故意調戲一下老師和同學。

「黑哥黑哥，你說，我上小學之後我媽媽是不是就回來了？」卓小貓滿眼期待的看著鄭歎。

我哪知道！鄭歎腹誹。大概也只有佛爺和平時照顧卓小貓的那個女人才知道吧？

「對了，母親節的時候我問過媽媽，媽媽說我讀小學她就回來。」卓小貓用腳輕輕的踢著圍牆，小聲道。

母親節剛過去，而據卓小貓所說的，小卓雖然沒回來，但隔段時間她會跟卓小貓進行視訊通話。母親節那天，他們也有視訊通話。既然小卓這麼說了，難道今年真的能回來？

那樣的話就太好了，雖然卓小貓平時生活得很好，但從記事起就沒父母在身邊，相比起其他孩子來說，總會缺憾的。

就算是智力相比起其他孩子要高，但畢竟還是孩子，卓小貓已經認定了今年他媽會回來，所以除了比平時的話要多一些之外，還格外的高興。一高興，卓小貓對其他同學就格外的好，對過來問問題的同學都很耐心，也不捉弄人了。

鄭歎不知道小卓到底能不能回來，如果今年不能回來的話，卓小貓會有多沮喪？

別看還是小孩，有時候，小孩子較真起來很難擺平。

爬梯那邊一個正哭得滿臉鼻涕的孩子，老師越安慰，那孩子哭得越厲害。鄭歎看了看那邊，他覺得自己還是想想準備個什麼給卓小貓當兒童節的禮物，到時候也當作安慰。

從國中開始，兒童節就只是一個日期而已，再沒有那個特殊的意義，但對每個小學生來說，那是一個值得紀念的節日。在那天，他們會有演出、唱歌跳舞，會有學校發的零食、會有假期，在那天找家長要禮物也會特別順利。

過年來的時候鄭歎給卓小貓一個大紅包，兒童節不好再包大紅包，沒紅包那要送什麼？

接下來幾天鄭歎一直在考慮，正好小郭店裡最近做了個活動，小郭訂製了一些禮品，作為給那些ＶＩＰ客戶的禮物。

這些禮品裡面多是一些貓狗的玩偶，小到手機吊飾，大到抱枕，還有和人差不多大的毛絨玩具。當然，哪樣的禮物都得對應著ＶＩＰ的會員積分來獲得。

那幾個最大的毛絨玩具是小郭專門用來討好某幾個特殊客戶的，每次那幾個客戶過來，小郭總能大撈一筆，鄭歎不能打那些禮物的主意，於是就盯上了抱枕。他純粹是以大小論價值的挑選方式，既然最大的不能挑，那就挑次大的。

某天去寵物中心那邊例行拍攝之後，鄭歎沒要小郭給的加班費，而是帶走了一個抱枕。

禮品的原形就是根據工作室裡的貓貓狗狗製作的，連狗仔那傢伙的玩偶都有，沒有前腿，前肢那裡只有兩個凸起，用後腿維持著平衡。還別說，這隻從地震中被狗救出來的貓人氣頗高，這傢伙樣子的手機鍊和玩偶沒少被人要走。

鄭歎在貓圈裡的人氣雖然也很高，但因為毛色的關係，玩偶贈品相比起其他貓來說沒有多少優勢。

查理送鄭歎回焦家的時候，順便將鄭歎選的「ＢＣ抱枕」送到焦家。抱枕的正面是個黑色的貓頭，反面繡著有「ＢＣ」兩個字母。

焦媽還以為鄭歎拿回來自己用呢，沒想到鄭歎一直都沒拆開。

因為今年兒童節正好在週一，而端午節與兒童節也離得近，所以幼稚園直接從端午節放假放到兒童節當天，足足有五天的假期。（注：中國大陸的兒童節跟國際兒童節一樣是六月一日）

鄭歎要送禮物的話，就只能選放假前一天去將人帶到社區這邊來，不然他怎麼把那麼大的抱枕送出去？太不方便了。

第二章 黑碳的電影上映了

鄭歎在幼稚園放學前十分鐘跑到門口等，他知道那位被佛爺稱為「小萬」的負責照顧卓小貓的人會在校門口左邊十公尺的地方等，於是也走去那邊。

一般來說，小萬都是提前到的，提早五到十分鐘都有可能，因為幼稚園放學的時間並不是那麼嚴格，有一定的彈性範圍。

但今天，鄭歎到那裡之後等了幾分鐘，也沒見小萬過來。

正想著怎麼小萬還沒到，鄭歎就聽到有人喊自己的貓名。

「黑碳？！」

聽到這聲音的第一反應，鄭歎覺得耳熟，第二反應就是扭頭看過去。

看清來人的樣子之後，鄭歎有些恍惚，直到對方又叫了一聲「黑碳」之後他才反應過來。

——小卓！

——是小卓！

鄭歎覺得眼睛有點酸澀。

眼前的人是小卓，但是，和當初的樣子又有不同。

鄭歎記憶中對小卓的印象最深刻的時候，就是人工湖邊小卓捧著一本書坐在長椅上的畫面，那個年輕溫和的人，大名鼎鼎的佛爺手下三張王牌之一，潛力無限。

因為卓小貓的原因，鄭歎也常看到佛爺手下帶過的一些學生，有些留校了，有些出國深造之後回來，看上去和離開的時候沒太大的變化，頂多變得光彩了一些，畢竟都往高處在走。

和他們同樣年紀的小卓，當年明明看著比那些人年紀還小，才過了四、五年而已，小卓的樣子卻像是經歷了十多年似的，不僅如此，她還帶著一種削瘦的病態感，就連以前穿過的衣服現在穿著也像是大了一圈。

鄭歎回想起焦爸說過的一些事情，有些研究專案對人體的傷害比較大，就算有防護措施，依然不能完全避免。像是透支了生命似的。

難怪之前焦爸說那個專案很危險，難怪會有那麼多人回不來，難怪當初佛爺反對小卓參與那個專案。

在鄭歎看著小卓的時候，小卓已經走到鄭歎眼前了。

蹲身伸出手指碰了碰鄭歎的額頭，小卓笑著道：「嚇著了？放心，養一段時間會好些的。」

小卓知道自己現在這個樣子很不好，一般來說，結束專案中的任務之後申請退出，可以在那邊休養一段時間，會有專門的醫療人員幫忙醫治。小卓原本的計畫也是在那邊休養，等看著好些了再回來，但母親節那天跟卓小貓的談話讓小卓改變了主意。

卓小貓每年都跟小卓用視訊聊天，所以小卓就算不做休養治療也能被卓小貓認出來，而她剛才見到蹲在幼稚園門前的黑貓時，心裡其實帶著些忐忑，她擔心自己離開得太久，這隻貓已經不認識她了。

但事實上從黑貓的眼神裡，她知道這隻貓還記得她，只是因為她現在的樣子有些嚇住而已，畢竟她現在看上去像是老了十多歲似的，除了皺紋，還有一些斑，臉上遠沒有以前那麼光彩，就算是以前的同學看到她現在的樣子也未必能認出來。

昨天小卓回來的時候，佛爺也在第一時間認出小卓。看到小卓的樣子，平日裡繃著一張臉沒多少表情的佛爺直接紅了眼，但也沒多說什麼，只道：「回來就好。」

年輕的時候比較任性，總不願意聽別人的勸說，也做了不少錯事，做決定也衝動，這幾年下來，也想清楚想明白了不少。她最對不起的就是卓小貓，現在回來了，也就不會再離開，在剩下的生命裡，她會一直陪著卓小貓，看著他長大。

小卓還準備跟鄭歎說說話，那邊幼稚園裡就有孩子出來了。

卓小貓是跑著出來的，平時也沒見這小子這麼迫不及待。

「媽媽、媽媽！」跑出來的卓小貓直接往這邊看，見到小卓之後著急和擔憂的臉上立刻就只剩下笑意了。

卓小貓直接撲到小卓懷裡，然後低頭叫了鄭歎一聲「黑哥」，對小卓道：「媽媽、媽媽，我們請黑哥一起吃飯吧。」

「黑碳一起嗎？」小卓看向鄭歎。

鄭歎扭頭。今天還是算了吧，讓這母子倆多聚聚，看卓小貓高興的樣子，一時半會兒都冷卻不了。

卓小貓叫了兩次，鄭歎也沒跟著，等小卓牽著卓小貓離開，鄭歎往社區回去，走了兩步後一頓，轉了個彎跟在那母子倆身後不遠處。現在時間還早，焦媽還沒回家，他可以在外面多待一會兒，順便聽聽小卓跟卓小貓說些什麼。

不過，這一路都是卓小貓在說話，小卓只是笑著聽著，時不時應兩聲，讓卓小貓表現。

經過國際學術會堂那邊的時候，從會堂裡面出來一群人，被簇擁著的是幾位有了名氣的、年輕的海歸教授，大部分是三十歲左右，跟小卓現在差不多年紀，就算大也大不了幾歲，只是他們看上去比小卓年輕些，光彩得多。

眾人簇擁，周圍還有一些專家學者們陪著，「年輕有為」、「潛力無限」、「國之棟梁」等詞不斷出現。

如果小卓當初沒有去參加那個專案，現在或許也在這些人之列，甚至比他們走得更高。

一群帶著光環的身影與小卓和卓小貓擦肩而過。他們並沒有多注意這對母子倆，在一堆人的恭維中談著自己的理想、談著抱負、談著自己的成就、談著自己的光彩未來。

已經走過去的小卓回頭看了一眼那群人，並沒有多少羨慕。每個人有每個人的選擇，有各自的路。雖然論貢獻，她可能比那些人的成就合起來都要大，但她的那些成就是不能放在明處的，至少現在還不能。

看了一眼之後，小卓便回頭，繼續牽著卓小貓往家裡走。

小卓回頭看的時候，沒有注意到卓小貓的動作，但跟在後面的鄭歎看到了。卓小貓也看了那些人一眼，等小卓回頭的時候，卓小貓也回頭了。

周圍有其他從幼稚園接回孩子的家長，一個小孩子坐在自家媽媽的電動車後方，正炫耀著今天學到的一首詩，駱賓王的《詠鵝》，背錯了幾個字，但這個年紀的孩子背出詩來也不容易了，即便他們理解不了詩句中的意思，父母們照樣高興得很。

卓小貓看了那個孩子一眼，然後搖搖小卓的手，對小卓說道：「媽媽、媽媽，我們也來背詩吧。」

「好，小貓想背什麼詩？」小卓道。

「我們對詩！」

「好，對詩，小貓先說。」

卓小貓想了想，下巴一揚，「氫氦鋰鈹硼！」

小卓愣了愣，然後不禁笑著接道：「碳氮氧氟氖。」

「鈉鎂鋁矽磷！」

「硫氯氬鉀鈣。」

跟在後面聽得一清二楚的鄭歎：「……」

——這是詩？

——這他媽的明明是元素週期表！！！

——卓小貓，你這麼屌你以後的國文老師怎麼辦？！

因為小卓的回歸，鄭歎原本打算堵了卓小貓將人帶到社區那邊，然後把兒童節的禮物送給他的，但現在看來好像沒必要了，沒有什麼禮物能比小卓的回歸更讓他高興的了，所謂的安慰禮也用不著。

禮物今天是送不出去了，不過也不急著送，等有機會再說吧。

沒想到，鄭歎還沒選好時機，小卓就直接上門來了。拜訪一下焦爸焦媽，小卓跟焦爸焦媽談了一會兒，當然，說的並不是她參與過的專案，那些可是簽署過保密協議的，不會、也不能洩露出去。和佛爺當初替她找的出國做研究的藉口一樣，她說的是這幾年在國外參與的研究，也沒多說，畢竟不是真的，小卓不好撒太多謊。

焦爸心裡明白，也沒多問。

小卓這次上門除了拜訪焦家的人之外，順便接鄭歎去他們家和卓小貓一起過兒童節。

兒童節那天焦家四人根本就沒有假期，鄭歎在小卓那邊待一天都行。

端午節過後，週一兒童節那天，鄭歎跟著焦家的人一起出門，小柚子去國中部，焦爸去生科院，焦媽去附中，焦遠週日就回學校去了，所以這天早上去附中的只有焦媽一個。

鄭歎則在下樓之後直接待在社區裡，趴在一張木椅上等著。椅子上還放著焦爸幫他拿下來的用袋子裝著的用來送禮的抱枕，袋口那裡是小柚子幫忙用絲帶打成的蝴蝶結。

按照小卓的意思，她今早會出門買菜，然後直接過來接鄭歎。他們現在依然住在西教職員社區那邊的電梯大樓，帶著禮物鄭歎自己不好獨自過去，那邊大樓的電子鎖比較麻煩，何況還帶著一個大型禮物。

早上，大胖跟著牠家老太太去買菜，阿黃還在家裡睡覺，警長則出來閒晃。聽說警長這傢伙端午節的時候在家一下子偷吃了三個粽子，牠主人發現之後立刻送去寵物中心。

一般來說，貓吃點粽子也沒啥，但粽子黏，也不好消化，吃多了也不好，而且以前社區裡出過貓吃粽子被噎住差點噎死的事情，就在警長他們家旁邊的那棟樓，也難怪警長牠主人看到少了三個大肉粽的時候感到緊張了。不說噎不噎，一下子吃了這麼多粽子，牠主人總覺得不妥，硬是抱去檢查才放心。

家裡養貓的人，對貓偷吃這種事情總是防不勝防，既氣牠們沒節操的偷吃，也擔心牠們吃過某些不太適合貓的食物之後出事，所以養貓總是格外費心。

看著往社區外翻牆出去的警長，鄭歎搖搖頭。

鄭歎沒等多大會兒，八點多的時候，小卓就過來了，兩手上提著剛去菜市場買的菜，也不算多，看到鄭歎後就將東西全用一手拿著，另一手則幫鄭歎拎著那個黑色貓頭的大抱枕，這個是焦爸打電話跟她說過的。

讓女人幫著拎東西總是覺得特彆扭，但鄭歎也沒辦法，誰讓他現在只是一隻貓呢。

西教職員社區現在的綠化也很好了，不像剛建起來的那兩年光禿禿的，樹的枝條也散開了，看起來舒服很多。

這時候是大家上班的時間，因此沒看到什麼人，所以鄭歎沒走樓梯，跟著小卓一起乘電梯。

進屋之後，鄭歎發現，和幾年前相比，屋裡好像沒什麼太大的變化，只是多了很多卓小貓的東西，牆上原本的裝飾畫變成了卓小貓的塗鴉作。

這幾年幫忙照顧卓小貓的小萬離開了，她的任務已經完成，取代她的是另一位中年保姆，佛爺新找的。和小卓懷孕時請的那位保姆不同，這位保姆對鄭歎沒有什麼反感，小卓進來之後，那位保姆便趕緊接過菜去廚房忙活了。

卓小貓正拿著筆在他的小畫板上寫寫畫畫，看到鄭歎之後，扔下筆就跑過來了。

「黑哥給你的禮物。」小卓將抱枕遞給卓小貓。

「謝謝黑哥！」

小屁孩也不客氣，接過來就拆了看，然後笑嘻嘻的將抱枕放到房間裡，直接放在床頭。

鄭歎注意到，卓小貓的房間裡有個小書架，上面放的幾本書都是從小卓的書架上拿過去的，那些鄭歎曾經在小卓的書架上看過，仔細瞧瞧，有幾本書還有新翻過的痕跡和兒童風格的書籤。

在卓小貓的書桌上放著一本國語字典、一本英語詞典，兩本都被翻過很多次的樣子。

鄭歎跳上桌子，看了看書架上的書，有幾本兒童科普讀物，書也是被翻過的，不過現在放在書架最邊上靠角落的地方。從角落那邊往書架偏外的地方看，這些書由易到難，涉及面很廣，有些能看出被翻過很多次，有些翻得很少。

翻得很少的未必是卓小貓不喜歡看，只是他現在看不懂而已，但鄭歎也說不準什麼時候那小屁孩就能看懂了。

這幾年小卓不在，肯定不是小卓教的，而那個小萬應該或許有教導，但多半都是卓小貓自己的選擇。

卓小貓抱著抱枕看動畫片的時候，小卓拿著一本相冊在室內的大窗子旁邊看。

鄭歎沒興趣陪卓小貓看動畫片，便過去看看小卓在看什麼。

跳上一旁的桌子，鄭歎看到相冊裡是一張泛黃的黑白老照片，邊上有一圈花邊。照片裡面是一個看起來三十多歲的男人，但那時候三十多歲，現在應該五十多了吧？看起來和小卓有些像，難道是小卓的父親？

照片旁邊有一張畫著圖的畫，紙也已經泛黃，大概跟老照片差不多的歷史了，不過畫畫的人畫技不怎麼樣，鄭歎看不出紙上畫著的是什麼，只能看出是個類似圓形的東西。

小卓的手指隔著一層相冊的保護膜摩挲著上面的照片和紙上的圖案，然後從一旁桌子的抽屜裡拿出一枚金色的徽章，徽章看起來和紙上的圖很像。

將金色徽章放在照片和畫著圖案的紙旁邊，小卓想起了自己父親生前的一些事情，她一直記得小時候，父親在紙上畫出這個圖案之後以一種很嚮往的語氣對她說：「有一枚金色的勛章，它象徵著無上的榮譽。」

可惜，直到離世，他依然沒能獲得那枚小金章。

觸摸著金色徽章上的紋路，小卓對旁邊的鄭歎道：「黑碳，你知道嗎？一棵樹，需要暴露在陽光下的綠葉去進行光合作用，需要亮眼的帶著香氣的花吸引昆蟲傳播花粉，需要結果去延續下一代，但也需要埋在土裡見不了陽光的根來吸收水分……這枚勛章，證明了我的付出，也是國家給我的承諾。有它在，不論小貓是聰明還是愚笨，這枚金色的勛章都能護著他。」

鄭歎知道，戶籍謄本上卓小貓的父親並不是他的親生父親，但所有的政府檔案都和戶籍謄本上的一致，所有檔案顯示的都未必是真的，但卻是絕對的正版，正得不能再正。沒人知道卓小貓真正的出身，不會遭人詬病，不會有那些異樣的眼光。

「現在這個時代的人和過去那些人的價值觀或許已經有些不同，但是，這個國家的無名英雄真的有很多、很多……」

有很多人，去了之後就回不來了。沒有人記得他們，只有一些不會公開的檔案上記錄著他們的功勛，或許還有一、兩枚象徵著他們功勛的勛章伴著他們入土。世界需要有人被歌頌，但這些人，絕大多數永遠不會被人們所知。

「黑哥！」那邊正在看電視的卓小貓突然大叫道。

聽到卓小貓的叫聲，鄭歎和小卓都回過神，看向那邊。原本以為卓小貓叫自己有事，沒想到卓小貓只是看著電視，並沒有看向鄭歎這邊。

因為角度的關係，鄭歎看不到電視上在播放什麼，沒打算理會，沒想到卓小貓又叫了一聲。

「黑哥！媽媽，黑哥上電視了！」卓小貓說著對小卓道。

小卓快速擦了擦眼淚，深呼吸幾口氣，調整一下心情，然後露出笑意走過去。

鄭歎也好奇，自己什麼時候上電視了？

湊過去一看，卓小貓正在看一個娛樂節目，裡面有幾幕電影的預告，其中就有鄭歎去年演的那部電影。

很短的幾個片段，鄭歎走過來看的時候只看到一個畫面，以及結尾那句「就在這個夏天」，然後預告就結束了。

小卓沒注意，她也只來得及看到幾個短暫的畫面，看到了上面那隻黑貓，但是她並沒將電影上的那隻黑貓跟鄭歎聯繫起來，但卓小貓說得很肯定，小卓也沒反駁。

鄭歎觀察了一下小卓的表情，發現她沒認出來，暗自鬆了口氣，只要不容易被認出來，自己出去閒晃還是很自由的。

電影跟現實中的並不那麼相像，鄭歎拍的時候還選擇了很多對自己有利的角度，讓攝影機將自己拍得「帥」一些，再加上後期的製作和一些小特效，應該沒人能直接將裡面的貓跟自己這隻成天在外閒逛的「便宜貨」對上才是。

不過，卓小貓是怎麼認出來的？看這孩子的樣子相當肯定。要說黑貓的話，西教職員社區那邊也有人養黑貓，上午他過來的時候就看到過一隻，跟自己長得也挺像的。

小卓不打算跟卓小貓計較這個話題，看了看電影的上映時間，便對卓小貓道：「小貓，到時候媽媽帶你去看這部電影吧。」

「好～」

◆◇◆◇◆◇◆◇◆

與此同時，東教職員社區B棟三樓，同樣在看這個頻道的二毛正在為女兒試牛奶，每次沖了奶粉之後他都會自己嚐一口，看有沒有異味、溫度怎麼樣，雖說小丫頭現在能吃飯食了，但牛奶也沒落下。

剛嚐了一口牛奶，二毛就看到電視上放的預告片，一口奶直接噴了出去。

二元看她爸浪費她的牛奶，「啊、啊」的叫了兩聲，像是有些著急，但太複雜的意思二元現在還表達不出來。

見二毛仍舊盯著電視機，二元不高興了，拍了拍小椅子，用聲音來表示自己的不滿。

「爸——爸——」

聽到二元的叫聲，二毛終於回過頭，將手裡的牛奶遞給二元。

「女兒哎，那隻黑煤炭竟然去演電影了！」

「黑哥？」二元不太明白演電影是什麼，但是她知道她爸話裡說的「黑煤炭」就是黑哥。跟卓小貓一樣，她和衛小胖也叫鄭歎「黑哥」。

「對對對，肯定是那傢伙，我一看就知道，除了黑煤炭，其他的貓演不出那樣的神情，那眼神一看就蔫壞蔫壞的。」二毛說道。

二元捧著奶瓶喝牛奶，想著她爸說的「蔫壞蔫壞」是什麼意思，卻想了半天仍想不明白，算了，不想了，喝奶要緊，到時候看到黑哥便學爸爸，對黑哥說「蔫壞蔫壞」。

二毛壓根不知道女兒的想法，還因為剛才看到的電影預告片震驚著。他去年忙著照顧老婆和孩子，沒怎麼注意那隻黑煤炭，沒想到人家都已經演電影了！

這小日子過得真好啊！

想了一會兒，二毛還是平復不了心裡那股好奇心和驚訝感，但又不好直接殺樓上去詢問，這時候那隻貓肯定在外面閒逛，說不定還跟哪隻母貓搭訕呢。

如果鄭歎知道二毛現在心裡所想的，肯定會衝過去揍他一頓。

看到放在桌上的手機，二毛拿起來，見二元正認真的喝奶，讓她喝完之後把杯子放旁邊、然後自己乖乖的玩一會兒，有事直接喊，他去隔壁打電話。

保姆在晾衣服，二毛跟她說了聲之後便走到隔壁房間，關上門，翻了通訊錄直接打給衛稜。

衛稜正在公司裡，核對了幾份運貨的文件後，蓋個章，看文件看得有些累，便走到外面透透氣，聽到手機鈴響，看了一眼螢幕，衛稜疑惑二毛這時候打電話過來幹嘛。剛一接通，衛稜就聽到電話那頭二毛咋咋呼呼的。

「師兄你造嗎？黑煤炭竟然去演電影了！不是寵物廣告，是真的電影，和幾個小明星一起演的，放到大銀幕的那種大電影啊！」

衛稜被那個「造」字噎了下，過了一會兒才反應過來說的是什麼。

「好好說話！」衛稜道。

二毛這人，自打女兒二元會說話之後，他就經常跟二元對話。雖然他影響了二元，讓二元學會了很多詞，但二毛也跟著二元學了些含糊不清的發音以及某些對幼兒說話時的習慣，比如「吃飯」說成「吃飯飯」，「睡覺」說成「睡覺覺」，若只對著孩子說就算了，很多家長都這樣，可二毛這傢伙在大家聚一起的時候也這樣說，還夾雜著一些嬰幼兒用語，直接讓眾人抖落一地雞皮疙瘩。一群大老爺們在一起，他竟然這麼說話，衛稜想著都恨不得直接揍上兩拳。

不過，黑碳演電影？去年好像聽說過這類的消息，他以為只是和寵物中心那邊拍廣告一樣，沒有太當真，但現在看來，還是真的？

「叫啥名啊？」

衛稜走進辦公室，坐到電腦旁，按照二毛說的電影名搜索了一下電影《黑貓》。演員表上沒有貓的名字，只有幾個演員和導演的介紹。不過，從宣傳內容來看，導演對媒體說的是，裡面參演的黑貓找一位朋友借的，是受過訓練的黑貓，大家都叫牠「Z」，品種不詳。

看到這裡，衛稜笑了，還「Z」呢，還品種不詳呢，明明就是黑碳嘛！居然還用假名，一個藝名不夠還弄出第二個。

正看著，二毛的電話又打過來了。

「看了沒？是那隻黑煤炭吧？」雖然是疑問句，但這裡面表現出了很肯定的意思，二毛一點都不懷疑自己的眼力。

「嗯。」衛稜一邊打著電話，一邊翻著網頁，剛看完網路上發布的預告片，反正現在也沒其他事情，正好碰上這事，提起了興趣，多看看。

「哎，師兄，現在離上映日期也沒多久了，要不我們到時候組團去看電影？為黑煤炭多刷點票房？」那邊二毛期待的說道。他並不常去電影院看電影，其實沒多少電影能吸引他，等想看電影的時候在網路上一搜，呵，版權什麼的，也就只是個詞而已。

「行，到時候一起去。」衛稜也挺期待的。作為最早一批認識那隻黑貓的人，那隻黑貓到底是個啥德行，衛稜心裡有數。

「對了師兄，電影院能帶孩子進去嗎？太久不混電影院，不知道規矩了。」二毛說道。

「好像是沒什麼限制。你想帶二元去電影院？二元太小了吧，才一歲多而已，而且電影院裡面的聲音又大，空氣也差，螢幕閃爍，就怕對孩子的聽力和眼睛產生影響。」衛稜想起他老婆以前說過的話，轉述給二毛聽。

「這樣啊，我到時候再問問。」

二毛其實挺想帶著女兒一起去看電影的，要是到時候龔沁還沒回來，自己一個去看？就算跟師兄他們一起，二毛還是很希望能帶著女兒。再說，這是黑煤炭演的電影，二元的黑哥，不去電影院捧捧場嗎？但電影院的環境也確實不怎麼好。

於是，剩下的時間，二毛琢磨著用些什麼方法降低電影院對孩子的影響。

焦家的人也知道了電影即將上映的消息，將預告片下載下來反覆看了好幾次，可惜預告片太短，只希望上映日期快點來臨。

上映之前，各方都忙著宣傳，演員都不是什麼太大牌的，還有不少新人。純論演員的話，除了那幾位偶像明星帶來的不算大的效應，也沒有其他的了。

導演？也是個沒什麼名氣的，相比起那幾位耳熟能詳的大導演，大家對孔翰這個人還是比較陌生。不過，這次有了新的元素在內，對很多人的吸引力就大了。

劇情不新穎，但可以看貓啊！

自從預告片播出之後，有不少人分析這部片子會有怎樣的票房。

有人在諷刺預告片裡面的那幾個鏡頭，說這部電影不知道砸了多少錢才能做出這樣的效果。

眾所周知，國內的電影特效大多令人不忍直視，為什麼國外的大片製作成本都在千萬美金、數億美金的級別，而國內的製作則低得多？前者的電腦特效是一秒一萬美金的起價，而國內那些唬人的特效片，也就一秒幾百美金而已。這成本的差距便顯示出來了。

都說一分錢一分貨，還是有道理的。

電影相關的論壇裡面有不少「專業人士」在分析，這樣的特效，製作成本怎麼算都應該有幾千萬了吧？

「當初的《貓狗大戰》、《我不笨，所以我有話說》等等一些動物類電影製作成本都是幾千萬美金，在國內你拿幾千萬美金來拍部動物類電影？找死呢！浪費錢啊？」

「雖然動物類電影很受歡迎，但因為製作成本太高，國內基本上沒誰願意去沾。沒想到這次孔翰竟然拍了，不得不說，這個導演還是太年輕。」

「千萬美金的製作成本，到時候一定去瞧瞧，看裡面那隻貓挺真的，尤其是預告片裡面站起來走路的那個鏡頭，太自然了，光電腦特效這得花多少錢啊！」

這是愛看大製作電影的人。小製作的電影他們都會覺得太粗糙，屬於只買貴的、不買對的那一類。

有人奔著製作成本和電腦特效去的，有人則奔著「貓」這個元素去的。

「我不認識什麼魏雯，沒聽說過什麼施小天，我就想去看看裡面的貓而已。」

「反正也沒什麼電影好看，難得國內拍部貓的電影，支持一下國產唄，又花不了幾個錢。」

「哎，那隻貓看起來挺像我家的煤球！」

後面是一張大圖，有圖有真相。

還別說，照片裡的貓跟鄭歎確實挺像的，不過國內長得像的土貓可多了。

除了這位網友之外，陸續還有一些其他養黑貓的網友爆照。

在上映之前，各種電腦特效專業人士在網路上互噴，就等著上映的時候看看整體效果，然後再做後續的分析，看看分析再爭誰對誰錯。這裡面要說沒有幕後推手，鄭歎也不相信。不過，電影嘛，就是這樣，上映之前總得宣傳和運作。

最讓鄭歎好笑的是，有人將楊逸拿出來調侃。

「聽說逸興文化這次投資幾千萬美金拍了部電影，誰知道詳情？」

「幾千萬美金？扯淡吧，國內幾千萬美金能拍多少電影了！就你們才信那些傳言，炒作，絕對炒作！」

「不見得吧？我看那些電腦特效做得挺好的，說不定還真的是了……誰讓楊逸有錢呢，捨得砸錢。」

「楊逸是誰？」

「樓上楊逸都不知道？逸興文化的大 BOSS 啊，款爺！」

「給楊款爺跪了！」

……

23 樓：「可是，我怎麼聽說這部電影製作成本只有幾百萬來著，還是本國幣值。」

24 樓：「樓上傻蛋不解釋，別說你跟我在同一個技術論壇。」

25 樓：「23 樓傻蛋。」

26 樓：「23 樓傻蛋 +1。」

鄭歎看那些人的發帖看得可樂了，他對製作成本的事情並不瞭解，但他曾經聽孔翰說過，這部電影的製作成本並不高，相對來說算是小成本製作了。如果孔翰的話是真的，那麼所謂的技術論壇裡的那些人，全都是猴子。

沒有誰相信裡面那些鏡頭都是鄭歎自己演的，尤其是那些動作和眼神以及微表情鏡頭，沒有藉助電腦特效，也沒有所謂的替身機器人，被孔翰找去的幾隻替身貓壓根沒派上用場，反而還養胖了一圈。

不過，不管怎麼說，《黑貓》這部電影在上映之前確實因為製作成本的事情被炒得很火，連帶著從楊逸、孔翰到各個演員和後期製作團隊都被扒了一遍。逸興文化也被很多人知道。

宣傳效果，達到了。

電影的上映日期在七月中旬，鄭歎是和焦家人一起去的。

雖說寵物不好進入影院，但世上有「關係」這個詞。

其實也不是焦家這邊的人主動聯繫的，是方邵康自己打電話過來。

方邵康那邊有關係，而且鄭歎參演電影的事情瞞不過方三爺，他早就知道了。電影上映的前兩天，身在京城的方邵康直接打了通電話給焦爸，搞定。方邵康還說到時候帶著方萌萌一起看這部電影，捧捧場。

二毛和衛稜那邊有葉昊幫忙，一群人組團去的，二毛和衛稜都將孩子帶著，也準備了眼罩、耳罩和口罩，如果發現影響太大的話，就抱出去。

焦家那邊四個人加一隻貓獨自行動，和衛稜他們不在同一間電影院。至於小卓那邊，小卓他們和佛爺手下的一些學生們一起，就在學校附近的一間電影院觀看。

看自己演的電影是什麼心情？

鄭歎表示，緊張有，還有那麼點不好意思。畢竟這是電影，這麼多人觀看，和在家看紀錄片的時候很不一樣。

氣氛，是個很容易影響情緒的東西。

雖然有方邵康的電話，但必要的措施還是需要的。

鄭歎再次鑽了背包，等電影開始放映的時候才出來，他旁邊坐的是小柚子，右邊是焦遠，焦爸和焦媽分坐在兩旁。左右都有人擋著，也不怕被人看到，至於前座的人，也沒往後瞧，即便瞧見鄭歎也沒關係，前座的是電影院工作人員認識的人，已經打過招呼。

鄭歎不知道這間電影院裡究竟坐了多少人，有沒有滿員，如果沒多少人來看，心裡肯定會失望，這部電影不僅是鄭歎的成果，也直接關係到他紅包的大小。票房不好，估計從楊逸那裡拿到的紅包也不會有多少。

不過，從聲音聽來，好像人還挺多的。

《黑貓》是一部喜劇電影，走搞笑風格，再加上有鄭歎這隻貓的元素在內，電影院裡不時響起此起彼伏的笑聲。焦媽他們也笑，不過更多的是看鄭歎在裡面的表演。

後面有觀眾低聲討論。

「那貓用的是真貓嗎？」

「肯定用了真貓，但剛才那幾個鏡頭，絕對全是電腦特效。你沒聽說過嗎？這部電影投資千萬美金呢！換成我們這裡的錢得過億！」

鄭歎聽著心裡道：屁，那是老子親自上陣的！還故意多NG了幾次。不過，就算NG了好幾次，當時孔翰也挺高興。

周圍的笑聲讓鄭歎的緊張心情平靜了不少，同時心裡也想著，這電影的成績應該還不錯，到時候楊逸該包個大紅包給自己。

耍得了酷，賣得了萌，演技好還懂得配合，這麼好的貓演員，楊款爺到哪裡找去？

在焦家人帶著鄭歎看電影的時候，另一邊，二毛和衛稜也在討論，他們觀看的角度不一樣。

「師兄，還別說，黑煤炭現在的演技挺不錯，比前兩年拍廣告的時候好。」

「嗯，畢竟有這些年的經驗了。之前不是還有一部紀錄片嗎？那時候進步也挺大的。」

「不過，師兄，你說牠這麼折騰，會吸引多少注意力？」

二毛和衛稜對鄭歎瞭解，即使對電腦特效方面就算不精通，也知道些東西，如果這部電影紅了，而且真實成本爆出來的話，大螢幕上那隻正蹦踏的黑貓會吸引多少媒體的聚光燈？到那時候，出門閒晃這種事情估計是不可能的了。

衛稜頓了頓，道：「牠後面有人頂著。」

二毛想想也是。雖然不知道後面有多少人頂著，但從上映之前網路上的爭論中可以看出，將目光放在「Z」身上的人很少，這裡面肯定有人刻意引導，同時也約束了內部人士，限制了媒體的曝光。

和二毛、衛稜他們想的一樣，在之前為製作成本吵的時候，只有內部人員才知道這部電影的真實情況怎樣，但是沒有人說，也不敢說。楊逸早叮囑過他們。不過，就算簽了保密協議，也有人禁不住外界誘惑而透露消息。確實有人透露過，但是第二天那人就沒再於公司出現，圈子裡也沒再見過那個人，聽說辭職回老家了。不管事情的真相是什麼，大家只知道閉嘴就好，一切行動聽指揮，不會錯的。

而小卓他們那批人，大家也因為電影裡的那些笑料樂著，放到羅奈爾得喝洗腳水的時候，卓小貓笑出聲了，而且一直笑、一直笑。

「媽媽，他喝了黑哥的洗腳水！哈哈！」卓小貓的笑聲裡帶著幸災樂禍。

小卓也沒反駁，只是笑著應聲。

小卓他們都不認為裡面羅奈爾得喝洗腳水是真的，哪有讓明星真的喝貓的洗腳水的，肯定是拍攝的時候又換了一杯。

卓小貓一直堅信羅奈爾得喝了鄭歎的洗腳水，笑個不停。小卓的學弟學妹們覺得，孩子果然是孩子，什麼都當真。

其實，每個知道內情的人，看到這一幕都會樂半天。卓小貓不知道內情，但他相信這一幕是真的。

《黑貓》上映之後，很快網路上各種評論和評價也出現了。有好的，也有壞的。有人說這片子挺好，不愧是千萬美金打造的，電腦特效做出來的那隻貓簡直跟真的一樣，國內也不是沒有這種水準的動物特效電影嘛！讚一個。

當然，也有人說劇情沒啥內涵，新人演員的演技太差，比如某羅。

要說內涵，現在還真沒多少商業大片有啥深度內涵的，有人鄙視速食文化，但存在即合理。辛辛苦苦工作一天之後，找點輕鬆的不費腦的東西看也是一種調節。

「咱不是啥文化人，看片就圖個樂子，真要是什麼文藝大片我還不一定去呢！」

「家裡孩子看得挺高興，高興就好，其他的次之。」

有網友如是說。

逸興文化也趁這機會繼續宣傳，充分利用網路，吸引了不少觀眾過去。

鄭歎沒仔細去關注那些，這幾天家裡都有人，他不好去上網，不過聽焦遠他們的說法，這電影上映一週票房不錯，直接將另一部有影帝影后的電影比了下去。

大家看片子這段時間這麼紅，都說這部電影砸了幾千萬美金，但楊毅不說話，端著架子裝著呢。不過，大家都當楊逸和孔翰的沉默是預設，各種神猜測報導出來，說得都是很肯定的樣子。

其實私下裡，楊逸和孔翰不知道慶祝幾回了。

電影特效的專業人士們仍舊吵著，電影第幾分鐘、哪個鏡頭用特效了、貓的嘴巴張不成那個形狀、貓不可能那麼配合等等之類的言論層出不窮。爭吵的同時，有更多的沒看過電影的、原本對這類劇情電影不感興趣的人也去電影院觀看，然後回來加入爭論。

貓友狗友圈子裡，這部片子也宣傳得火熱，是最近的熱門話題。

曾有位評論家調侃，《黑貓》這部電影是一隻貓的電影，裡面的演員們全都淪為了背景。除了羅奈爾得之外，幾位比較重要的演員們其實也並不在乎背景不背景，就算是魏雯和施小天也不在乎，對他們來說，重要的是大老闆對他們的態度，其他都是次要的。可惜的是，楊逸這段時間在裝神祕，沒誰知道這位網友口中的款爺現在在想什麼。

票房已經過了一億，還在上映期，最後會有多少，鄭歎不知道，他只要知道會有大紅包就好，其他的也就不去關注了。作為一隻貓，他不會希望成為個成天生活在聚光燈下的大明星，那樣就沒自由了，本來就悲慘的貓生，絕對會變得更悲慘，貓可是沒人權的。

好在有楊逸善後，方邵康似乎也出力了，片子到現在也沒有多少人往「Z」的方向較真。

第三章

黑碳與小花歷險記

這個夏天，焦家沒有出遠門。

作為一個沒有暑假作業、一年到頭大部分時間都是假期、除了吃飯時間之外其他時間都由自己支配的貓，鄭歎表示貓生其實很無聊。

貓科動物大部分時候會做什麼？

可能有人說玩尾巴，精神分裂自己跟自己打架，手癢去掀東西？

都不是，而是睡覺。比如大胖。

有時候鄭歎很想跟這個胖子說：胖子，出去運動吧，再不運動就老了。

每一個看到大胖的人都會覺得這是一隻懶貓，養成這樣，能不懶嗎？估計連老鼠都跑不贏。而且，都已經六歲了，捉不動吧。

但鄭歎知道，不是這樣的。昨天警長跟西教職員社區那邊的一隻貓打架，大胖還過去幫忙，本來警長已經呈敗勢了，大胖一過去，秒殺。

鄭歎看著那隻慘叫了一聲就跑沒影的貓，心裡替牠默哀了一下，以後很長一段時間那隻貓估計看到大胖就會遠遠跑開。

看到聖伯納犬小花被李老頭牽出來閒晃，鄭歎想了想，跑過去跳到小花的背上，坐「狗車」溜一溜。一般李老頭會溜達到西教職員社區那邊跟幾位老朋友胡侃一番，然後再回來。鄭歎正好過去西教職員社區卓小貓那裡看看。

小花脾氣好，經常被警長牠們欺負也不生氣。鄭歎跳上去之後，牠也沒拒絕，這點重量對一百公斤重的小花來說不算什麼。可是，很快，阿黃跟著跳了上去。

李老頭看這情景覺得好笑，他家小花性子好，對小孩、對其他動物都很和善，這麼大的塊頭卻總被這幾隻小貓欺負。

警長張著嘴、舌頭舔著牙走了出來，看一看，也跳上去了。

李老頭還想說些什麼，抬眼就看到某胖子跑過來了，然後也跟著跳了上去。

小花委屈的看向李老頭，「嗚——」

李老頭：「……」

其實四隻貓合起來也不算太重，小花還馱社區的小孩玩過，鄭歎牠們四個合起來也就跟那小孩差不多重。小花表達了牠的委屈之後，依然穩穩馱著四隻貓走。

走過的人看到這情形不禁道：「這狗和貓的感情真好。」

鄭歎心說：這狗我們看著長大的啊！多難得，一起長大的小夥伴啊！只是小時候剛來的時候跟牛壯壯一樣是沒多大隻的狗崽，現在，尼瑪，馱四隻貓都不喘氣的！

小花也沒委屈多久，剛走出社區沒多遠，阿黃就從狗背上跳下去跑回社區了，牠不怎麼離開社區，也不到處跑，跳上狗背只是看到鄭歎的行為之後跟著學而已。

警長也沒待多久，看到一隻小京巴便追著京巴跑了。鄭歎一直覺得警長投錯了胎，牠就應該是隻狗才對。至於大胖，在通往社區的走道和校園主幹道的岔路口那裡牠才跳下去，然後就找了一棵樹爬上去蹲著，等牠家出去串門子的老太太回來。

於是，等李老頭慢悠悠牽著小花走到西教職員社區的時候，狗背上只剩下鄭歎了。

西教職員社區這邊也有不少寵物犬，看到小花之後便叫起來，還都是吉娃娃、小京巴等之類的小型犬，別看牠們現在叫得凶，解開狗繩的話，牠們不敢跑上來的。狗仗人勢，在家門口橫，這都是狗的處世哲學。

一、兩隻貓蹲在樹上，任由周圍那些狗叫喚，懶洋洋的看著小花和鄭歎的方向。認識鄭歎的不會過來挑釁，不認識的現在也不敢過去，畢竟有那麼大一隻狗在旁邊，而且牠們也懶得下樹。

卓小貓正在家裡看書，聽到聲音之後拿著望遠鏡跑到陽臺看了看，然後對小卓道：「媽媽，黑哥和小花來了，我下去玩玩。」

由於李老頭常牽狗到這邊，西教職員社區的一些人對小花這隻體型跟名字完全不匹配的大狗有很深的印象，不過大家都知道這隻狗的性格很好，不跟其他狗打架，對孩子也好。卓小貓還騎過牠。所以有時候看到小花過來，卓小貓就過去玩玩，現在鄭歎也過來了，卓小貓就更想下去。

小卓不放心他一個人下去，和保姆說了聲之後也跟著下樓了。

社區的小孩都愛和小花玩球，因為小花不會將他們的球咬破。社區裡還有人養了一隻黑背狼犬，那隻狗也愛玩球，只是社區的小孩都不跟牠玩，因為他們都知道球扔向那隻狗之後，他們的球就不會回來了。不是說那隻狼犬想獨占球，而是牠經常下口用牙咬球，一口下去，噗嗤一聲，球就破了。有次鄭歎就見過一個在西教職員社區打籃球的中學生把球扔過去，然後那顆籃球就在狼犬牙下癟了。

站在樹蔭處，西教職員社區有小孩子出來跟小花玩，還有小孩子直接爬小花身上去，將小花當成大型的毛絨玩具。

卓小貓下來之後沒跟他們一起，而是跑鄭歎旁邊坐著，說說前幾天看電影的事情，這小屁孩說起羅奈爾得喝鄭歎的洗腳水的時候，還是忍不住樂。

小卓就站在不遠處的樹下，笑著看著這邊，也沒過來打斷卓小貓的話。

不管其他人怎麼認為的，反正卓小貓認定演電影的就是鄭歎，不過其他人也只當是孩子話，並不當真。

卓小貓說完鄭歎的電影之後，又說起了小花。

「黑哥，小花脖子上戴著的那個酒桶裡裝什麼啊？媽媽說那裡面裝著酒，但是我不相信。」卓小貓湊到鄭歎耳邊低聲說：「我碰過一次，只是還沒打開就被小花推開了。但那裡面絕對沒有裝酒，按那個重量來看，不是空的，但也不是裝液體。」

很多人都知道，在一些圖畫裡，聖伯納犬的脖子上總掛著一個橢圓形的小木桶，這也是牠們的經典形象。有人說桶裡裝的是酒，給雪山遇險者擦身體取暖用的。相傳聖伯納以前被用於救援雪地裡的旅行者，酒桶裡的酒能讓被雪崩圍困的人取暖，激發他們生存的勇氣。當然，也有人說小木桶就是一個具有特色的裝飾而已。

李老頭當初一時興起給小花也弄了個小酒桶戴著，平時除了李老頭和小花很熟悉的一些人之外，小花並不喜歡別人去碰那個酒桶，而酒桶裡面裝著李老頭的一些藥物。

上了年紀的人總有這樣那樣的毛病，有時候自己身上忘記帶藥，或者一些救急的東西，李老頭便把一些緊急藥品放在了這個小酒桶裡面。

這麼大一隻狗，戴著個裝了藥物的小桶也不覺得累，戴了這幾年，小花早已習慣。愛跟小花玩的孩子們都被告知過那個酒桶不能碰，碰了小花會生氣，雖然不至於咬，但會將人用嘴推開。

為此，在東教職員社區的時候，李老頭跟人一起吹牛時談起自家的狗總是特別得意。見卓小貓對小花戴的酒桶很好奇，鄭歎想著哪天將小花脖子上的酒桶打開給卓小貓看看。

這邊卓小貓跟鄭歎聊著小花，那邊小花已經被李老頭牽走了，跟著一起過去的還有兩個老頭，往社區出口那邊過去，估計要去學校外邊幹啥。

一些小孩子還沒玩盡興，被家長拉回去的時候還跟家長談判，說要養隻小花。

雖然學校裡有地方閒晃，如果能辦理許可證、狗也聽話，社區的人並不會說什麼，聖伯納也不算是喜歡吠叫的犬種。可問題是，小花那麼大的體型，一看就是個吃貨，沒點經濟能力還真養不起這個大傢伙。何況牠還愛流口水，掉起毛來也夠折騰人的，李老頭他們是退休後沒啥事，但一些上班的人連孩子都照顧不來，更何況養狗？而且還是一隻大傢伙？！

養狗，門兒都沒有！

大家心裡是這麼想，但當著孩子的面總會說出其他的藉口來打消孩子的想法。

鄭歎耳力好，聽著那些家長們編藉口，心裡好笑。

他正暗自樂著，就聽到西教職員社區通往校外的社區大門那邊發出砰的聲響，然後那邊很多人嚷嚷了起來，像是發生了什麼事故似的。

一些家長見情況不對，趕緊先將孩子帶回家關著，然後再去那邊看看。

小卓也讓卓小貓上樓回家。本來她也讓鄭歎回去家裡的，但鄭歎想去那邊看看到底發生了啥事，他聽到小花的叫聲了。

見叫不動鄭歎，小卓只得先將卓小貓帶上樓。

「媽媽，那邊發生什麼事了？」卓小貓牽著小卓的手，雖然好奇，但還是聽話的回去。

「不知道，小孩子不要去管那些。」

卓小貓回頭，看到鄭歎往那邊跑過去。上樓回到家之後，卓小貓就站在陽臺上往那邊看，從樓上能看到一些社區大門外的景象，但因為角度的關係，拿著望遠鏡也看不到究竟發生了什麼，只能看到有很多人往一個方向聚過去。

既然看不到，卓小貓看了看小卓，見小卓進廚房去了，他便拿起電話機撥了個號碼。電話沒響幾聲，那邊就有人接起了。

「喂，這裡是朱勇家。」那邊一道很幼稚的聲音響起，吐詞也不清楚，像是在吃什麼東西，同時還有一些喀嚓喀嚓的聲音。

「小豬，我是小貓，你知道社區大門外面發生什麼事情了嗎？」卓小貓問道。

「不知道，我正在看電視。」

「小豬，把你的冰棒放下，然後拿起你的望遠鏡，直走到陽臺，再看向兩點鐘的方向。」

「……兩點鐘的方向是哪裡？我的鬧鐘放在床上看不到～～」

小卓站在房門口，一臉無奈的看著卓小貓拿著電話指揮電話那頭的人去看外面的事情。

另一邊，鄭歎來到社區大門外的時候，發現已經有很多人圍過去了，小花還在叫，只是周圍的人太多，鄭歎看不到發生了什麼事，但能猜到不是什麼好事。

從這個門出去就是校外了，門口是寬寬的大馬路，西教職員社區的車經常從這個社區大門進出，所以這裡的大門警衛也稍微多一些，檢查比較嚴格。現在，鄭歎過來的時候，大門警衛室那裡一個人都沒有，負責這邊的警衛也沒看見，全跑事發地點那邊去了。

正當鄭歎想著爬高點看看情況的時候，三個穿著警衛服的人拉著小花出來了，小花還發出低吼，對把牠拉出來的人很不滿意，掙了掙，頭還時不時往人群那邊看。

小花身上有血跡，不知道是牠的還是別人的。

那三個警衛人員將小花的狗繩套到大門警衛室旁邊圍牆上的一個鐵鉤子上，然後其中一人立刻又往人群那邊過去了，另外兩人站在旁邊休息，也驅散一下跑過來看熱鬧的人。

聽他們說，鄭歎才知道，剛才有個腦子不太清醒的人開車衝了過來，撞上一輛摩托車，摩托車和騎士都被撞得摔了出去，而且正好朝著李老頭他們的方向。小花擋住了摩托車，但是沒擋住人，騎士砸到了李老頭他們，幾個老頭都趴下了。

「應該沒生命危險吧？」一個說道。

「應該沒事，那轎車的車主減速了，撞上摩托車的力道也不大，摩托車的車主應該沒生命危險，只是傷看起來有些嚇人而已，不過那幾個老頭就不知道了。跳樓的人都能再砸死人，撞出去的人再撞傷別人也可以的，如果是年輕人的話肯定沒危險，但畢竟這麼大年紀了，跌一跤都可能有大問題，被撞一下……」

那邊有人說送李老頭他們幾個去醫院了，是校內專用的救護車。

小花被拴在邊上蹲著，看著人群的方向，鼻腔裡發出嗚嗚的聲音。平時打理得很好的毛也凌亂了，有不少血跡和汙漬，還有血順著毛滴在地上。

——嗯？滴血？！

鄭歎靠過去仔細看了看，小花身上有傷，被劃了幾個口子，不過應該不深，就是不知道還有沒有別的問題，畢竟有些傷不容易看出來。

現在那邊都忙著救人和疏通，警車也過來了，沒人管這邊的小花。

救人的事情鄭歎幫不了，醫院的救護車已經將人送往附屬醫院那邊去了。至於小花……

這邊離寵物中心也不遠。鄭歎將小花的牽繩從鐵鉤上解下來，小花又往人群那邊轉了一圈，沒找到李老頭，還被幾個警察驅趕，小花回頭就往鄭歎這邊跑。鄭歎跳上狗背，拉了拉狗繩，讓小花往寵物中心的方向過去。

騎狗這種事情，鄭歎已經熟練了。

要說為什麼小花能配合鄭歎往正確的方向跑，這得追溯到當初小花還是隻幼犬的時候。

聖伯納本來就是大狗，就算是幼犬時期，也比其他小型犬要大，比鄭歎牠們那幾隻貓也自然是要大些的，不過小花的性子注定了牠被社區的四隻貓欺負。

從那時候起，鄭歎就開始訓練小花了，只不過那在其他人來看只是貓狗之間的玩耍而已，沒誰會想到鄭歎在馴狗。所以，現在鄭歎只要輕輕扯動一下小花脖子上的項圈，小花就會往扯動的方向跑，朝後拉的話便會停下。幾年下來，怎麼樣也會有點默契。

路過的人看到這一對組合還覺得挺有趣，只是小花身上的血漬讓很多人望而卻步。

小花帶著鄭歎一路往寵物中心那邊過去，也壓根沒讓路人們多瞧。

在鄭歎和小花離開之後不久，西教職員社區大門口那邊的事情穩定下來，道路也完全疏通，看不出剛才這裡出過事故的樣子。

幾個大門警衛正在聊著剛才的事情，一個穿著警衛服的年輕人跑了過來。

「咦，小王，你過來幹什麼？雖然這邊剛才發生了事故，但也沒通知讓你過來，擅離職守可要不得。」正在聊著的人中，其中一人看到那個年輕警衛之後皺著眉說道。

「不是，劉哥，我接到張哥電話，他說他跟人一起送李教授他們去附屬醫院那邊，李教授在車上清醒了說讓我們幫忙看看小花，他說小花也受傷了。劉哥，小花是誰？」

跑過來的年輕警衛小王說著還往周圍看了看，剛才他聽說這邊出事了，還看著醫院的救護車開過去，不過他們不能擅離職守，所以忍著好奇心沒往這邊來，沒想到不大會兒就接到電話了。送李教授他們過去的人以為這邊的事情還沒處理完，所以沒有打電話給西教職員社區這邊的大門警衛，而是一通電話打到了最近工作比較輕鬆的他這邊，讓他照顧一下小花，可他哪知道小花是誰啊！對方也沒說清楚就掛電話了。

接到同事的電話之後，小王立刻往這邊過來，只是他對學校的人和事也不算瞭解，對李教授這個人也只是在電話裡聽過名字，他不認識李教授也不認識小花，以為小花是李教授的親戚之類的人，還疑惑怎麼那個叫小花的受傷了也沒有跟著救護車一起去醫院，他過來往周圍一看，沒看到有傷患。

「小花？」一個年長點的警衛愣了愣，看看周圍，「哎？我那時候不是把小花拴旁邊的嗎？怎麼不見了？」

……拴？小王更疑惑了。

「李教授的那隻大狗嗎？剛才好像有人說看到牠了。」有人說道。

幾人問了問，這才發現狗在他們沒注意的時候不見了。

「我問東區那邊的大門警衛了，說沒見回去。」一個警衛放下電話，說道。

「趕緊看看監視器！」就算是一隻狗，他們弄丟了也得負責的，何況這隻狗還救過人，李教授他老人家躺救護車裡還念叨著，想來那狗對李教授很重要。

幾人聚到監控室，調出剛才門口的幾個監視器拍到的畫面。

「就那個就那個！我就說我拴旁邊了。」年長那人指著畫面說道，此時畫面上正是他們三人把狗從人群裡面拉出來拴在旁邊。

然後，幾人聚精會神盯著畫面裡的那隻狗。

再然後，他們便從監視器拍到的畫面裡看到，相比起狗來說不大點的一隻黑貓，將狗繩解下來，狗跑去又跑來，然後那隻黑貓跳上狗背，騎著狗跑了。

「……」幾位警衛相看無言。

鄭歎領著小花來到寵物中心，雖然小花每個月也被李老頭帶過來一、兩次，但每次都是騎著車，或者讓人開車帶過去，小花並不記得路，現在有鄭歎的指導，牠也沒出錯，看到寵物中心之

後，小花剛才對陌生環境的焦躁感散去不少。

鄭歎沒有讓小花直接跑寵物中心正門，而是走側門直奔小郭的工作室那邊。走正門的話，未必每個人都認識小花，沒人帶著，想幹什麼也不方便，要治療還得排隊；到小郭那邊就不同了，就算沒人帶著、沒錢付醫療費，小郭也會先幫小花處理傷口。

現在李老頭不在，那邊的情況不明，李老頭的家屬估計全去醫院那邊忙著李老頭的事情了，一時半會兒估計沒誰會注意到小花，把小花先放小郭這裡也是當下最好的辦法。

小郭工作室的人今天沒什麼工作，都自由活動著，順便想想下一部宣傳影片該怎麼拍。隨著網站影片的瀏覽量增加，最近找上門的廣告商多了，但品質他們還是得抓好，不能糊弄人。

一個個正在屋裡吹著空調看著電視聊天胡侃，突然聽到門被敲響。

「這時候，太陽這麼大，誰過來了？」

「你管他誰，趕緊去開門，說不定是大客戶呢。」一個員工開玩笑道。

離門最近的人搖搖頭，起身走過去開門，打開門就發現一個狗頭，一隻身上都是血的大狗看著自己。

要不是看到狗背上的鄭歎，那個開門的員工估計會嚇得先關上門。他們是負責拍攝的，不是獸醫，和寵物中心的客戶們也不熟，只記得那麼幾個經常接觸的，對小花比較陌生。更何況，小花現在身上有很多血漬，跑過來又累，張嘴大喘著氣，看起來有些嚇人。

「老闆！！」

這事情他們可處理不了，只能讓小郭出來。

小郭在休息室裡聽到外頭有人喊，出來往外一看，瞧見鄭歎和小花之後也嚇了一跳，走過來看了看小花戴著的那個酒桶，酒桶上印著小花的名字。這個酒桶就是小花的狗牌，什麼資訊都印刻在上面，這讓小郭心下稍定，他還怕這隻黑貓亂拐帶狗呢。

小花還記得小郭的氣味，所以沒怎麼排斥。小郭有時候去社區那邊找鄭歎，偶爾也會順道去看看小花，社區裡幾位養寵物的人家都認識小郭，而李老頭他們就住在一樓，小花的狗窩也在一樓，看望比較方便。

「哦，是小花啊。」周圍養聖伯納的極少，看看酒桶只是確認一下，因為這次是小花自己跑過來的，沒看到李老頭，所以小郭才會有些疑惑。

疑惑歸疑惑，小花身上的傷還是得趕緊處理一下的。

打了電話給寵物中心那邊的幾位獸醫，小郭便將小花直接帶了過去。

「喵——」

芝麻站在門口探頭探腦，牠聞到了陌生的氣味，看到鄭歎之後，又小跑了過來。現在的芝麻長得比鄭歎大了一圈，與花生糖差不多，真要認真比較的話，芝麻比花生糖還大那麼一點點。

鄭歎現在可沒心情陪這傢伙玩，他想過去看看小花的情況。剛才他只想著趕緊過來寵物中心讓人幫小花看看傷，卻忽略了小花的身體情況。

之前看著小花被警衛拉著走的時候也沒看出啥來，躲警察的時候也跑得挺快，就沒多想，現在到了，鄭歎便有些擔憂。如果有內傷的話，跑到這裡會不會傷得更嚴重？雖然從學校那邊到這裡也沒多遠，但這事情誰都說不準。小花已經五歲多了，聽說大型犬的平均壽命本就比小型犬的短，如果留下某些暗疾的話，會不會縮短小花的壽命？

以前鄭歎對貓狗並沒什麼感情，但這幾年下來，看著社區裡的幾隻貓狗長大，平日裡也一起玩，在很多人眼裡，牠們就是青梅竹馬，從小一起長大。雖然很多貓一歲都算成年了，但以人的時間觀念來看，甭管一歲還是五歲，都被劃分在「小朋友」的行列。

抬腳打算跟著小郭過去看看小花的情況，聽到身後的動靜，鄭歎回頭，發現芝麻跟著自己，抬手抵著芝麻的頭將牠推回屋裡去。大熱天的，還長著一身惹眼的毛，芝麻這傢伙還是乖乖待屋裡的好。

在小花接受治療的時候，小郭也打了李老頭的電話，接電話的是李老頭的夫人，因為太擔心李老頭的情況，她也沒多說，只說讓小郭幫忙先照顧一下小花。

小花的檢查結果很快就出來了。

「沒有嚴重的骨折，內臟沒出問題就沒事了，那些傷也容易養，看檔案是五歲多不到六歲，還是聖伯納犬的青壯年時期，平日裡李教授照顧得很好，小花這樣子再活個五、六年一點問題都沒有。前幾天有人帶過來一隻聖伯納都十三歲了還活得好好的，能吃能跑。」

「沒大問題就好，該用的藥也別省著，人家李教授躺醫院裡還想著狗呢！這狗剛才可是救過人的。」小郭說道。

「行，我知道了。」那位獸醫應道。小郭這話是告訴他——第一，這狗是好狗，值得你盡力救；第二，不用擔心醫藥費，主人家總會補上的。

聽著那位獸醫跟小郭談論小花的情況，鄭歎心裡也鬆了口氣。沒什麼大問題就好。

其實，現在想想當時在社區大門口聽到的情況，鄭歎覺得以小花的反應能力，是能輕易躲開那輛滑過來的摩托車，只不過小花估計是不想讓身後的李老頭受傷，便硬生生擋著了，如果那時候轎車對摩托車的撞擊力度再大一些的話，小花未必能活下來。

不過，李老頭對小花也是真心愛護，自己都沒安定下來，還想著狗呢。

別看那時候很多人說小花有多勇敢、多忠心護主，看客們看了熱鬧之後也不再去想什麼了，這個時候惦記著狗的，只有狗的主人。如果連狗的主人都不記掛著狗，在鄭歎看來，這隻狗的狗生就有些悲慘了。

小花在寵物中心待了三天之後被接走。

因為傷得不算太重，用的藥也是好藥，再加上那獸醫所說的，小花還是青壯年，恢復能力不錯，處理傷口、清理一下毛，看著和平日裡也差不多了。隔幾天再過來檢查一下，看看有沒有感染或者其他沒注意到的傷就行。

李老頭那邊也沒有生命危險，只是因為年紀大了，老毛病多，被要求多住院觀察幾天。不只是李老頭，那幾位跟著一起被撞的老頭們都被同樣要求住院觀察。反正有伴，李老頭也不寂寞，不過他每天還是想著小花。

有小花在多好，能當毛巾擦水，能當靠背靠著，冬天還能暖腳，比兒女們買的那什麼羊毛保暖拖鞋管用多了。狗長得大，夠威風，平時牽著出去也有面子，晚上還不怕被搶劫，危險時候還護主，多好的狗啊，一天沒見就想得緊。

他們老夫老妻的跟兒孫們沒住一起，平時陪著李老頭最多的就是小花了，連他夫人都得排在後頭。老太太還有自己的事，狗可沒有。這一人一狗是吃飯睡覺都沒分開，晚上睡覺，狗就趴在他們床旁邊。總覺得有這麼一隻大狗在旁邊特別安全，尤其是聽說哪裡出現小偷的時候，李老頭就摸著小花的頭感慨，還是養隻狗好啊！

李老頭躺病床上看了看窗外，嘆了一聲。可惜，醫院不讓人帶狗進來。小焦老師他家還偷偷帶過貓進來呢，別以為他不知道。可小花那體型，只要不是瞎子都能看到，想偷偷帶也帶不了啊！

李老頭每天除了靜養，跟幾個老朋友打屁聊天之外，就躺在床上哼哼地像是牙疼似的。

李夫人覺得好笑，不就是想狗嘛。

「明天我把小花帶過來吧。」李夫人說道。

李老頭那哼哼唧唧的牙疼立刻就沒了，「怎麼帶？醫院不讓進啊。」

「沒事，我放醫院的大門警衛那裡，我認識一個大門警衛，打個招呼就行了。」

「那好，到時候我下去走一圈就行。不能出院，走走應該可以吧？而且妳過來帶著小花也安全，小偷小賊不敢找妳的。」

這天，鄭歎出門閒晃的時候，看到李老頭的夫人一手提著飯盒，一手牽著小花往附屬醫院那邊走，似乎覺得提飯盒提累了，就將飯盒擱狗背上一會兒。

這是要過去看李老頭？

除了李老頭的夫人之外，鄭歎還碰到了騎著自行車的小卓。

小卓現在回來，也不急著去工作，有佛爺在，她是想留校還是做其他的都不是問題。小卓現在最主要的就是休養，沒有在專案組那邊接受後期休養治療，回來後治療也是不能落下的，為了卓小貓，她也得好好休養一下。

鄭歎早上出去閒晃，有時候也見到過小卓，小卓在附屬醫院那邊接受治療，不用天天去，隔幾天去一次就行了。卓小貓也聽話，家裡還有保姆看著，不用她擔心。

因為卓小貓跟小花熟，小卓也對李老頭和李夫人有些瞭解。

跟鄭歎打了聲招呼之後，小卓便下車推著自行車，和李夫人一起走，順便將李夫人手裡的飯盒放在車籃子裡，省得李夫人提著費勁。

等她們走進醫院大門之後，鄭歎就蹲在花壇後面看了看，蹲圍牆上觀感不好，他還記得以前跑醫院來被人說的情形。

李夫人跟大門警衛說了一會兒話，便將小花拴在大門警衛室後面的小片空地上，讓小花乖乖的待在這裡，然後便和小卓一起往裡走了。

大門警衛是被打過招呼的，幫忙看一下狗而已，這個還行，而且拴在大門警衛室後面，進出的人也不容易看到，不會嚇到病人。他還用一個紙杯接了點水給小花喝，小花隨意舔了兩口就沒喝了，趴在陰涼處伸著舌頭喘氣，眼睛盯著李夫人離開的方向。

大門警衛坐在警衛室裡，看了看安靜的待在後面的狗，他昨天聽李夫人說「小花」這名字的時候還以為是一隻蝴蝶犬或者博美之類的小型犬，結果一聽李夫人說是一隻聖伯納就給跪了，還是一隻體重將近一百公斤的成年犬。難怪李夫人為難呢。

沒多大會兒，李老頭便過來了，腳步走得挺快，扶都沒讓夫人扶。看這樣子，李老頭是真的沒啥大問題了，留這裡觀察幾天估計就能回去。

李老頭看到小花之後不禁老淚縱橫，小花身上受傷處的毛都被剃過，看上去很明顯。見到李老頭之後，小花也高興，嗚嗚著想要衝過去，可惜被拴著，所以被繩子一拉，看上去就像是站立著似的。

本來體型就大，人立起來比人都高，一看便是個重量級傢伙，這要是壓在李老頭身上就恐怖了，若搭兩隻爪子也能讓李老頭再回去躺段時間，看得那個大門警衛擦了好幾下額頭的汗。

李夫人也知道要是被小花撲一下就不得了，趕緊先阻止一下激動的小花。

「小花，坐下，快坐下！」李夫人趕緊過來先安撫小花。

聽到指令，小花坐下了，但還是朝著李老頭嗚嗚的發出聲音，尾巴使勁的甩。

李老頭快步走過去，抬手摸了摸小花的頭，「小花啊，我的小花兒哎！你受苦了！」。

坐在警衛室裡的大門警衛抖了抖，感覺胳膊上都起了一層雞皮疙瘩，再看過去，正看到小花將李老頭舔得滿臉口水。噁，這種大狗，尤其是長這嘴型的狗的口水最噁心了！

想了想，大門警衛還是決定不去看那邊了。

李老頭跟小花又玩耍了一會兒，想起什麼，過去找大門警衛。他記得以前在大門警衛室看過一個身高體重計，因為測身高的部分出了點毛病，一直又沒人修，就扔在警衛室的角落裡，有時候幾個大門警衛還去秤一下，看看有沒有養胖。

過去看了看，身高體重計果然還在。

便站好了。

「雖然測身高不方便，但量體重還是挺準的。」那大門警衛說道。

李老頭站上去秤了秤，嗯，不錯，跟醫院裡檢查的時候差不多，便去解開拴小花的繩子。

那麼大個頭，站上去有點擠，但由於不是第一次站在這種體重計上，小花不用李老頭多說，便站好了。

「九十五公斤，您這狗養得真……」大門警衛還打算誇一誇的，這狗比他認識的一朋友養的聖伯納要重將近十公斤！他朋友還經常炫耀他家聖伯納長得大、長得壯呢，所以看到體重計上的顯示之後，大門警衛小夥子真想讚嘆一下。

結果，他話還沒說完，那邊李老頭就一臉的懊惱。

「都瘦這麼多了！」一邊說著，李老頭還摸摸狗頭，然後心疼的說道：「小花啊，我可憐的小花唉！你受苦了！」

鄭歎、大門警衛：「……」

這次不止大門警衛，連帶著鄭歎都抖了好幾下。

大門警衛還沒說出來的「好」字硬是憋了回去。

李老頭也不能一直在外面待著，待會兒還有例行的檢查，還要吃藥。現在抱了狗，回去之前李夫人還得替李老頭簡單清理一下，別沾著一身狗毛進病房裡去，要是病房裡其他人對狗毛過敏，造成什麼負面的影響就不好了。

一臉不捨的跟小花說了說話，李老頭才離開。離開前還拉著大門警衛的手，鄭重道：「小夥子，我家小花就交給你了。」

大門警衛笑得有些勉強，這話怎麼聽著這麼彆扭？想了一下才想起來，他大哥上週去女朋友家商量婚禮的時候，他大哥的準岳父拉著他大哥的手，同樣是一臉的鄭重：「軍兒啊，我家麗珍就交給你了！」

李老頭離開之後，小花趴在大門警衛室後面，這下看起來心情好多了。之前一直沒見到李老頭，小花有些焦躁，現在終於平靜了。

之後幾天，李夫人提著飯盒過來看李老頭的時候，都會將小花牽過來，

這日，天氣預報說有大風，不過上午還看不出來。太陽沒像之前那麼烈，也起了點風，只不過算不上大風，就這樣也驅散不少酷熱感，一些小孩子還跑到水池子裡面玩。

李夫人今天照樣是提著保溫飯盒，牽著小花往附屬醫院那邊走。這點風對她來說也沒啥，不過還是戴了個口罩。風大，有時候經過一些地方會揚起灰塵，戴個口罩也好點。

鄭歎跟他們一起過去，不過今天鄭歎不是去醫院，而是去湖邊別墅那裡，看看馮柏金和虎子在幹啥，然後順便在那邊蹭個飯。

湖邊別墅區這邊最近貓又多了，每次鄭歎過去都能看到有貓在追逐打鬧。平日的下午，時常能看到柳樹下趴著三五隻貓在打盹，偶爾因為湖面上有魚躍出水面，牠們才動動耳朵睜眼往那邊看看。

不過，就算是這種集體懶洋洋的畫面，下一刻也能轉變風格。知道往貓群裡扔一隻活蹦亂跳的螞蚱會有什麼現象嗎？

鄭歎試過。

某一天鄭歎正好逮到一隻跳到眼前的螞蚱，估計是被哪隻貓逮到過，腿斷了一隻，身上還有貓爪子釘過的痕跡，但這螞蚱還是折騰得挺歡，跳得那個大膽勁兒的，都直接跳到鄭歎眼前了，還打算越過鄭歎再往一旁的草叢裡跳。

鄭歎抓到牠之後，往那邊柳樹下躺著貓的地方扔過去。然後，那裡前一刻還躺得懶洋洋的貓們瞬間有精神了，瞳孔都放大不少。

看著那邊被五隻貓爭搶著的螞蚱，鄭歎默默在心裡點了根蠟燭。

鄭歎過來的時候，馮柏金正在玩遊戲，估計是他新製作出來的，鄭歎沒見過那款遊戲。

虎子趴在馮柏金腿上睡覺，馮柏金動一下，牠還不樂意的從鼻腔裡哼兩聲，表示這打擾了牠的睡眠，讓馮柏金別亂動。

有句話怎麼說來著？每一個宅在家裡上網的宅男宅女都是貓的沙發。

在馮柏金家蹭了中飯，本來鄭歎還打算在這邊多玩一會兒，看看虎子一挑多的對戰社區其他貓，但是看到馮柏金跟他同學的聊天記錄之後，鄭歎還是打算快點離開這裡回家。

馮柏金有一個同學家在鄰市，剛才這兩人透過聊天軟體聊天的時候，鄭歎看到馮柏金同學說他們那裡下起了冰雹，還颳大風。

楚華市這邊的風好像也大了起來，只是沒有下雨，也沒有冰雹。鄭歎在楚華市待這幾年還沒見過這裡下冰雹，遠郊的地方倒是聽說過，但沒在市區見到，市區一般只下雨。

看了看天色，鄭歎決定趕緊離開，這天色越來越差了。

從湖邊別墅區出來，鄭歎就往回跑。

一陣猛烈的風颳過來，一些停在路邊的自行車倒了一排，道路兩旁的行道樹也被吹得彎了，葉子刷刷響。

不知道什麼東西被風颳了起來，打在一些停著的電動車和轎車上，發出尖銳的警報聲。

鄭歎沒多看，只想著趕緊回去，回去之後任外面怎麼颳風下雨都不怕了。

路過附屬醫院的時候，鄭歎想起了被拴在那裡的小花。他跳上圍牆往裡看了看，小花還趴在那裡，眼睛因為吹過來的風都瞇了起來，身上的毛也被吹得亂糟糟的。

那個大門警衛在幫忙將一個病人扶進去，沒顧上小花這邊。而就在這個時候，又是一陣狂風吹過。

「喀喀！」

警衛室附近的一棵樹被吹倒了，從樹幹折斷，折斷的部分朝大門警衛室這邊倒過來。

小花看到後站起來想躲開，但因為繩子被拴著，一下子沒有掙脫。好在鄭歎看著那棵樹倒得稍微偏了一點，不會壓倒小花。

但小花不知道，牠只看到樹朝這邊倒過來，掙一下沒掙脫之後，便又使勁掙了幾次，再加上倒下來的樹的刺激，掙脫的力道就更大了，簡直跟拚了命似的在掙脫。這次是動真格的，不是平日裡跟李老頭小打小鬧。

這麼隻大狗真的動真格，力氣還是很大的。

小花的狗繩被拴在一根鋼柱上，鋼柱被死死固定住，這個小花拉不了。斷開的地方是狗繩與項圈那裡的鉤扣處，鉤扣從狗繩上脫離了。

鄭歎本來還想著下去幫小花解一下繩，沒想小花已經將繩子掙斷。

掙脫之後，小花第一個反應就是往李老頭和李夫人離開的方向跑去，但那邊人多，對小花這隻大狗也防備，不讓牠過去。被驅趕之後，小花就朝醫院大門外跑去，既然醫院裡面進不了，牠就回家。

跑到醫院大門口看到鄭歎，小花立刻加快腳步朝鄭歎這邊跑過來。鄭歎跳上小花的背，前爪勾著狗脖子上的項圈穩住，然後動了動項圈，示意小花可以回去了。

有鄭歎在，小花也不像剛才那麼亂跑了，再說，牠這幾天都被李夫人牽過來，記得路。

正跑著，鄭歎就發現開始滴雨了。

這不是個好現象。下雨的話，鄭歎倒是無所謂，但小花身上還有傷沒好，淋雨了肯定不好。現在又颳著狂風，看樣子暴雨也很快要開始了，前面的T字路口還塞車，車和人都多，將前面的路堵得小花都擠不過去，還有個老太太看到小花之後拿著雨傘驅趕。

再這樣耽擱下去不行，夏天的雨不會給你太多的反應時間，也許下一刻就會暴灑下來。

想了想這裡和社區那邊的距離，雖然不算遠，但按照小花剛才的速度還得跑個五分鐘，就是不知道這天氣能不能堅持五分鐘。如果立刻就下暴雨，即使在外待兩秒鐘也能淋成落湯雞。

「嘿，那邊的！」

有人朝這邊喊，鄭歎一開始沒往自己身上想。那邊的聲音又喊了幾次，然後還在話的後面加了個「咪——」。

這是這邊的人喚貓的通用稱呼。

鄭歎看過去。

不遠處一間不大的雜貨店門口，一個中年人站在那裡看著鄭歎的方向，見鄭歎看過來，還招了招手。鄭歎猶豫了兩秒，還是決定過去先避避雨，雨已經有下大的趨勢了，不能再耽擱，得果斷點。他拉了拉項圈，示意小花朝那邊過去。

小花有些疑惑，看了看那間雜貨店，又扭頭看看鄭歎，還是按照鄭歎的意思往那邊走過去，不過帶著警惕，走到雜貨店門口兩公尺處就停住了，看著小雜貨店收銀臺旁邊站著的人。

「進來啊。」那人又招招手。

小花不動。

鄭歎從狗背上跳下來，先走進店鋪，嗅了嗅，看向一個方向。

在高高的貨架上，一隻身上很乾淨的白貓蹲在上面，居高臨下看著走進門的鄭歎。牠瞳孔縮著，看上去眼神有些犀利。

鄭歎跑出去，將小花往店鋪裡推了推。小花順著鄭歎的力道慢慢挪到店鋪裡，不過還是帶著警惕感，進去之後嗅了嗅周圍，然後就蹲在店門附近，不往屋裡走。

只要不淋著雨就好，這樣小花的傷口暫時不會有什麼問題，要是感染什麼的話，就算不是大傷也能惡化成大傷。

在小花進店門之後，鄭歎才看向靠在收銀臺旁邊的人。

看上去這位老闆已近四十，皮膚有些黑，不知道是天生的還是曬的；他長著一張看上去十分刻薄的臉，咬著菸，看著鄭歎和小花的方向。

一般來說，大嬸或老太太們看到這樣的人會叮囑自己的小孫子離這種人遠點。沒辦法，臉能讓人造成第一印象。長得很親和的人，第一眼看上去也會覺得親近，但長得凶惡或者像眼前這人這種看上去不好說話、尖酸刻薄樣子的臉，那就是另一種待遇了。

不過，對動物來說，臉跟印象沒啥關係，如果你對牠們抱有善意的話，也會得到不少動物的親近。

鄭歎剛才看到貨架上的貓，感覺這人應該不是什麼太壞的，他和小花只是暫時在這裡避避雨而已，又不去觸及這人的利益，應該沒事。

動了動耳朵，鄭歎聽到聲音，往店鋪後面看去。

一個年輕人抱著一箱雨傘出來，「老闆，這些就是全部了，我把以前的價格標籤全撕了，都是一百一把的……我艸！」

那人正說著，看到蹲店門口的大狗之後差點將手裡的一箱傘直接甩地上去。

「老……老闆，哪來的狗？」那年輕人看上去很害怕，也不靠近了，抱著一箱傘看向收銀臺旁邊的人。

「我叫進來避雨的，你怕個啥。」

「我這不是怕狗嘛……小時候被狗咬過，從那以後我就覺得狗這種動物實在是太可怕了，不懂為什麼那麼多人喜歡狗。」

「行了，把雨傘放那裡，你到後面睡午覺去吧。」老闆咬著菸說道。

他吐詞不太清楚，還帶著明顯的方言腔，如果不是對方言比較熟了，鄭歎也不會聽懂。

那個年輕人是聽懂了，他早就習慣了這種說話方式。他迅速的放下一箱折疊傘然後溜了，還不忘把通往後屋的門關好，生怕門口的大狗進去似的。

老闆拿出筆在一張白紙上寫了些什麼，然後拿著紙過去將那箱傘搬到店門口，那張紙就掛在上方的一個架子上，白紙黑字，還是加粗的字體——「雨傘雨衣有售，雨傘特價兩百元／把」。

如果鄭歎剛才沒幻聽的話，那個年輕人搬著箱子過來的時候說了這些傘賣價都是一百塊錢。兩百還「特價」？果然是特貴價，果然是一個奸商。

外面的雨在鄭歎和小花進屋之後，不到兩分鐘就變暴雨了，劈里啪啦打在地上，飛濺的水滴讓小花都不禁往後退了一步。

外面的風又變大了，基本上一出去，就濕身。

風太大，雨還是會飄進屋裡來，所以老闆將店門關了大半邊，只留下放雨傘的那一邊。箱子上蓋著一層布，防水的，也不擔心雨水落進箱子裡。

還別說，過來買傘買雨衣的人也不少，有很多都是急匆匆的給錢拿了傘就走，當然也有講價的，不過最後總是會被駁回。買其他小東西也不會讓一分錢，總之一句話，就是不講價。

老闆走到櫃檯裡面，開始擺弄一臺電風扇。是大多學生使用的那種臺式電扇，一般住宿舍的學生們在風扇轉不動了之後會拿去修，也有的會低價賣出去，老闆手上這臺應該就是低價從學生手上收過來的，修一下再賣出去還能賣點錢。

「匡！」

鄭歎循聲看過去。兩個染著頭髮、穿著帶骷髏頭印花短袖T恤的年輕人走進來，剛才的聲音就是他們踢到門口的金屬架子發出來的。

兩人身上都濕透了，人字拖往旁邊的乾燥紙盒子上擦了擦，正罵罵咧咧的說著什麼，看到小花之後頓了頓，稍微收斂一點。一般人對這種大狗還是比較忌憚的。

那兩人在店鋪裡拿了兩把傘，還有一些其他的東西之後，來到收銀臺。

「一共四百七十二塊，謝謝。」老闆說道。

「這麼貴，便宜點唄。」那年輕人一邊將東西裝進袋子裡，一邊說道。

「不講價，四百七十二塊，謝謝。」老闆又說了一次，對於那年輕人還沒付錢就將東西裝進袋子裡也沒說啥。

「哎你個老東西，唧唧歪歪的浪費時間，讓你便宜點就便宜點，好話聽不懂是吧？」說著那年輕人掏出一張一百往櫃檯上一拍，打算拎過東西就走人。

但老闆反應更快，那人的手還沒提起袋子，就被扭過來壓在櫃檯上。

「疼疼疼！」那年輕人臉都扭曲了，也不知怎麼回事，稍微動一下就疼得厲害，像是要被扭斷似的。

「你幹什麼！」另一個年輕人怒道，看了看旁邊，打算去拿那個拖把，有根棍子在手就好說話多了。

「汪！」小花意識到什麼，叫了一聲，對著那個想要去拿拖把的人，喉嚨裡還發出低吼。那人手都摸到拖把了，被一聲狗叫嚇得縮了回來。

老闆瞟了一眼想要拿拖把的人，又轉回視線看著被自己死死壓著手的人，咬著菸湊過去，緩緩說道：「要麼買，要麼滾。」

◆◇◆◇◆◇◆◇◆

附屬醫院裡，李夫人接到大門警衛的電話之後慌了。

剛才李老頭打過針吃過藥之後睡著了，李夫人在旁邊靠著椅子也瞇了一覺，病房裡其他醒著的人則因為外面天氣的變化討論著，都刻意壓低了聲音，但是看到一棵樹直接被風颳倒的時候，還是有人忍不住發出了大點的驚訝聲。李夫人因為他們的驚訝聲而醒過來，李老頭也是。

看到窗外的天氣之後，兩位老人立刻不淡定了，尤其是李老頭，第一個想到的就是小花還拴在大門警衛室那邊，現在又是颳大風又是下雨的，小花怎麼辦！

還沒等李夫人打電話過去，大門警衛就一通電話過來了。老太太在大門警衛那裡留過電話，所以大門警衛在看到小花跑了之後就趕緊打過來向李夫人說明情況。

小花跑了，這讓兩位老人很著急，但是又想到小花是跟著小焦老師家的那隻貓跑的，這讓兩位老人心下稍安。前幾天小花受傷，就是小焦老師家的那隻貓將小花帶到寵物中心去治療的，小郭跟二老說過這事，李老頭還特地打電話給焦教授道過謝。李老頭私下裡還對夫人說：「人好，養的貓也好。」

不過，外面的天氣情況實在不太好，李老頭安不下心休息，讓夫人將電話遞給他，他直接打給了焦爸。

正在辦公室整理一份講義的焦爸看了來電顯示之後立刻接起電話。李老頭是生科院退休的老教授了，雖然李老頭是研究植物，與焦爸的研究方向沒有多少交集，但生科院裡的老師們對李老頭還是很尊敬的，所以焦爸沒多想就接起來了。

「喂，小焦老師啊，你們家的貓回去了沒？」

李老頭將醫院這邊的事情簡單的說了一下，焦爸想了想，道：「我現在在辦公室，先打電話問一問。」

「麻煩你了，小焦老師你要是有消息就給我回一個。」

掛斷電話之後，焦爸便打給家裡。

一般來說，鄭歎在家的話，看到座機的來電顯示上熟悉的號碼會按下接聽鍵，但是現在響了半天那邊也沒接通。焦爸看了看外面的天氣，皺眉，又撥了焦威爸媽那邊的電話，以及馮柏金那邊的，都問了一下，結果馮柏金說鄭歎早走了。

在焦爸和李老頭尋找鄭歎和小花身影的時候，這兩隻還躲在雜貨店避雨。

此刻，雜貨店裡的氣氛有些詭異。

原本囂張的兩個年輕人現在蔫了，一個被扭住手腕按在櫃檯上動都不敢動一下，只臉上因疼痛而表現得有些扭曲，一開始還放狠話，現在連個屁都不敢放，只希望這位長得一臉刻薄的老闆趕緊將他們放了。

就像老闆說的，想要放開，可以，要麼付錢買，要麼立刻滾。

櫃檯上還有剛才那人掏出來的一百塊錢，但老闆看了一眼之後就沒再看了，只注意著這兩個穿著有些另類的年輕人。

站在旁邊的人嚥了嚥唾沫，他感覺外面吹進來的風有些涼，風裡帶著濕氣，這就更讓他感覺冷了。他抬手指著老闆大聲道：「我警告你，別太過分！」但明顯的色厲內荏，手指都抖了。

小花因為吹進來的雨水飛濺到鼻子上而打了個噴嚏，嚇得那人又抖了兩抖。

賣笑賣不過薩摩耶，裝可憐裝不過巴哥，小花那張囧字臉上的面部表情並不多，對於不瞭解這種狗的人來說，最具威懾力的永遠是那個體型。

這兩人思量著後面那隻大狗是不是在表現牠的不耐煩，這樣一想，心裡就更害怕了。

老闆不說話，就維持著一個表情看著他們，隨後站在旁邊的年輕人咬牙，掏口袋，拿出三百七十塊錢放在櫃檯上，「這樣好了吧？還不把我兄弟放了！」

老闆沒說話，也不鬆手，反而還又扭了一下，疼得那人大叫一聲。

「四百七十二塊，你們小學數學是體育老師教的嗎？」

站在旁邊的年輕人臉上僵了僵，他沒想到這個老闆竟然這麼較真，還計較零頭。

「我沒兩塊錢了，不信給你看！」那人說著掏了掏褲袋，將口袋裡的東西全部拿出來，左邊褲袋裡有枚一塊錢硬幣，右邊褲袋裡居然有兩枚相當少見的五角硬幣。

「……」那人哽了哽，沒想到還真的有兩塊錢。將三枚硬幣全放在櫃檯上，他看向老闆，「這次可以了吧？」

老闆搖搖頭，看著那人道：「最後一次機會。」

「疼疼疼！馬的，你趕緊給錢啊！」被按住手腕的人朝自己的同伴吼道。

站在旁邊的人一臉苦悶的又放了一張一百元鈔票在櫃檯上，然後帶著自己的同伴趕緊退開。

那人還想將之前放在櫃檯上的那張一百元拿走，卻發現老闆一根手指已經按住了那張百元鈔票的一角。

不甘心的看了看櫃檯上的那張一百元，那人哼了一聲，被同伴拉了拉，提過東西就往門口走，走時還想找根趁手的東西反擊一下，砸不了人砸一下店鋪也好，沒想一轉身腳就踢在一個貨架上，踩著人字拖的腳趾撞得生疼，恨不得罵一聲娘，剛準備罵一句以宣洩自己的憤怒和憋屈，就聽到身後傳來兩聲狗叫。

「汪汪！」

小花站起來看著這兩人，牠從這兩人身上感覺到不太好的意味，所以只是試探性的叫了兩聲，順便提醒對方別往這邊來。

小花趴那裡就顯得很大一團，站起來就感覺更大了，一舉一動都很惹眼。不過鄭歎沒有阻止小花，他覺得這兩個年輕人沒有那個膽子敢過來跟小花對抗，更何況老闆也不是個簡單的，一出手就能將人制住，真打起架來也肯定不弱，比起這兩個外強中乾的厲害多了。

兩個年輕人因為小花的狗叫聲而噎住，對視一眼，也不打算罵了，趕緊走人算了。

「怎麼回事？」原本跑到後屋房間裡睡午覺的年輕店員被兩聲狗叫吵醒，提著膽子打開門看了看。他看到門口那兩人之後挑眉，找碴的？

門口兩人一看老闆還有幫手，更不願意待在這裡，快步離開，連剛買的傘都沒撐開就跑進雨幕裡。

從後屋過來的店員繞開小花，貼著另一邊的貨架快步走到收銀臺前。

「怎麼回事，老闆？那兩人找碴？」

「沒啥，兩個小孩子，用不著多費心思。」老闆將錢放進錢盒，只有櫃檯上最開始放上去的那張一百元鈔票仍舊在原位。

「喲呵，竟然敢用假鈔，故意的吧他們？還找碴！老闆你怎麼不將他們揍一頓再放走？」

「跟小孩子計較啥。」老闆將那張假鈔挪到櫃檯的一邊，用東西壓住，然後拿起螺絲刀，叼著菸，繼續修電風扇。

這位店員剛睡醒，不打算再回後屋去，就拖過椅子坐在旁邊看老闆修風扇，嘴裡還說著，他覺得剛才老闆應該好好給那兩人上一課，那種成天在外吃喝玩樂、欺軟怕硬、不幹正事的人就該好好收拾一下。

「老闆，他們跟我差不多大呢，沒二十怎麼也得有十八了吧？還小孩子。」頓了頓，那店員又道：「老闆你說，小孩子和成年人的區別在哪？不是年齡嗎？」

老闆的視線也沒從電風扇上挪開，咬著菸說：「區別？小孩子在乎的是誰能帶他們去吃喝玩樂，而成年人在乎的是誰能帶他們成功。」

店員撇撇嘴，不說對也不反駁，看了看放在門口的箱子，又道：「老闆，你這下雨漲價的行為沒人說嗎？」

「有什麼好說的，車站過節還漲車費呢，下雨我漲個傘價又怎麼了？」

「……我從你身上學到了什麼叫做趁火打劫。」

「不。」老闆拿著螺絲刀的手搖了搖，「我只是更具體清楚的讓你知道什麼叫無奸不商。」

或許對很多人來說，無奸不商是一個貶義詞，但對於很多商人來說則未必，比如老闆自己。

鄭歎蹲在小花旁邊，聽著那老闆和店員的對話，覺得這老闆挺有意思的。

「哎，老闆，你不怕這一貓一狗賴在這裡嗎？」那店員說道。他一點都不怕被鄭歎和小花聽見，在他看來，就算是跟在人身邊幾年的貓狗也聽不懂複雜的話語。

老闆不吱聲。鄭歎也當作沒聽見。

貨架上，那隻白貓換了個地方蹲著，依然是居高臨下的盯著鄭歎和小花，就算老闆招呼牠過去，牠也沒動。

在雜貨店裡待了大概一個小時，雨漸漸小了，又過了十來分鐘，才停了下來，不過還是偶爾飄幾滴雨。

天空亮了很多，但風還颳著，看遠處的天色，估計還有一場暴雨在醞釀。

——趁這空檔，趕緊回去。

鄭歎一離開雜貨店，小花就站起來緊跟著往外走。

走了幾步，鄭歎回頭看向雜貨店。因為雨停了，店門又重新被全部拉開，收銀臺那裡的情形站在外面看得一清二楚。

老闆測試著剛修好的電風扇，那隻白貓從貨架下來，跳到收銀臺櫃面上。白貓那略帶犀利的眼神看向湊過來的老闆，然後迅速一爪子過去，將老闆叼嘴裡的菸撥掉。

老闆這一個多小時裡菸可沒斷，他喜歡做事的時候叼著菸，感覺不叼根菸就渾身不得勁，幹活也沒氣力。被撥掉菸之後，老闆也不惱，反而笑得有些嗆住，「咳咳，咪啊，這菸可不能浪費，一百多塊錢一包呢！」說著，他趕緊將掉落在櫃檯上的菸拾起來又叼在嘴裡。

又是一爪子過去，再次撥掉了。

「嘿，你這個小沒良心的！」

老闆撿起菸吸了一口，然後對著白貓吐了個菸圈。蹲那裡的白貓脖子往後仰了仰，大概是發現蹲著避不開吐過來的菸圈，卻又不想挪動，便抬起兩隻爪子揮動將菸圈打散。

見狀，老闆笑得眼睛都瞇了起來，原本那張刻薄的臉變得不那麼刻薄，鄭歎卻無端想起了在焦爸老家那裡見過的一隻黃鼬，那種俗稱為黃鼠狼的動物。

第四章

雜貨店的黃鼠狼老闆

鄭歎和小花回到社區的時候，蹲在一樓的大胖看到後大叫了幾聲。鄭歎還奇怪大胖這時候叫啥，很快大胖家的老太太就走出來了。

「喲，回來了！黑碳、小花快進來！」

大胖家的老太太邁動著小腳將門打開，喚小花進去。因為小花對社區的很多人都熟悉，在老太太過來拉牠的項圈時小花也沒反抗，隨著老太太的拉動往裡走。鄭歎也跟了進去。

帶進屋之後，老太太就拿著手機打給焦爸和李老頭報平安。

原來，知道鄭歎和小花沒回社區，也不知道到底去了哪裡，加上外面的天氣又惡劣，焦爸就拜託待在家裡的大胖家的老太太注意一下。

收到消息之後，焦爸和李老頭頓時放下心來。焦爸雖然覺得以自家貓兒子的智商不至於走丟也不至於淋到雨，但見不著也沒消息，總會有些擔心，主要是外面的天氣讓他放不下心。不過現在知道那一貓一狗不僅安全到家，而且身上的毛都是乾的，就知道這兩隻一定找了地方躲雨。

如果有人幫了忙，焦爸打算到時候過去道個謝。畢竟在那種天氣下，暫時收留一貓一狗也不是誰都會做的，貓就算了，小花那隻大狗太大，人家收留了，也沒起一些壞心思，這確實應該去道個謝。

以前出過不少騙狗賣狗肉的事情，聖伯納這種大型犬在很多人眼裡其實就是肉狗。肉狗，就是養了用來吃的狗。

焦爸在報紙上見過有養殖或者低價收這種大型犬的人。這也難怪李老頭在醫院那麼急，他家小花性子太和善，容易吃虧。真要被人賣去吃了，李老頭上哪哭去。

鄭歎在兩天後的一個大晴天，週末，帶著焦爸去了那間雜貨店。

見到鄭歎的時候，那老闆還挺驚訝的，他沒想到只是順手幫了一下這貓，這貓就帶著主人家上門來了。

焦爸買了一些水果過去道謝，聊了幾句之後便離開了。一位學生打電話過來，實驗室那邊有事情，焦爸只能匆匆告別。

等焦爸離開之後，店員走過來從裝水果的袋子裡摘了一顆紅提葡萄放進嘴裡。

「老闆，沒想到只是幫了一隻貓就能得到一袋水果。這些水果可不便宜，這買賣划算。」

有時候挖心掏肺的幫人也未必能換來真心，有些也就道個「謝謝」，這年頭「謝謝」二字可不值錢。沒想這次只是讓一隻貓和一隻狗進來避了避雨而已，人家就上門道謝了，帶拎著禮。這家人對那貓挺重視的。

老闆也嚐了嚐幾顆葡萄，說道：「所以說，平時覺得可以幫就幫一下，甭管是人還是貓。廣撒網，這裡頭只要有一條大魚，你就賺大了。」

光聽前面的話，店員還以為自家老闆品德昇華了呢，沒想到後半句就露出本性。

不過店員還是點點頭，老闆這話有些不好聽，但想想還挺有道理，算是另類詮釋了「好人有好報」這句話。直白的價值觀。

只是，店員和老闆都沒想到，他們撈到的可不止這麼點。

焦爸在過來道了謝之後，便將自己知道的事情對李老頭說了，顯然李老頭也跟焦爸有同樣的心思，知道那位雜貨店老闆幫了忙，一出院便買了禮物去道謝。雖然在別人看來壓根沒必要，不就是小幫了一下狗，有必要都上門道謝嗎？

但就像鄭歎在焦家的地位一樣，小花在李老頭心裡所占的分量也不輕，那時候小花還帶著傷呢，淋雨的話就更傷了。所以李老頭提著禮帶著小花去雜貨店，拉著老闆的手，鄭重道謝：「老闆，謝謝你照顧我家小花！」

店員站在旁邊抖了抖，他覺得這老頭比上次來的那位大學教授還誇張。旁邊那禮是什麼？除了水果之外，竟然還有一盒西洋參！看起來挺高級的。

店員不知道，李老頭住院的這段時間有很多人去看望，每人都提著不少禮，像西洋參之類的東西都多得氾濫了，李老頭兩老也消耗不完，這次正好碰到這事，便提著一盒過來了。

等李老頭離開之後，店員又跟老闆感慨，這隨手撒了一次網，就撈到兩條魚了。

「老闆，你說還會不會有大魚冒出來？」

老闆嗤了聲，「知足吧你。」

店員也沒真覺得會有後續發展，只是隨口一說而已，然後樂顛顛的抱著水果去後面洗，還很慷慨的摘了顆葡萄放在蹲貨架上的白貓眼前，被白貓一爪子拍飛。

又過了兩天，雜貨店再次來人了。

小郭從焦爸那裡知道這事之後就想著用這個故事拍攝一部短片，宣傳一下，讓人們以後看到受困的貓狗能多幫一手。

得到老闆的同意之後，小郭便帶著工作組的人過來。

「我這身還行吧？第一次被採訪，有些緊張。」店員專門穿了一件能顯出自己優良氣質的衣服，站在老闆眼前。

「湊合。」老闆說道。相比起店員的緊張和興奮，老闆看起來跟平時沒什麼兩樣。

這次拍攝露面的主要是店員，老闆不打算露面。老闆說了，要表現出老實厚道的感覺，他那張臉實在沒有說服力，也不想露面，便讓店員出面了。

不過，一些事情是必須要由老闆交代的。

老闆將那天的事情簡單的跟小郭講了一下，小郭問起貨架上那隻白貓的時候，老闆也如實說了。當然，關於大雨天漲傘價和中途有兩個混混的事情壓根不提。

「那隻白貓是自己跑來的，也不知道以前是誰家養的，來的時候瘦不拉幾，現在長得壯實多了。不過自從牠來了之後，店裡就再沒老鼠了。」

老闆也沒捆住牠，用老闆的話來說：「牠是自己來的，什麼時候牠想走，覺得我這裡待著不好了，也隨牠。貓嘛，不都這樣嘛，小沒良心的。」

小郭覺得這隻白貓的故事也可以運作一下，這樣能為老闆塑造一個良好的形象，至於後半句那個「小沒良心」的評價，被過濾了。

拍攝差不多的時候，小郭覺得，難得來一趟，就算老闆不想多拍，怎麼說也得放點老闆的鏡頭吧？於是小郭問鎮定的坐在旁邊的老闆：「黃老闆，你對這次的事情有沒有什麼感想？」

黃老闆看向攝影機的鏡頭，認真道：「廣撒網，多撈魚。」

小郭：「……」這段回去還是切了吧。

小郭本來還以為會聽到一些與人為善、愛護動物等之類的話，結果卻等來這兩句，他是要替人樹立良好形象、傳播正能量，不是想宣傳一個奸商。

兩週後——

二毛一個人在家，老婆龔沁帶著孩子去朋友家玩了，不讓他跟。一堆女人，二毛也確實不好過去，便獨自在家，給保姆放了假。二毛難得有機會獨自待在家裡上網，一邊喝啤酒、一邊吃外賣，當然，黑米的貓食是不會少的。

閒著沒事，二毛點開小郭他們寵物中心的網站，進入平時經常去看的專欄。按照時間來算，新一期的影片出來了。

二毛和很多寵物中心的顧客以及網路上很多貓友一樣，對小郭他們工作室拍攝的影片很感興趣，有時候是看廣告，貓和狗演的那種比較粗糙的廣告也能讓他們樂半天，總會讓人心情放鬆。除了廣告之外，還有一些生活小故事式的短片，總能讓人會心一笑，尤其是看到那些家裡有「專業惹禍」的，免不了要幸災樂禍一番。

上一期講的是小花勇敢救主並光榮負傷的事情，這期呢？

二毛點開最新一期的影片，不是廣告，而是講前幾天狂風暴雨那時候發生的事，主角仍然是小花。

因為是社區的狗，二毛也關注過，還去醫院看望過李老頭。這期又是小花，這狗又幹啥了？最近這隻大狗的出鏡率挺高的。

新一期的影片中，二毛看到一個鏡頭之後愣了愣，放下啤酒，將影片時間軸往前移了一點，然後在某一幕畫面上按了暫停。

盯著畫面上那張讓人感覺到有些刻薄的臉，二毛拿起電話打給小郭。

「喂，郭老闆，你現在方便嗎，有件事想問問你。」

小郭本來跟工作組的人在分配工作，接到二毛的電話還是先放下手頭的事情，走進休息室，說道：「方便啊，你想問什麼？」

小郭自打知道二毛的背景，就下定決定抱好大腿。二毛除了關於黑米的事情之外難得打電話過來，小郭肯定不會拒絕，這麼好的拉近關係的機會怎麼可能放過。

二毛問了小郭關於他們剛拍攝完的那段影片，以及那間雜貨店的老闆。

「那個老闆？他姓黃，具體名字就不知道了，他也沒說，當時拍攝的時候他也不想多露面，基本上是店員拍攝的。」雖然不知道為什麼二毛要問關於那位老闆的事情，但小郭還是將自己知道的告訴二毛。

「姓黃……行了，我知道了，不打擾你了，郭老闆你繼續忙吧。」

掛掉電話之後二毛就關了電腦，出門。

雜貨店裡，店員最近因為採訪的事情心情一直飛揚，在影片發布之後第一時間便去看了網友們的評論，自己那天的表現不錯，網友還評論他年輕帥氣什麼的，這讓店員的尾巴翹了好幾天，到現在都還沒完全放下來。

正想著，看到一個年輕人走進來，店員便湊了上去熱情道：「想要點什麼，我幫您介紹。」因為老闆說了「廣撒網，多撈魚」之後，店員就想著以後除了那些一看就是找碴的人之外，還是對顧客好點，讓他們感受一下，就算是間小雜貨店，店員也是有專業素質的。

二毛走進雜貨店掃了一圈，視線落在坐在收銀臺那裡看著報紙、連頭都沒抬的人，對店員說道：「一張黃鼠狼皮。」

在收銀臺後面叼著菸看著報紙的人嘴一抖，菸掉落在地上，也沒顧得上撿，愕然的抬頭看向二毛。

店員看了看自己老闆，又看了看這位疑似找碴卻又不像找碴的顧客，來回看了幾眼之後，店員才確定這位顧客跟自家老闆是認識的。既然是認識的，就沒有自己什麼事情了，後面的事情由老闆出面解決就行。於是店員拿起抹布開始擦拭貨架，不過耳朵支著，對於老闆的八卦他還是很感興趣的。

黃老闆在剛才的愕然之後便無奈的笑了笑，放下報紙，拿出兩根菸，自己叼了一根，另一根拋向二毛。

二毛接了菸卻沒有要抽的意思，對於黃老闆拿打火機的動作揮了揮手，表示自己暫時不抽。

「有孩子之後就不碰這玩意兒了，你還是個老菸槍。」二毛說著，將菸又重新遞給黃老闆。

黃老闆聽到二毛的話有些驚訝，他沒想到這個頑劣分子這麼快就有孩子了，在他的印象中，他一直以為二毛會在三十好幾才安定下來，在那之前都會到處跑著玩鬧的。

「那邊有椅子，自己拖過來坐，別客氣。」黃老闆將二毛遞還回來的菸重新小心的放回去。

二毛也不客氣，拖過來一張靠椅便蹺腿坐著，還抬手在櫃檯那邊的果盤裡拿了個桃子啃。

「幾年沒見，還真想不到你會變成這樣。」黃老闆說道。

「我也想不到，曾經管理著上百來號人的大公司的黃老闆會守著這間小店。落魄了？」二毛喀嚓喀嚓咬著桃子，說的話並不怎麼委婉。

「金融危機沒挨過去。」黃老闆彈了彈菸灰，長呼出一口氣，「我確實不是做那行的料。」

從這話裡面二毛知道，黃老闆就是這一、兩年過來開的店。店鋪看上去並不新，應該是黃老闆接手了別人的店，然後在楚華市待了下來。

店員繼續在角落裡看似認真的擦櫃檯，耳朵繼續支著。

「難怪我剛來那時候沒看到你，那兩年我還總往這邊跑，也沒見你在這邊，不過這一、兩年結婚有孩子之後也沒太注意其他了，要不是看到那部影片，我還沒想到你會來楚華市。」

「我也沒想到你會看那個。」

「那當然，我家也養貓的。」說著，二毛視線掃到蹲在高高的貨架上正盯著這邊的白貓，笑道：「嘿，你家這貓看起來挺不錯啊。」

黃老闆笑而不語，在拍攝的節目裡關於這隻白貓有過介紹，他也不用多說，不過他不知道以前看貓不順眼的二毛竟然會養貓，更沒想到二毛會從那個寵物節目裡找到自己。看來，這兩年變化的並不只有自己，二毛這年輕人也變了很多。以前這小子可總是一身怪裝還染著頭髮，看上去就像個小混混或者街頭騙子，現在倒是人模人樣——也是，畢竟是當爹的人了。

二毛沒問太多關於黃老闆以前公司的事情，雖然幾年沒見，但兩人聊起來的時候仍像是經常見到的老朋友。

二毛問起黃老闆怎麼會發善心收留小花的事情，黃老闆便說了一下，這次不像對著小郭他們那樣的官方式說法了，比較還原事實。

「聽說那個網路節目的觀眾很多，要專門去打廣告的費用也不少，我這間小店算是沾光了，免費打了個廣告，這幾天有不少看過節目的人過來。」

「哦。」二毛了然的點點頭，「我就說小花哪來的那魄力，原來是黑煤炭吶！嘖，影片裡竟然沒放牠。」

「黑煤炭？那隻黑貓嗎？」黃老闆回想了一下，笑道：「那時候那隻貓就騎在狗背上，如果沒有那隻貓，大狗也不會乖乖進來。」

「別小看黑煤炭，那傢伙挺能惹事。」二毛說了些關於鄭歎的話。

兩人聊到快吃晚飯的時候，二毛起身離開。

原本黃老闆還打算留二毛在這裡吃飯的，二毛拒絕了。

「回去還要準備貓食呢。明天我買點小菜過來，我們倆喝一杯。」

「行。」黃老闆對於二毛說他買東西的事情也不拒絕，反正這位是不差錢的主。

等二毛離開之後，店員扔了抹布就跑到收銀臺前，「老闆，那人是誰啊？」

「一個老朋友。」黃老闆沒想多說，不過頓了頓，又笑道：「還真沒想到這次一網子下去，竟然會撈到這麼多事。」

可不是嘛！店員心道。

第二天，下午快五點鐘的時候，鄭歎在湖邊別墅那裡溜達完後往回走，沒想到中途碰到提著一袋烤鴨、一袋熟食的二毛。

「黑煤炭，去哪溜達呢？要不跟我去你們躲雨的雜貨店玩玩？順便讓你認識個人，待會兒我打電話跟焦教授說一聲。」二毛道。

鄭歎想了想，也好，反正有二毛打電話也不用擔心挨罵，而且二毛提到那間雜貨店，他有了點興趣，便跟著一起過去了。

夏季白天，特別是中午的時候，到雜貨店買東西的人並不多，一般晚上太陽下山之後人會多一些。

鄭歎和二毛到的時候太陽還沒下去，仍舊熱著，雜貨店裡沒什麼人，店員正坐在旁邊玩著手機，黃老闆依然在櫃檯那邊吹著小電扇看報紙。

一見到鄭歎，那店員眼睛一亮，這讓鄭歎腳步不禁頓了頓，他不知道為什麼這位看自己的眼神怎麼像是看到錢一樣。

黃老闆讓店員搬了張折疊桌出來，炒了兩個小菜，提了幾瓶啤酒，三人一貓湊合著吃吃。

看到鄭歎在旁邊跟他們吃的一樣，黃老闆還奇怪道：「這貓這麼吃沒關係嗎？」

「沒事。」二毛一點都不擔心，替鄭歎分好飯之後又加了幾塊烤鴨、幾片牛肉和一些小菜，放在櫃檯上，鄭歎的飯桌在上面。

鄭歎也不介意，他中午吃得多，睡了一下午也沒怎麼動，並不怎麼餓，過來就是想看看這位黃老闆到底是何方高人。在鄭歎的理解中，與二毛關係好的好像都不是簡單人物，再想想那天下雨的時候這位黃老闆制服那個小混混的動作，心裡就更好奇了。

正想著，聽到一聲輕響，鄭歎抬起頭。

那隻白貓跳到櫃檯上站在離鄭歎半公尺遠的地方，還有往這邊過來的意思，似乎對鄭歎碗裡的飯菜很好奇。

鄭歎將二毛替他裝好飯菜的紙碗往懷裡撥了撥，護住碗不讓那隻貓過來，他可不想自己的飯碗裡面沾了其他貓的口水，這點鄭歎還是在意的。而鄭歎這樣則被其他人視為護食行為。

那隻白貓也察覺到鄭歎的防備，不靠近了，就盯著坐在旁邊的黃老闆叫了兩聲。

黃老闆夾了點沒沾醬的鴨肉遞過去放在白貓腳邊。

白貓聞了聞，然後一副勉為其難的樣子吃掉，看得店員直撇嘴。

「還是剛來的時候比較聽話，現在都知道擺架子了，一點都不可愛。」黃老闆說著又夾了塊肉放那，還用筷子另一端輕輕敲了下白貓的貓頭，「小沒良心的。」

「我家的不是，我家黑米可聽話了，也不鬧脾氣。」二毛得意的說道。

鄭歎心裡嗤了聲，對二毛這話抱持懷疑態度。

原本還想多聽點八卦、多瞭解瞭解這位黃老闆到底有啥過人之處的，沒想到二毛壓根就沒將話題往那方面引，只是聊了些平時的小事情，鄭歎無聊得想打盹，他有些後悔跟過來了，在這裡聽一些無聊的事情還不如回去吃好吃的。

吃完喝完之後，太陽已經下山了，店鋪裡剛才來過一些顧客，店員過去應付了，不用黃老闆出面，所以二毛和黃老闆一直坐在折疊方桌前喝酒聊天，只不過現在他們將折疊桌放進店鋪靠裡的地方，這樣不會給顧客造成干擾。

鄭歎正蹲櫃檯上打著盹，連店員在旁邊收銀揀貨他都懶得挪動。

突然，鄭歎動動耳朵，看向店鋪外面。

外面有一輛轎車和一輛廂型車開過來，而先從廂型車裡走出來的兩個人，就是那天下雨的時候來店裡找碴的。

看到一臉「老子來砸場子」樣子的幾人，店鋪裡買東西的顧客也不買了，趕緊走人，不過也沒走遠，就在不遠處看著，商量著待會兒要是打起來的話要不要報警。附近也有人看到這架式，跟著加入討論，不過他們之中倒是看熱鬧的居多，他們這些小商小販的可不想去惹那些混混。

二毛和黃老闆也看到這幾人了，兩人臉上的表情都沒有擔心的意思，二毛還饒有興趣的打量了來者一番，然後起身道：「我先出去了，你慢慢解決。」

走到櫃檯的時候，二毛還招呼鄭歎一起出去。

鄭歎看了一眼二毛，從櫃檯上跳下來，和二毛一起走出店鋪。二毛還有心情走到一個拖著推車賣瓜的小商販旁邊買了個甜瓜抱著啃，然後靠著推車看著店鋪裡的情形。

鄭歎沒走太遠，看到二毛沒打算真的離開，便跳到輛車前面的一輛三輪車座上，看著店裡。

店裡，店員心裡很急，瞧著來者不善就想報警，卻被老闆阻止了。黃老闆見店員一副如臨大敵的樣子卻沒有跑掉，便讓他在旁邊先待著。

店員心裡其實對二毛抱著強烈不滿，剛才吃飯時還跟自家老闆一副哥倆好的樣子呢，現在有麻煩轉身就溜了，真沒義氣。

過來的九個人中，為首那人被叫做「宇哥」，胳膊上還紋著一條龍，生怕別人不知道那是青龍，旁邊還紋有「青龍」兩個字。

那位宇哥邁著王八步帶著小弟走到黃老闆眼前，揚了揚下巴，「就他？」

「對，宇哥，就是這人！」當時被黃老闆扭過手的那個年輕人湊上來說道。

黃老闆也不急，掏出一包菸，手指在菸盒上輕輕一敲，一根菸彈起，下一刻便被兩根手指夾住，菸在手指上靈活的轉了一圈才停下。

將菸遞給眼前的宇哥，黃老闆道：「試試？」

「嘿，誰要你這破……」

旁邊那個跟班還沒說完，就見宇哥真的抬手接過菸了，還就著黃老闆的打火機打出來的火點了菸吸了一口。

「怎麼樣，不錯吧？」黃老闆自己也點了一根，「聽說街頭開了家ＫＴＶ，挺不錯的。」

「對，那裡陪唱的妞很辣。」宇哥點點頭，贊同道。

跟班不知道宇哥到底是什麼意思，以為宇哥有自己的打算，便沒輕易出聲，一般在宇哥說話的時候都不讓他們插嘴。

「這時間點去那邊正好。」黃老闆道。

「的確。」宇哥抽著菸應聲。

跟在後面的那兩個在黃老闆這裡吃過虧的人有些急了，這氣氛可跟他們來時想像的不一樣啊！怎麼越看越感覺這兩人像是老朋友聊天似的，宇哥不是說不認識這人嗎？

鄭歎也覺得奇怪，而且從剛才黃老闆拿出菸的時候開始，鄭歎就有種很奇怪的感覺，說不出到底是什麼，就是覺得古怪。

那邊黃老闆又聊了兩句之後，便道：「行了，我就不耽擱你去找樂子了，好走不送。」

宇哥嘴裡叼著菸轉身就走。

「宇哥？」後面的跟班們摸不清自己老大到底是什麼意思，只能跟著一起離開。

看到這種情形，原本想看熱鬧的人也失望了，圍觀的人也散開了。雷聲大雨點小，沒什麼好看的。

鄭歎所在的地方離那輛轎車近，轎車的後車窗在那位宇哥進去之後也沒關，裡面的談話鄭歎聽得很清楚。

「宇哥，我們現在怎麼辦？」坐在駕駛座充當司機的人問道。

「當然是去街頭那家ＫＴＶ，這還用問？！」宇哥一副「你們真是蠢貨」的語氣說道。

得到這樣的回答，那人噎了一下，這跟來時的計畫不符啊！不是說了要給那個老闆一點兒顏色瞧瞧的嗎？

另一個坐在副駕駛座上的人也道：「宇哥，就這樣放過那破店的小老闆？」

「破店的小老闆？誰啊？」宇哥道。

「就是……」副駕駛座上的人也噎住了。宇哥這到底是什麼意思？裝傻還是不讓提？摸不清楚宇哥的意思，副駕駛座上的人也不吱聲了，反正又不是他想報復，自己瞎擔心啥。

宇哥坐在車裡，一邊抽菸，一邊想著待會兒去KTV找個什麼樣的妞陪一陪。

「宇哥，我覺得剛才還是應該給那人一點兒教訓。」坐在宇哥旁邊的人忍不住說道。他跟宇哥熟，所以有很多話也敢說。兄弟幾個王八之氣都散發出來了，你就讓我們裝鱉？！

「剛才？」宇哥的思緒從KTV作陪的妞強行收回來，想著身旁人的話。

剛才？

剛才怎麼了？

剛才好像是有什麼事來著。

到底是什麼呢？

宇哥感覺有些頭疼，抬手敲了敲額頭，一擺手，不想了，「那麼多廢話幹什麼，趕緊開車啊！再不過去待會兒好妞都被人搶先了，找個歪瓜裂棗作陪，有你們哭的！」

車裡其他人：「……」馬的，現在就好想哭。

看著轎車和那輛廂型車都離開，鄭歎心裡疑惑不已。那個宇哥是神經病嗎？剛發生的事情怎麼像完全記不住似的？

鄭歎回去的時候還在琢磨這到底是怎麼一回事。

催眠？

他沒見過這麼催眠的。不過，那時候那麼多人，為什麼就那個宇哥不對勁了呢？

從頭至尾，黃老闆不過是拿了根菸出來，說了幾句話而已。鄭歎還尋思著是不是菸有問題，含有迷幻藥之類什麼的，但那菸跟下午吃飯時黃老闆抽的沒什麼兩樣。

正想著，鄭歎聽到旁邊的二毛說道：「黑煤炭，你知道為什麼那傢伙的外號叫黃鼠狼嗎？」

他們從校園的側門進學校，從這個側門走到東教職員社區還要十來分鐘。這個時候，小道上也沒有什麼人，二毛說這話也沒別人聽到。

鄭歎看了一眼二毛，支著耳朵聽下文。

「他的名字叫黃樞。民間傳說，黃鼠狼有迷惑人的能力。當然，那傢伙未必真的像那些民間故事裡那麼邪乎，只是會一些祖上傳下來的小伎倆而已，他因為糊弄了不少人，再加上名字聽著跟『黃鼠』很像，所以大家都叫他『黃鼠狼』。很多人知道外號為黃鼠狼的人是誰，卻並不知道他的真名，外號比名字有名氣多了。」

小伎倆？

鄭歎對那位的小伎倆挺感興趣。

「可以算是一種比較特殊的催眠術，或許也涉及到一些靈學方面的東西，是種曾一度盛行於

神權政治時代的衍生伎倆。用你貓爹他們的科學解釋，應該歸屬於神經科學範疇。當然，以現在的科學技術，有些東西是很難解釋的。」

「曾經有些人稱這些伎倆為旁門左道甚至邪魔外道，但我們稱之為——民間藝術。每一種傳承成百上千年的技藝總有它們存在的道理和價值。不過你別害怕，一般他不會亂用那種伎倆的，尤其是對人，當年做生意的時候也極少動用，當然，今晚這種可能危及人身安全的情況除外。而且我也跟他說了，讓他別用那種伎倆對付你。」

二毛說著黃老闆的事情，鄭歎則想著，即便是催眠師，人就算了，難道連貓狗甚至老鼠都能催眠？有那程度還守著個小雜貨店幹什麼？

不過，鄭歎見過的怪脾氣的人多了去了，就像當初二毛不去住高級電梯大樓、不去買別墅，偏偏租東教職員社區的老房子、窩在二十幾坪的小地方自得其樂一樣，各人有各人的想法，鄭歎也不能用自己的思維方式去揣摩那些怪胎們的心思。

能看到黃老闆特別的一面，鄭歎下午也不虛此行。

◆◇◆◇◆◇◆◇◆

第二天，鄭歎又跑到雜貨店那裡。

鄭歎想多觀察一下那位黃老闆的「小伎倆」，對於二毛所說的類似「催眠」的伎倆，鄭歎是好奇多於畏懼。

再次看到鄭歎，店員還笑著打了聲招呼。

昨晚的事情讓店員現在還有些暈乎乎的，不知道為什麼那些人氣沖沖的來，跟老闆說了兩句話就走人了。他問過老闆，老闆只回答一句「大概是他們閒得無聊」就敷衍過去了。

店員想到半夜沒睡，一直在回想當時的事情，突然發現，那個叫二毛的是不是早就預料到會有這樣的情況，所以才很淡定的走出去圍觀了？

看來自家老闆還有不少祕密。

年輕人總有無限的好奇心，只可惜黃老闆沒有一點兒想要說的意思。

鄭歎過來的時候，店鋪裡沒有什麼人，店員閒著無聊找黃老闆玩撲克牌，最簡單的那種，看誰抽的點數大，五局定勝負，到時候輸的人負責當天打掃店鋪裡的衛生。

鄭歎跳上去看了看，發現旁邊記載成績的紙上，店員從頭輸到尾了。

每次都是五局三勝制，店員就算連贏兩局也沒能贏過去。

鄭歎覺得這種簡單比大小的應該看機率吧？但偏偏這個店員一次都沒贏，後面從「貨架1」標到「貨架6」了，意味著今天店員要獨自一個人負責貨架1到貨架6的衛生情況，而現在牌局還在繼續，不過店員的楣運還是沒有好轉。

「不行不行，老闆你再把牌洗洗。」店員說道。剛才是他洗的牌，沒想到從頭輸到尾了，這次換老闆洗牌，他看過老闆洗牌，洗牌技術那叫一個渣。在老闆的渣技術洗牌之後，他的運氣應該會好一些吧？

黃老闆無所謂，拿起牌開始洗。

鄭歎見過二毛玩撲克牌，當初二毛曾在街道邊玩花式紙牌糊弄女學生，這人跟二毛認識，也算是個能人異士了吧？看他剛才的戰績，鄭歎覺得這人應該跟二毛是同一類人。

「行。」黃老闆無所謂，撈過紙牌開始洗。

他的洗牌技術……真叫一個渣，跟幼稚園的小孩子似的，而且洗牌的時候鄭歎很明顯看到一張黑桃K在最下面。

鄭歎能看到，店員也能看到。所以，在黃老闆以這種幼稚的方式洗好牌之後，店員表示自己先選。

「行。」黃老闆還是無所謂似的應聲。

果然，店員抽了最底下那張牌，咧著嘴翻過來，然後，笑容凝固了。

原本以為是一張黑桃K，卻發現是一張紅心3。

黃老闆則從中間隨意抽了一張，黑桃K。

「不對啊，老闆，怎麼會這樣？我剛才瞧著最底下那張就應該是黑桃K，怎麼會變成紅心3呢？」店員納悶了。

黃老闆嘿嘿笑著在旁邊的記錄本上寫了個「貨架7」，然後道：「眼睛也是會騙人的。」

「你出老千！」店員控訴。

「凡事講證據，沒證據就別亂說，這叫輸不起。」黃老闆一副過來人的樣子指點道。

「不玩了！太欺負人了！」店員將牌一收，打算去買便當。再這樣下去，他會輸得累死的。

店鋪雖然不算大，但一個人打掃這麼多貨架也是個累活，現在可是夏天，動一動就一身汗。

時間差不多了，鄭歎去馮柏金那邊蹭飯。

等鄭歎走遠，黃老闆翻了翻今天上午的進帳，看到白貓又跳上櫃檯之後，黃老闆盯著白貓身上那個沾著點油漬的地方頓了頓，拿出一枚一元硬幣。

白貓還以為黃老闆要跟牠玩，便走了過來。

黃老闆將一元硬幣放在櫃檯上，挪到白貓眼前，然後將硬幣豎起，手指彈了彈硬幣的邊沿，硬幣便轉了起來。

白貓垂頭看著轉動著的硬幣，原本還甩動著的尾巴尖慢慢的不動了。

黃老闆拿了一條方巾出來，用水打濕，然後擦了擦白貓頭上的那點油漬，這應該是早上吃早餐的時候不小心弄上去的，白色的毛就這樣，一點汙跡就很顯眼。

除了擦那點油漬之外，黃老闆還替白貓輕輕擦了擦耳朵。平時白貓都在貨架上蹲著，而貨架一般情況是一週或幾週才清理擦拭一次。馬路邊的雜貨店就是這樣，外面灰塵多，來往車輛帶動的空氣流動，讓貨架上一天不擦就落一層灰，白貓經常在貨架上睡覺，弄得身上到處都是灰，也不能天天都幫牠洗澡，只好隔幾天就替牠擦擦。

不過白貓並不配合，替牠擦毛擦耳朵像是受到生命威脅似的反抗，所以很多時候，黃老闆就採取一些其他方式，比如現在這種情況。

擦了貓耳朵之後，黃老闆又隨意翻了翻白貓身上的毛，今天看到牠叼了一隻肥老鼠，不知道染上跳蚤了沒有。

貓要順毛摸，翻毛的時候會讓牠們感覺到不適，很多貓都會抗拒，白貓也是。不過，白貓現在卻一動不動的任由黃老闆折騰。

翻了翻沒發現跳蚤，黃老闆暫時放下心，也不打算幫貓洗澡或者去買跳蚤藥了。

放下毛巾，黃老闆抬起手指輕輕彈了彈白貓的鼻梁。

白貓一顫，像是打了個激靈，然後看向黃老闆，又看看爪子旁邊的硬幣，抬抓撥了撥硬幣，看上去壓根不知道剛才發生了什麼事情一般。

看著白貓漫不經心的撥硬幣玩，黃老闆又想到了上午過來的那隻黑貓。

——那隻黑貓是公的還是母的來著？

——二毛好像也沒說過吧？

黃老闆琢磨著，自己店鋪裡的這隻白貓是母貓，而那隻黑貓總往這邊過來，如果是隻公貓的話，莫非是看上自己店鋪裡的白貓了？

——也不能確定。那隻黑貓走路的時候都是斜垂著尾巴的，不知道是公是母。

黃老闆想著，待會兒要是再看到那隻黑貓的話，看看是公是母。雖然二毛說了別對這隻貓耍伎倆，但……只是看一看是公是母就行了，又不會造成貓身傷害。

將快被白貓撥出櫃面的硬幣撿回來，黃老闆拿在手裡玩了玩，也不看報紙了，吃完午飯之後就注意著店鋪外面，看那隻黑貓會不會再來。

鄭歎在馮柏金那邊吃了午飯，又看著馮柏金玩了新遊戲之後，跳上湖邊的一棵柳樹上睡了一覺，才往回走。

原本鄭歎沒打算進那間雜貨店，只是路過而已，沒想到一直注意著店外的黃老闆叫住了他。

「煤炭！煤炭，快過來！」黃老闆在那裡招手。

鄭歎：「……」這人是跟二毛學的吧？不過比二毛更甚，連個「黑」字都省了。

不知道這位黃老闆要幹啥，鄭歎還是走過去了。

黃老闆點了點櫃面，「來，煤炭，我們玩個遊戲。」

說著，黃老闆還拿一條麻繩垂在櫃檯邊，用手牽著動了動，一般他用這個來逗貓。

鄭歎像看傻瓜似的看了他一眼，沒有去碰那條麻繩，直接跳上櫃面，看看這位黃老闆到底想幹什麼。

見鄭歎跳上來，黃老闆也不管為什麼鄭歎不去玩麻繩，拿出剛才的那枚硬幣，和之前他對白貓一樣，彈動硬幣。

見眼前的黑貓垂頭看著硬幣一動不動，尾巴也沒動，黃老闆覺得差不多了，便打算抓著鄭歎的尾巴提起來看看是公是母。結果，手剛碰到尾巴，黃老闆眼皮一跳，突然覺得不對勁，眼前黑色的身影一閃，他只來得及抬手擋，但還是沒擋住鄭歎踹過來的一腳。

臉上挨了一腳差點直接從椅子上倒下去的黃老闆也顧不上臉上的疼，他正驚愕著。

——無效？！

——這貓怎麼會一點兒都不受影響？！

鄭歎踹了黃老闆一腳之後就站在櫃檯上，看著差點從椅子上翻過去的人。

雖然二毛說過已交代黃老闆不要用這種小伎倆對待他，但鄭歎對於黃老闆這種有著一些特殊本事的人一直都抱著警惕。他跟黃老闆不熟，第一次見面是因為天氣原因，黃老闆讓他和小花進來躲雨，這個鄭歎報以謝意，但自打知道這人跟二毛相熟之後，就知道對方肯定不是個真老實的人，不然跟二毛混不到一起去。

有句話不是說了嗎？物以類聚，人以群分，說的就是這個理。

因此，就算知道這個人不會真抱著惡意，但鄭歎還是警覺著，防止惡作劇，沒想到事情現在就發生了。

剛才黃老闆拿出硬幣的時候，鄭歎就有一種古怪感，和那天晚上黃老闆耍那位宇哥時的古怪感一樣，所以鄭歎防備著。

黃老闆覺得鄭歎垂著頭一動不動，是因為鄭歎在觀察硬幣，看看這硬幣跟尋常硬幣有沒有什麼不同之處；至於鄭歎的尾巴不動，他畢竟不是一隻真正的貓，除了有時候想一些小心思或者心情比較激動的時候會動兩下尾巴，一些習慣和其他貓還是有區別的。

因黃老闆將鄭歎當作一般的貓來對待，對鄭歎也沒有多少謹慎心理，再加上錯估了鄭歎踹過來的力氣，還跟熊孩子似的去抓貓尾巴，這不是找死嗎？也正是這樣才會直接被踹一腳。

鄭歎看著滿眼驚愕的黃老闆，抬手踩到已經平躺在櫃檯的硬幣上，使勁一撥。硬幣被拋射而出，打在收銀臺後面的牆壁上發出叮的一聲脆響，然後反彈掉落到黃老闆頭上，順著頭髮滑落。

黃老闆接住硬幣。畢竟是個有經歷的人，很快就鎮定下來，除了剛才的驚愕之外，現在他心裡更多的是好奇。

——怎麼會沒效果呢？

對於貓狗等之類的小動物，他施展那些伎倆已經很熟了，還從沒遇到過現在這種情況。黃老闆剛才臉上挨了一腳，幸好避得快，手擋住了些力道，也沒讓鼻子中招，要不然現在就得見血。看來，這貓的力氣挺大啊，難怪二毛說沒事別去惹牠。

黃老闆起身走到一個貨架旁邊，那裡陳列著一些大小不一的鏡子，他拿起一個照了照，看看臉上的傷勢，沒大問題就不再管了，臉上這點小傷很快就能恢復。

鄭歎一直注意著黃老闆的動靜，從這人走到貨架邊拿起鏡子，再走到一邊拿杯子、放茶葉倒水等一連串的動作中，鄭歎至少有三次那種古怪的感覺，第一次的時候黃老闆還回頭看了鄭歎幾秒，第二次只瞟了鄭歎兩眼，第三次沒看過來，不過餘光注意著鄭歎這邊。

在那之後，鄭歎就沒再感覺到了，看著時間差不多便離開雜貨店回家去。

晚上，二毛吃完晚飯又跑到雜貨店跟黃老闆胡侃，聽黃老闆說了今天鄭歎的事情。

「我不是跟你說了沒事別去招惹那隻貓嗎？」二毛蹙眉。

「我也只是臨時起意，又沒打算把牠怎麼樣，只是看看到底是公是母，沒想到反而還被踹了一腳。」黃老闆嘆道：「說起來，那隻貓很是古怪啊。」

二毛知道現在黃老闆心裡在想些什麼，黃老闆這人因為祖傳的一些「民間技藝」，平時使用的時候屢試不爽，今天卻在鄭歎這裡碰了個硬釘子。

黃老闆的感覺很敏銳，目標的注意力放在哪裡，他就從哪裡下手，防不勝防，不管是人還是貓或是其他動物，都中過招，而鄭歎今天的行為無疑給了黃老闆明晃晃的一巴掌。

當然，黃老闆也不是什麼小氣的睚眥必報的人，他覺得自己拿不下，那要麼是自己技藝還沒達到程度，要麼就是自己這伎倆對對方一點用都沒有。前者情況的話，他現在想要再進一步肯定不是一朝一夕的事情，短期內成功不了；至於後者情況，那就不是黃老闆能決定的了，就算再多的努力也是白費，那是絕對的免疫。

黃老闆慶幸這只是一隻貓，而不是跟自己有過節的人。正因為想清楚了，所以黃老闆試過幾次之後就沒再去試探鄭歎了，鄭歎也沒再有那種古怪的感覺。

「有時候我真覺得那貓其實並不是貓，只是看上去像而已……嗯，我們不迷信，用搞靈學的那些老傢伙們的學術解釋，大概稱之為超自然現象。」

「你有什麼感想？」二毛問。

黃老闆攤攤手，拿起一根菸點上，吧吧抽幾口，「沒啥感想，再超自然的現象，見一見就得了，懶得去研究，我還要忙著去進貨呢。」

二毛笑了，回憶了一會兒，道：「想當初剛認識那傢伙的時候，我還往牠頭上貼過符呢。」

「咳咳！」黃老闆被二毛這話嗆到了，「然後呢？」

「差點被毀了這張英俊的臉。」二毛每次回想起那時候，都覺得自己特傻，好在那時候用外套把頭蒙住了，沒中招。

黃老闆只是笑，頓時覺得心裡平衡了。

接下來幾天鄭歎都沒往那邊走，只是在學校裡閒晃的時候碰到二毛，聽二毛說了幾句。

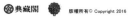

回到過去變成貓
陳詞懶調×PieroRabu

二毛說黃老闆的那些伎倆對鄭歎沒用，這點鄭歎雖然相信，但也不得不多想，為什麼黃老闆那些伎倆能對其他人、其他動物有效果，偏偏對自己是一點作用都沒有？二毛他們不中招還能說是因為他們有自己的能耐，至於鄭歎自己，他知道自己的斤兩，能想到的解釋中，最有可能的大概就是他自己最大的祕密了。

畢竟不是真的貓，現在也不是真的人。不管是用對待人的手法還是採取對待動物的手段，放在鄭歎身上都沒用。

聽二毛這話之後，鄭歎注意了二毛的神情，跟平時沒啥兩樣。

第二天鄭歎又跑到雜貨店那邊去看了看，黃老闆也沒一驚一乍的，反應還算平常。這讓鄭歎鬆了口氣。

暑假之後是新一期的開學季。

每年開學季都能狠撈一筆，對黃老闆來說，現在最重要的就是保證貨足，到時候可沒那麼多時間再跑去進貨。因為有去年的經驗，這次黃老闆對於要進多少貨、進一些什麼貨物，心裡都有數。至於其他事情，黃老闆懶得去管，用他的話來說「有錢不賺王八蛋」，沒看附近那些店鋪都忙著應付開學季嗎？

黃老闆有一輛二手的貨車，也可以當一般轎車載人，這種客貨兩用車型對黃老闆來說是很實

用的。

二毛因為家裡沒事，老婆在家照顧孩子，還有保姆在，平時也比較閒，知道黃老闆要去進貨之後，二毛就想著跟黃老闆出去轉一圈。

二毛和黃老闆說這事的時候，鄭歎也在旁邊聽著，二毛跟著去進貨只是圖個新鮮，再者就是想跟著黃老闆去看看幾個「民間藝術家」。

這民間藝術家難道還有很多？鄭歎平時不怎麼離開這一片地方，就算是出去，也只是在車裡透過車窗看一看外面的建築風景，其他的並不會去細看，他對很多地方的瞭解程度只存在於網路和地圖，雖在在楚華市生活了六年，但去的地方也實在有限。

記得剛來東教職員社區的時候，鄭歎還跟著東苑超市送貨的車跑遠點玩玩，後來送貨的司機換了之後就沒再跟著去了，新的司機太賊，鄭歎不怎麼信任。

二毛跟黃老闆說跟著去進貨的事情，看了一眼旁邊的鄭歎，問鄭歎去不去。

鄭歎當然是想去的，不過還得跟焦爸說一聲，這任務就交給二毛了。

焦爸倒是沒反對，畢竟鄭歎已經不是頭一次幹這種事情，他對鄭歎的要求只有一句話——別亂惹事。

似乎在很多人眼裡，鄭歎就是個惹事精，走哪裡都能碰著事。不知道是因為鄭歎的原因才會發生那麼多事，還是因為偶然而讓鄭歎碰到那麼多事，不管哪樣，焦家人不放心的就是這個。

焦爸與雜貨店的老闆見過一次面，現在鄭歎要跟著人家出去跑，於是焦爸特地又去雜貨店拜訪了一次。以焦爸對鄭歎的瞭解，焦爸知道有了第一次，就會有第二次、第三次，說不定以後每次黃老闆去進貨，自家貓都會跟著出去跑一圈。

不得不說，焦爸對鄭歎還真是瞭解得很。

這天，說好了是進貨的日期，二毛去五樓找鄭歎，一起前往雜貨店。到的時候黃老闆正在看單子，上面是他和店員整理出來的要購進的貨物種類和數量，昨天也核對過，出發前再看一次。

「褥子、涼席、電風扇、手電筒、布衣櫥、鞋架、掛鉤、床上用桌……」

黃老闆挨個看了一遍，單子還挺長，二毛也沒過去打擾。

「行，就這些。」黃老闆將單子折了折塞進口袋裡，招呼二毛和鄭歎上車。

這輛貨車是雙排座，二毛坐副駕駛座，鄭歎就待在後座了。現在出去的時候還能寬鬆點，等進了貨回來估計後座會堆滿貨。

「生活如天書，唉嘿喲，從何頁翻起呀，靈魂不知所往喲，何處是歸途～」

黃老闆一開車就喜歡唱歌，偏偏鄭歎沒聽過這首歌，總覺得怪腔怪調的。不過相比起將軍而言，還算能忍受。

「老黃，換首激昂點的，這歌我聽著渾身不對勁。」二毛說道。

黃老闆想了想，繼續唱：「大河向東流哇天上的星星……那個抖哇～」

鄭歎、二毛：「……」

店鋪裡的白貓蹲在貨架上，並沒有要跟著一起走的意思，牠平時也不怎麼出去，只是看著黃老闆上車，然後目光緊隨著車，直到看不見車影了才回頭。牠看了看在黃老闆離開後屁顛顛坐上老闆位子的店員，隨即將爪邊的東西朝店員那邊一撥。

正坐在收銀臺靠椅上蹺著腿拿起報紙準備看的店員只覺得一個黑乎乎的東西落下來，砸在報紙上。

「我艸！」店員驚得差點跳起來，看清之後朝貨架上長著一張嚴肅臉的白貓道：「咪妳又亂扔老鼠了！」

黃老闆有他自己的進貨管道，開車得要些時間。不過，鄭歎和二毛關注的重點並不是那些要購進的貨物，而是這趟行程中可能碰到的一些深藏不露的人。

比如某菜市場殺魚的大嬸，某中學附近擺攤的大叔等，鄭歎感覺，這很像故事裡面那些「掃地僧」一類的人物。

扮豬吃老虎嗎？

當然，也不是只有這些，還少不了一些坐高級車去哪裡都帶著保鏢的「人生贏家」。要不是黃老闆說，鄭歎還真沒看出這些人與其他人有什麼不同。

藝術藏之於生活，不論是底層的，還是上層的。

這些人相互之間基本上是井水不犯河水。有時候鄭歎想，那些身懷絕技藏於市井的人怎麼會自甘平庸？鄭歎相信，只要他們願意，他們也能坐上高級轎車、住上高樓別墅過著優渥的生活。所謂全面發展，真正能做到各方面都拔尖的，絕對是頂級天才一般的人物，但是這類人畢竟占極少數，而在大眾之中，只要有一技之長，反倒會比那些各方面都發展卻各方面都平庸的人生活得好。因此，這些人絕對能夠憑一技之長讓自己出頭。

但是，這些人的生活水準看上去實在是差別太大了。

「子非魚，安知魚之樂。」黃老闆倒是很理解那些人的選擇。

鄭歎想想也是，你怎麼就知道別人過得不好？還說不定他們在人後有另外一種生活呢？

鄭歎也不用多感慨別人的生活，他自己現在也是個另類。

人有人的生活，貓有貓的方式。即便鄭歎這隻「偽貓」，也必須得按照貓的一些方式來，如果他處處表現得與人無異，那絕對是找死。不過，變成貓之後，他感覺有些貓真的比人生活得還要好、還要悠閒。

當貓好嗎？

鄭歎覺得並不算好，但幸運的是，他現在有個好家，認識了一些好人。

看著車窗外的二毛並不知道現在蹲後面的那隻貓正在心裡發好人卡給他們。

此時，十字路口又有塞車的趨勢，估計還要幾分鐘才能過去。

「哎，老黃，那個。」二毛看著一個方向點了點下巴。

鄭歎站起來扒在車窗上順著二毛指的方向看過去。

那邊有個巡警，看上去是個二十多歲的小年輕。

「哦，他啊，好像姓廖，具體叫什麼不知道，我跟他不熟，只是有次進貨的中途碰到訛詐的事情才說過幾句話。挺厲害的一個小夥子。」黃老闆說道。

鄭歎看了看，沒覺得那人有什麼特別的，但是很快的，他就發現那邊正在慢步走的小警察加快了速度，直奔前面的岔道口，恰好這時候有一個人從岔道口的另一邊跑出來，小警察就在這個時候撲了上去。小警察將跑過來的人撲到地上，那人還想反抗，卻發現手上不知什麼時候多了雙手銬。

手銬什麼時候銬上去的，鄭歎根本就沒看清楚，只覺得一眨眼，那個人手上就多了泛著冰冷金屬光澤的手銬。要不是因為剛才二毛和黃老闆的話，鄭歎特意去盯著那個人，估計壓根不會注意到這點，不過即使注意到了，也沒看清楚。

那小警察將人拎起來的時候，另一條道路上有兩個人氣喘吁吁跑過來，也是警察。看到這邊的情形之後，便笑著跟小警察說著話，看他們的神情，應該是和小警察一起的。

一輛警車靠近路邊，三人壓著嫌疑人進警車，那個小警察落在最後，在上警車前往鄭歎他們這邊瞟了一眼。

警察離開之後，周圍還有群眾在議論剛才的事情，不過也只是暫時的，等鄭歎他們終於能駛過十字路口的時候，周圍已經恢復成平時的樣子，路過的行人也不知道剛才岔路口這裡上演了一場短暫的警匪交鋒。

「如果以後在這地方碰到事情可以去找他，雖然不算熱心，但心還算正。」黃老闆說道。

有能力的人心不一定正，這個鄭歎知道，就算是穿著警服的人也未必都是心正的，但既然黃老闆這麼說，鄭歎相信那個年輕警察應該還算好。

剛才黃老闆說什麼來著？姓廖？

鄭歎在心裡默默記住了。他不知道自己用不用得著這人，只是覺得這人既然挺有能力，能入得了黃老闆和二毛的眼，就不是普通人，所以才記下，同時也仔細分辨了一下這周圍的建築和路牌，大致在哪裡心裡有個數。

黃老闆來楚華市不過一、兩年的時間，對很多地方、很多人並不算熟，所以他能找出來的人也不算多，這要是在他以前生活的城市，張口就能說出一串名字，包括關係好的也包括死對頭。

即便如此，鄭歎心裡也震撼了下。在他看來，黃老闆說出來的這些人已經夠多了，他一直不知道在生活了五、六年的城市裡還有一些這樣的人存在。不過，就算再多也無所謂，鄭歎平日裡的活動範圍本就有限，也不指望與那些人有多少交集。

進貨分幾個地方，一直都是二毛和黃老闆在忙活，鄭歎只在旁邊看，他也沒什麼能幫的，又不能幫忙搬東西，也不能核對，有這能力也不能表現出來。

等再次回到雜貨店的時候，已經下午四點鐘了，二毛幫著他們卸貨，店裡三人都幫著。

店員一邊核對、一邊向黃老闆抱怨：「今天白咪又亂扔老鼠和蟲子，還盡往我身上扔，這習慣得改。」

鄭歎看了眼依然板著一張嚴肅臉、眼神看著很是犀利的白貓，暗下撇嘴。

每隻貓，或多或少總有那麼點惡趣味。

黃老闆本來打算把貨卸了、整理好了，找個館子一起吃一頓的，也算上了鄭歎，只是鄭歎不想留在這裡，他今天跟著坐了那麼久的車，搬貨的時候也沒動，一天下來活動量有限。想想他就算是雨天在家的時候還房裡房外走走，或者在樓內串串門子。

除此之外，進完貨之後，回程時貨車後排的座位上堆了不少東西，鄭歎能活動範圍更小了，連伸展的空間都沒有。強迫症作祟，沒有一定程度的運動量鄭歎就感覺渾身不對勁，所以現在他就想多走動走動，便直接回去了。

現在時間還早，回家裡也沒人，鄭歎就在校園裡閒逛。

第五章

神奇的鐵骨素心蘭

臨近開學，校園裡多了很多新的稚嫩的面孔，一看就是新生，也只有新生才會有那麼多新鮮勁，看到什麼都想拍幾張照片。

鄭歎正琢磨著到時候新生軍訓要不要再去調戲一下新生，就看到蘭老頭背手哼著戲曲小調走著，大概是心情好，這老頭今天走路頭帶著飄，估計剛又去找哪個老朋友吹過牛。

鄭歎本來沒打算過去，沒想蘭老頭看到鄭歎了，頓時笑得滿臉菊花開，看得鄭歎使勁抖了兩抖鬍子。

「黑碳吶，又出去閒晃？」說著，蘭老頭還朝鄭歎招手，示意鄭歎過去。

——這麼熱情？！

鄭歎確實有好幾天沒見到蘭老頭了。有時候鄭歎早上出來，蘭老頭先一腳出門了；中午鄭歎也很少回家；至於下午，等他回來的時候，蘭老頭也早就回到家了。

鄭歎猶豫著慢慢晃到蘭老頭那邊，看了看蘭老頭這一身打扮，應該是去過小花圃那邊，鞋上還有泥，是小花圃那邊的。小花圃的泥和學校花壇裡的泥不一樣，這個鄭歎區分得出來。

「黑碳吶，你給我的那寶貝要開花了！」鄭歎剛走過去，蘭老頭就相當激動的說道。

寶貝？鄭歎使勁回想了一下，自己啥時候給過什麼寶貝？不過，看說話的人是蘭老頭，對蘭老頭來說，寶貝自然是蘭花了。

想了好幾秒，鄭歎才想起來自己三年前給過蘭老頭兩株蘭花。

這才九月初，就要開花了？

鄭歎記得當初去齊大大牠家那邊山裡找到那蘭花的時候，是在十月過後。當然，這花期也不一定絕對是那時候，鄭歎對那個不瞭解。看蘭老頭這麼高興，那花能養活並且開花，也不枉他把那花千里迢迢帶回來。

要不是蘭老頭今天說，鄭歎都忘了三年前帶回來的花了。蘭老頭還在說著他養的那盆蘭花，鄭歎其實對那個早就不在意了，但既然蘭老頭提起來，鄭歎回想起當初發現那蘭花的情形，又有了些好奇心。不知道蘭老頭養出來的蘭花，和當初自己在山裡發現的那些蘭花是不是一樣的？

如果開出來的蘭花跟平常的鐵骨素心沒啥不同，那就沒什麼意思了。不過，能讓蘭老頭這麼激動，想來和平常的鐵骨素心是不同的。

當年他能看蘭花看得呆掉，現在不知道會不會也這樣。

鄭歎跟著蘭老頭去了小花圃，鄭歎看了一眼，五個花苞，按照蘭老頭的說法，再過個兩、三天就能開花了。

鄭歎湊近聞了聞氣味，有些熟悉，好像和當初在山裡碰到這蘭花的時候氣味差不多，那應該就沒錯了。

蘭老頭還怕鄭歎跟警長一樣啃花，本打算出聲的，見鄭歎又退開，快出口的話便沒說了。畢竟鄭歎沒有警長那種糟蹋花的前科，而且這花還是鄭歎帶回來的，蘭老頭對鄭歎的態度也好很多，如果是警長出現在這裡的話，蘭老頭早就開趕了。

蘭老頭將這盆花護得好好的，這裡有花棚、有鐵絲網，真要防住警長，一點兒問題也沒有。現在花盆裡早已不是可憐的兩株苗了，鄭歎沒數究竟有多少株，但至少也有十幾二十株吧。

「黑碳，這花好吧？」蘭老頭看到這盆蘭花又開始激動了，「這花苞看起來都有點玉質的感覺，花開了絕對不凡，我跟你說啊……」

鄭歎一聽那四個字直接轉身就跑，等蘭老頭說完看向周圍，發現早沒鄭歎的影了。

鄭歎以為那花苞很快就能開，但是兩天後下樓時碰到蘭老頭，他發現這老頭臉上沒那麼高興了，如果蘭花開了的話，蘭老頭不至於這個樣子。

花圃那邊沒蘭老頭在，鄭歎去了也見不到花，所以鄭歎又等了兩天，發現蘭老頭開始急了。為什麼急？

鄭歎能夠猜到問題出在那盆蘭花上，但鄭歎不確定到底是因為什麼。

臨近開花又出了什麼岔子？還是其他的什麼意外？

蘭老頭對花一向保護得很好，而且那天鄭歎過去時有注意到蘭老頭的態度，這種時候蘭老頭基本上不會允許其他人以及動物靠近，鄭歎不過是作為蘭花的發現者，蘭老頭格外開恩而已。

如果不是其他人或物的因素，難道是蘭花自己的問題？

鄭歎知道那蘭花雖然看起來跟普通的鐵骨素心蘭很像，但單看葉子的話，難以分辨出來，就算是蘭老頭這樣的研究數十載的人在第一次看到的時候都沒瞧出不對來，只是仔細研究過之後才發現不同。

為了弄清楚原因，鄭歎就蹲在三樓蘭老頭門前守著。翟老太太不在家的時候，蘭老頭家的門基本上都是關著的。

在鄭歎蹲門前等的過程中，二毛出門扔垃圾還莫名其妙的看了鄭歎一眼，他不明白鄭歎蹲這裡幹什麼，鄭歎也沒理會他。

終於，十點多的時候，翟老太太從外面回來，打開門之後鄭歎便跟著進去了。

翟老太太進廚房做飯，她也不擔心鄭歎會在屋裡搞破壞，這幾年下來，鄭歎從沒在這裡鬧過事，她放心著。

端了一小盤魚丸出來，翟老太太見鄭歎挨個房間找人，知道他在找蘭老頭，翟老太太便笑著道：「他去圖書館了，最近因為那盆蘭花一直不開花的事情，人都變得焦慮了。唉，一涉及到花就這樣，死倔死倔的。」

一直不開花？

蘭老頭說了開花就三兩天的事情，那天鄭歎也看了，那花苞確實像快開的樣子，只是不知道為什麼，快開的時候卻沒後續反應了。

翟老太太一邊洗菜，一邊對著鄭歎嘮叨。聽她的話，意思是蘭老頭自己也不知道一直不開花的原因，查過不少資料，一點用都沒有，現在蘭老頭家裡的書翻完就直接去學校圖書館了，估計找不到答案中午也不會回來吃，一坐那裡研究就忘記時間，翟老太太做好飯了就得送飯過去。

圖書館裡不能吃飯，但有專門的休息區，員工的休息地方也有，翟老太太認識那裡的人，打過招呼。

要說蘭老頭為什麼急成這樣，一個是不知道花為什麼不開的原因，第二就是十月份市裡舉辦的花展了。

這三年下來，蘭老頭沒有繼續去研究其他的蘭花，在基礎的照料之後，其他時間大部分都用在這盆奇怪的蘭花上。也只有養了，蘭老頭才真正知道這盆蘭花有多難伺候。原本蘭老頭還想著得花個五、六年時間，甚至更久才能見著開花，沒想到這第三年就能開了。

蘭老頭在看到花芽的時候，心裡的激動是別人無法理解的。這三年來，別人都說蘭教授為了一盆廉價的蘭花瘋魔了，都在背後笑話著。以前每年一屆的全國蘭花博覽會，蘭老頭都會拿出一盆或者幾盆蘭花，盆盆都是精品，而每一盆拿出來的蘭花都會被人報出高價，百十來萬已經是平常事了，養蘭的圈子裡很多人都知道蘭老頭的大名，正因為這樣，大家也都知道蘭老頭為了一盆廉價蘭花三年不參加蘭博會了。

很多人都跟蘭老頭說，既然手頭有很多精品蘭花，為什麼不拿出來大家賞賞？就算是以前賞過的，也可以再賞啊！不知道你手裡的蘭花賞一次就飆一次價嗎？

可惜，蘭老頭犯倔，他的心思都花在鄭歎帶回來的那蘭花上，就想著將這盆蘭花養好了，看看它的花到底有什麼不同之處，至於其他的，他也不想拿已經得過獎的蘭花出去再展覽，他沒這個習慣，近幾年也沒養新的品種，索性沒參加蘭博會。

這盆蘭花精品與否，蘭老頭其實並不很在意，他只是想弄清楚這盆蘭花與普通鐵骨素心的區別而已。一旦鑽進這條胡同裡，蘭老頭就不出來了，誰勸都沒用。

蘭老頭前幾天還答應花展的舉辦方會拿出自己手裡的幾盆蘭花去參加花展，除了蘭老頭現在手頭的幾盆得過獎的精品蘭花之外，這盆蘭花也在蘭老頭的計畫中，他想讓更多的人看看這盆疑似自然變種的蘭花。可現在，明明有花苞，看起來像是很快就能開的樣子，卻一直不開，現在雖然還是九月，但如果一直不開，等到十月了也沒開的話，錯過花展蘭老頭就覺得可惜了。

聽著翟老太太的嘮叨，鄭歎心裡則想著，是不是還沒到開花的時間？

三年前鄭歎找到花的時候已經是十月，還是國慶假期之後，難道這花還真要再等一段時間？不同的蘭花花期不同，品種多了，花期也有很大差異，就算是建蘭素心，開花時間也不同。

蘭老頭每天都是家裡、小花圃、圖書館三點之間來回走動，每天都拍了照片，並做了詳細的記錄，他沒找到答案，所以先記錄下來，到時候再尋找答案；同時，蘭老頭還找了學校裡一些對蘭花有研究的志同道合的人過來幫忙，可惜都沒有辦法，也不敢輕易嘗試。

唯一一個讓蘭老頭心情好點的就是，那些見過那盆蘭花花苞的人都會稱讚不已。專家們鑑賞的角度畢竟和鄭歎的角度不一樣。

於是，接下來一段時間，每次鄭歎從小花圃經過，跳上圍牆往裡瞧的時候，都會發現放置那盆蘭花的地方有好幾個老頭圍觀，有時候還因為提出的幾點看法而爭吵半天。他們和蘭老頭想的一樣，覺得這盆蘭花大概是鐵骨素心的自然突變品種，值得研究，只是現在一直不開花的問題，各有各的道理和說法。

有些蘭花從出花苞到開花需要更久的時間，一、兩個月甚至半年的都有，只是現在這盆花的花苞都長成這樣了，任誰看都像是很快就能開花的樣子，卻一直僵在這裡。

「總之，不管是因為什麼原因，只要花苞還是健康的、正常的，就是個好現象。」一個老頭說道。

他們找不到解決之法，但蘭花現在還是健康的，只是花苞不開而已，總比出現病狀的好，那樣就真沒辦法了，難得這次大家都這麼期盼。

在眾人的期盼中，九月悄然而過，新生軍訓也結束了，天氣不再像之前那麼熱，已經帶著些許秋意。不過，楚華市的天氣總是讓人捉摸不透，前一天穿短袖背心，第二天就可能要穿夾層外套，甚至有不少不適應的新生還感冒了。

變化迅速的天氣並沒有在那幾個老頭的心裡激出漣漪。蘭老頭已經不像剛開始那樣急得上火了，他覺得或許這就是天意，看著花展日期漸進，這盆蘭花的花苞卻一直保持著一個月之前的狀態，蘭老頭想著，大概這花跟花展無緣。

這一個月來，蘭老頭找了不少圈內好友過來幫忙，依舊束手無策。不過，正因為如此，蘭友們都知道圈內的大人物蘭教授養了一盆很另類的鐵骨素心，這花的葉子看起來與一般的鐵骨素心很像，但花苞如玉，應該不是凡品，只是花苞維持原樣一個月，到現在都沒開花。

現在沒人笑話蘭老頭用三年的精力來專門伺候這盆傳言相當廉價的蘭花了，而是期盼著什麼時候能開，大家見識見識。

這日，鄭歎出門下樓的時候，發現三樓蘭老頭家的大門是虛掩著的，裡面翟老太太在打掃衛生，鄭歎擠開門進去。

看到鄭歎之後，翟老太太又有了嘮叨的對象，跟鄭歎嘮叨起來。無外乎就是蘭花的事情，也只有這個才能讓蘭老頭犯倔，讓翟老太太嘮叨。

「那盆蘭花開花了，他們都在小花圃蹲著呢，吃飯都顧不上。」翟老太太說道。

她對於蘭老頭每次一涉及到蘭花就忘記吃飯這事很無奈，不過這次忘記吃飯的可不止蘭老頭一個。

鄭歎來到小花圃翻進去的時候，找到放置那盆蘭花的地方，在那裡，已經蹲著七個頭髮花白或者滿頭銀髮的老頭，七個老頭都蹲在那盆蘭花前，像是呆住似的。

這是在扮演七個小矮人嗎？鄭歎腹誹。

除了這七個老頭之外，旁邊還蹲著一隻貓。

警長不知道是什麼時候過來的，因為有七個老頭在這裡，外面的鐵絲門沒關，愛啃花的警長便在七個老頭不注意的時候進來了。七個老頭只顧得上看花，壓根沒注意旁邊蹲了個危險分子。

而更奇怪的是，對啃花有莫名執著的警長，卻只是乖乖蹲在旁邊看著，並沒有下嘴。

七個老頭、一隻貓就這樣蹲在那裡，也不知道蹲了多久，看得鄭歎都替他們腿疼，就怕這些上了年紀的老頭們起身的時候因為蹲久了而倒下。

一邊想著，鄭歎走了過去。

聞氣味鄭歎就知道，這和當年他在山裡看到的那花是一樣的。

五個花苞，現在全都開了，和鄭歎記憶中的花一樣，透著玉質的感覺，如果不是知道這是真花，大概會以為這是用玉石雕琢而成的。

當年鄭歎能看花看到呆掉，現在這七個老頭和警長大概也看花看呆了。

鄭歎覺得這花雖然也很好，但相比起當初他在山裡看到的那些，還是有那麼一咪咪的差距，他現在沒直接呆住就是最好的證明。當然，也可能是鄭歎對此產生了免疫力。

一直這麼呆著也不是個事，鄭歎蹲旁邊看了看盯著花的七人一貓，大聲打了個哈欠，還發出了「啊——」的長音。

終於有人回過神了，警長也回過神。

「哎，快，是警長！！」一個老頭大叫道。

幾個老頭也顧不上繼續看花了，像防賊似的防警長，直到將警長趕出去才鬆了口氣。警長是個花痴，這眾人皆知。

老頭們緩緩站起身，捶了捶腿，好在並沒有倒下，只是蹲久了有些腿疼而已。看看時間，眾人發現不知不覺中竟看了這麼久。

蘭老頭也開始趕人了，他可寶貝這盆花。

不枉三年，不枉三年吶！蘭老頭激動得眼圈都紅了。

「老蘭，你這花賣不賣？你出個價，我買。」一個老頭說道。

「別啊！老蘭你這花先放著自己多欣賞吧，不急著賣。」另一個老頭說道。

「是啊是啊，好花還是自己多留些時日。」其他幾人也附和道。

嘴上這麼說，可他們心裡都想著啥時候私下裡找蘭老頭談談。

稀罕，這花讓人稀罕。

離開的時候，幾個老頭都是一步三回頭的樣子，眼睛都不想從那盆蘭花上挪開。

「哎，老蘭，你這花應該是自然變種，我還沒見過跟你這一樣的，你取名字了沒？」一個被蘭老頭往外趕的人問道。

蘭老頭趕人的動作一頓，「嗯」了一聲，在其他人不注意的時候往鄭歎那邊瞟了一眼。

鄭歎：「……」

——這老頭真怪，你替蘭花取名看我幹什麼？

不管是哪種花中的名品，人們總喜歡為它取一個有個性的名字，顯得有深度、有品味，要麼清新文藝，要麼酷炫狂跩，比如「素冠荷鼎」、「老朵雲」、「飛天鳳凰」、「大唐盛世」、「達摩瑞玉藝」等，一個名字冠上去頓時就讓老百姓們感覺高端大氣上檔次了。

而作為眾蘭友眼中發掘出這盆自然變種蘭花的蘭老頭，自然也會按照「江湖規矩」來為花命名。不過，蘭老頭三年前從焦家拿到蘭花的時候就跟焦爸商量過，那時候焦家的人並不怎麼看重這盆蘭花，也不會養花，焦家人說的是送給蘭老頭，但蘭老頭沒真正收下，那時候純屬只是鑽進去了，一直放在自己手上養著，焦家人都已經忘了還有這麼回事。

可現在不同了，內行人都看得出來，這盆蘭花價值不菲，自然變種確實也有不少，但這種能讓人看呆掉、沉浸其中，聞之神清氣爽，並接連幾天都回味無窮、感覺鼻間幽香猶在的品種，真要估價的話，大概會再創新高，已經有人在心裡將之定位為千萬級別。

價位問題是別人熱心的事情，蘭老頭現在想著的，則是蘭花的命名問題。

花是誰發現的？

黑碳。

黑碳是誰？

焦家的貓。

追溯上去，命名也應該是焦家人來命名，縱使蘭老頭在花開的時候反射性的想了很多名字，但按理，他確實不好定下來。

於是，蘭老頭在小心將花圃裡的各個防盜網、防貓網都整理好後，帶著這個問題踱步回家。鄭歎早在那些老頭子們離開的時候就隨著離開了，他看得出來蘭老頭在想事，還老往他這邊瞟，看得鄭歎心裡毛毛的，索性直接溜了。

當天晚上，吃完晚飯，焦爸晚上休息沒去生科院加班，蘭老頭打了通電話確定焦家夫婦都在之後就上樓了。

蘭老頭難得過來，焦媽又是泡茶又是拿水果的。

「不用麻煩，剛吃飽喝足，我過來就想說幾句，說完就走。」蘭老頭示意焦媽不用再洗水果了。他也沒說其他的，直接進入正題。

蘭老頭跟焦爸焦媽說了蘭花的事情，也說了那些行內人士對這盆蘭花的評價，一些人估算的價錢也說了，這是重中之重，畢竟對很多並不熱衷於花草的人來說，花草的意義就只是大疊大疊的鈔票而已，往往糾紛都是因為這個，所以蘭老頭必須說清楚。

聽說可能達到千萬級別，這真嚇了焦家夫婦一大跳。

「怎麼會這麼貴……」焦媽喃喃道。她一直想不明白，不就是盆花嘛，居然一估價就是十萬百萬的，現在還千萬了，這讓還是有些小市民心態的焦媽心裡怦怦跳。不是說有多貪財，純屬被這個資訊震住了。

以前就聽說過蘭老頭手裡賣出過幾盆百萬級的蘭花，也聽說了一些獲過特級獎項的珍品達到千萬級別，一般老百姓一生都未必能見到這麼多錢。可那畢竟只是聽說，是蘭老頭那種級別的人所接觸到的事情，焦家人從來沒想過會發生在自己身上。

「一盆就近千萬啊！」焦媽低聲嘆道。

蘭老頭抬了抬眼皮，幽幽道：「據我的經驗，不是一盆近千萬，一般來說，是按一苗多少錢來算的，現在這盆蘭花裡可不止一苗。」

焦媽呼吸不由得一滯。第一個想法就是，她家的貓比他們夫妻倆還能賺錢，隨便叼回來兩株苗就能變暴發戶了，甩了累死累活拚專案搞研究的焦爸好幾條街！

這盆花誰發現的？誰千里迢迢帶回來的？他們三人都清楚。

焦爸看出蘭老頭很捨不得這盆蘭花，不是看在這盆花的身價，而是這盆花本身，花重於錢。既然這盆花這麼值錢，焦家人就算送，蘭老頭也絕對不會真的厚著臉皮收。這老頭脾氣倔著呢。

想了想，焦爸道：「這盆花能不能先勞煩蘭教授您照顧照顧？您也知道我們家沒誰懂這個，要是拿回來的話，說不定幾天就毀了。」

這個情況蘭老頭也明白，能多留在手頭一段時間，蘭老頭自然是樂意之至。真要毀了，他會先哭暈在花圃。

「行，我先幫你們照看著，什麼時候想拿回來就直接跟我說。還有，我這次過來除了跟你們說這事情之外，還想問問你們這花怎麼取名字，到時候花展上是要寫明的。」

花展的事情在蘭老頭答應參展之前就跟焦爸打過電話詢問，焦爸自然是沒意見。

取名字的事情，焦媽不在行，而焦爸，對花卉類的也不拿手，所以夫婦倆對視一眼，要不還是將這個取名權交給蘭老頭這位專業人士？再看看四肢張開懶洋洋趴在沙發一頭的黑貓，好像沒什麼牴觸情緒。

思量間，焦爸心裡已經有了決定。

「這個我們也不懂，還是交由您來決定吧，這花也是您照顧的，花能有今天，蘭教授您功不可沒，我們可一點都沒出力，都把它忘了。」

想想當初被帶回來的那兩株賣相並不怎麼好的花苗，再聽聽現在蘭教授的說法，夫妻倆覺得這壓根沒自己事。

鄭歎一直注意著蘭老頭的表情，在焦爸說出讓蘭老頭決定花的名字的時候，蘭老頭那嘴角都忍不住咧開了，估計是花了好大的功夫才硬生生維持住威嚴的形象，如果不是在這裡怕丟面子的話，蘭老頭估計都能激動得跳起來。

為一件珍寶命名，對很多人來說是意義相當重大的事情，能聞名當下，也記載在歷史中。千百年後，當人們翻開相關記錄文獻或者展開研究，自然會提及這個珍寶的名字，也可能會順便提一下發掘人和命名的人。但即便不會提及自己的名字，他們也樂意之至，那可是他們命名的！

焦爸焦媽裝作沒看見蘭老頭臉上怎麼都止不住的表情。

「那蘭教授，您想好給那盆花取什麼名字了嗎？」焦爸問道。

「咳，還沒想好，這個我得好好想想。」蘭老頭正了正臉，說道。

這話聽著，不說鄭歎，焦爸也不信。看蘭老頭這樣子應該是早有決定才是，現在竟然還裝起來了。不過焦爸沒點明，蘭老頭愛面子，不能駁了他老人家的面子。

能要到命名權，蘭老頭心情相當好，也不那麼嚴肅了，焦媽頓時感覺氣氛一鬆。

蘭老頭看了看時間，說道：「這樣吧，你們明天抽個空，我帶你們過去看看花，我到時候安排一下。」

於是第二天，焦家夫婦、鄭歎，再加上小柚子，三人一貓跟著蘭老頭去小花圃。看到花之後三人也不自覺呆了一會兒，要不是蘭老頭和鄭歎在一旁，三人估計會再繼續看入神下去。

「真……真漂亮！」焦媽嘆道。相比金銀，她更喜歡玉，雖然花型簡單，但怎麼看怎麼覺得順眼，回過神時焦媽甚至想伸手過去摸一摸，看看這是否真是花，而非玉石雕琢而成。

焦媽還沒碰到花就被蘭老頭喝止了，蘭老頭可寶貝這花，生怕焦媽碰壞了。不過，他還是讓焦媽小心小心再小心的碰了一下。

碰的時候焦媽也緊張，只是輕輕觸摸了一下，都還沒感覺出什麼就趕緊收回手了，這可是估價千萬級別的寶貝，她怕自己手一抖，將花弄壞了。

「這要真的是玉雕出來的話，也是上等甚至極品的玉。而眼前這花，就像是……活著的玉一般。」焦媽嘆道。難怪蘭教授有信心估出那麼高的價。

鄭歎一直感覺這蘭花挺邪乎的，不過大自然本就善於創造奇蹟，既然是自然變種，鄭歎也不糾結了。當然，對很多人來說，蘭花從古至今都象徵著正面意義，在鄭歎看來挺邪乎的東西，在蘭老頭他們看來則像是帶著仙氣。

如玉，如仙。

神一般的大自然。

看過花之後，焦爸更堅定了心裡的決定。他將花放在蘭老頭這裡，至於什麼時候會要回來，焦爸沒說。而且，焦爸讓蘭老頭到時候參展或者參加其他交流會的時候，介紹上的「送展者」或者關於花的主人的資訊就寫蘭老頭自己的名字。

蘭老頭覺得焦家人真是虧大了，一認真，寫了一份協議書來找焦爸簽，畢竟這花不是凡品，歸屬問題蘭老頭也不想模糊化，事情說清楚了、簽明白了，他老人家也能放心送展。

這花焦家人拿著燙手，不說花展之後，只要那些人得到消息，第二天一大早就能上門堵人。焦家夫婦見過好幾次蘭老頭被人堵家裡求著蘭老頭賣蘭花的情形。

至於這盆賣不賣，焦爸還沒那個想法，蘭老頭是不贊成賣出去。還沒成名呢，價錢會被壓一些，從價錢上講的話，不划算。而且蘭老頭覺得對著這盆花談價錢頗為失禮，對蘭老頭來說，這花是無價的。

「很多花價錢那麼高，都是炒出來的，也許幾年後就跌入平凡的行列。炒蘭花，有人一夜暴富，有人傾家蕩產。」蘭老頭說道，「不過這盆花不會，壓根不用炒，就算是幾年後也依然會讓人著迷。」

隔天，蘭老頭又來焦家串門子，還拿了幅水墨畫，他老人家自己畫的，畫的就是那盆蘭花，而旁邊則用行書寫著六個大字——鐵骨素心．玉貓仙。

所以，「玉貓仙」便是蘭老頭為花取的名字。到時候不論是參展還是帶去參加交流會，花的資訊中「銘品名」一欄都會標注上「玉貓仙」這三個字，而以後大家提及這花的時候便會以「玉貓仙」稱之。

焦家的人自然清楚這名字的涵義，可其他幾個老頭在知道之後就納悶了。

「玉仙」也就算了，他們承認，這花看起來是挺有仙氣的，可為什麼還有個「貓」？這花哪裡像貓了？

蘭老頭對於花的名字並未做出過多的說明，只是簡單提過這花的發現跟一隻貓有關，而當人細問時，蘭老頭又閉口不言了，就是不說。好在大家的注意力都集中在那盆花上，雖然對於這花的名字裡帶個「貓」字覺得奇怪，但現在也不是糾結名字的時候，都想著多看幾眼那盆花。

最近蘭老頭因為這盆花被多次提及，蘭老頭養出來了一盆價格逾千萬的蘭花這件事情在兩個區的教職員社區裡成了熱門話題，本來以前蘭老頭就因為養蘭養名品珍品蘭而有很大的名氣，現在更甚了。

蘭老頭最近走哪裡碰到認識的人，人們都會問他：「老蘭，你那盆玉貓拿出來大家看看，別總藏著啊！」

只可惜，花開名定之後，蘭老頭的花圃就不打算對外開放了，就算是關係好的幾個朋友也甭想走後門。蘭老頭跟人聯繫了，準備送這盆花去植物園，在送過去之前，蘭老頭不打算讓人看，有幾個死纏型的傢伙擾得蘭老頭煩不勝煩的時候，才會讓他們小看幾眼，至於那些面皮還沒那麼厚的人，就只能被拒之門外了。所以說，有時候還是得臉皮厚。

鄭歎還聽說，有兩個老頭為了去看蘭花，找蘭老頭又沒找到人，看小花圃的圍牆也不算太高，便拿了梯子翻牆進去，結果年紀大了，動作不怎麼靈活，反應不太迅速，差點摔傷了，這事後來被蘭老頭抓著笑了好久。

不管怎麼說，沉寂三年之後，蘭老頭這次是漲臉了。

這次花展的持續時間很長，從國慶連假前兩天一直到二十號左右，因為這一年是建國六十週年，所以市裡決定辦一次大型花展來慶祝。

花展分了好幾個分會場和一個主會場，為的就是讓住在各區的市民都能夠到離住處最近的公園或廣場看到花展。而蘭老頭以及一些專業人士，則將目光放在市植物園的主會場。在那裡，會有更多的名品珍品花卉展出。

主會場和分會場的很多花都是向市民徵集的，不過壓軸的很多還是蘭老頭他們這些愛花養花的圈子裡都認識的一些人提供的，他們並沒有將手頭所有的名品花全部拿到植物園去，還是會留一、兩盆在其他分會場，讓那邊也有名品展出，讓市民觀看。當然，分會場也有專門的警衛人員負責，不用擔心會損壞。

不過，最愛的花種，以及用來漲自己臉、打對方臉的王牌花種，老頭子們還是會拿到植物園的主會場去。在那裡有專業級的陳列臺防護窗以及更專業的人才和鑑賞家，雖然這並不是博覽會之類的活動，但某種意義上，已經被一些人視為小型的交流會了。

交流會是用來幹嘛的？

交流養花經驗？

有，這個自然有。

然後呢？

就像同學聚會一樣，少不了炫耀和炫富。

只不過別人炫的是車房錶，他們炫的是花草木。老頭子們還自我感覺挺良好的，這也是藝術啊，高層次的精神享受，不是粗鄙俗氣的金錢交流。

每次聽社區那幾個老頭子得意洋洋說這些的時候，鄭歎都會在心裡鄙視。這一幫老頑童，別看在大學生或青年教師們眼前擺著一副高人模樣，私下裡就是個老小孩，照樣會攀比，照樣會掐架，照樣會做出一些讓人啼笑皆非的事情，比如這兩天的翻牆事件。

早上鄭歎跟著焦爸出門，之後溜達到小花圃周圍時，正好看到蘭老頭做賊似的從小花圃裡出來，出來的時候還注意著周圍有沒有認識的人，一見沒有，便迅速鎖上花圃大門，拍拍手回家。

這麼大清早的蘭老頭已經安置完裡面的花了，不知道他什麼時候起來的，估計早上五點鐘就出來了。這是明顯防著別人找過來。

看到鄭歎之後，蘭老頭臉上又笑出滿臉褶皺，「黑碳，花展還會持續一週，不過明天我們幾個老頭子約好了把花拿過去，到時候你跟著小焦他們一起過去看。」

蘭老頭他們各自的心肝寶貝肯定不會一直放在展臺，一天的交流足矣，何須一星期？除去國慶黃金週爆滿的人，現在植物園那邊寬鬆多了，也不會發生什麼騷亂，這樣他們也安心。

而蘭老頭剛才的話裡也透出了幾點資訊：

第一，老傢伙們的心肝寶貝都會在明天展出。

第二，蘭老頭口中的小焦就是焦爸，既然這麼說了，就意味著焦爸他們都會過去看，明天是週六，焦遠和小柚子都在，一家人都能去。

這第三嘛，一般來說，按規矩講，植物園裡不准帶寵物進去，不過平日裡人少，植物園的人會睜一隻眼閉一隻眼，可現在是花展期間，寵物進去還是比較難的，而蘭老頭能提出讓鄭歎跟著一起去，肯定也將植物園那邊的關係打理好了，說不定需要的證件早就給了焦爸。

能和焦家四人一起去植物園看花展，鄭歎自然很高興，能跟著一家子出遠門，還能接觸大自然，多好的散心時間。

又享受了一把特權。

鄭歎還知道，蘭老頭對焦爸他們說過，如果這盆花想賣的話，他的建議是暫時先壓著，不急著賣出，也不怕蘭市崩盤。每年都有一些蘭花交流會和博覽會，都是圈內有些名氣的人參加，有國內的也有國外的人，且很多並不對外開放。畢竟交流會上大家帶過去的都是各自的心頭好，價值不菲，出不起差錯。帶過去參展，只要蘭花名氣大了，想買的人多了，價錢自然會再升，甚至可能還會翻幾倍。

焦爸似乎沒有要賣出去的意思，這讓蘭老頭鬆了口氣，心情自然更好了，因為這意味著蘭花可能會再待在他老人家手裡好幾年。

等蘭老頭離開之後，鄭歎沒打算翻進去小花圃看花，他其實對那些沒有太大的興趣；再說了，蘭老頭既然已經來過小花圃，肯定也將裡面的防護做得很好了，進去也看不到那盆花。

正打算離開，鄭歎耳朵一動，看過去。

警長從轉彎那裡的一棵樹上跳下來，沿著圍牆周圍走了段距離，看了鄭歎一眼，見鄭歎沒有往裡跳的意思，便自己動了，翻牆進去。

和那些惦記著蘭花的人一樣，警長自打見過那盆蘭花之後，也一直惦記著，不過蘭老頭防牠早就防出了經驗，壓根沒讓警長再見一次那盆花，即便警長每天都過來守著也沒能有那個機會。

警長聽不懂蘭老頭他們的警告嗎？

未必。

作為認識警長六年的鄭歎，清楚這傢伙的智商一點兒都沒問題，而在人類社會中與人類接觸久了的貓，也能聽懂一些話語。

別以為牠們不懂，牠們只是不想執行，在裝傻而已。

之所以屢次踩線，純粹是警長知道蘭老頭拿牠沒辦法，而牠自己也想看花啃花，所以只當沒聽懂，大家說了什麼，牠耳朵一抖就將聽到的話抖出去扔掉了。

鄭歎跳上牆頭看了看，果然，警長只能在防貓網外面徘徊，花棚那邊無法進去，只能啃一下周圍沒防護起來的樹木和小野花。

有警長在那裡折騰，鄭歎跳上一棵樹，抬頭望天。雖然前幾天的時候下過雨降了點溫，但現在天一晴，溫度又升上來一些，明天應該也是個大晴天。

也是，若不是大晴天，蘭老頭他們也不會去，要安排什麼事情肯定早就將各種天氣和地理狀況都瞭解清楚了。

和鄭歎想的一樣，第二天確實是一個大晴天，而且天空難得的變藍、變清澈了一些，不像平日裡灰濛濛的。

焦家四人一貓開著車往植物園那邊過去。

路上焦遠一直問著那盆蘭花的事情。他昨天晚上才從學校回來，只知道週六要去植物園看花展，關於那盆蘭花的事還是小柚子跟他說的。當初鄭歎叼蘭花回來，焦遠也知道，再說社區裡的八卦他也聽說了點，只是當時沒聯想到自家身上。

植物園離楚華大學不算遠，開車二十多分鐘就到了。如果不是中途塞了一會兒車的話，估計十分鐘就行。

蘭天竹跟他爺爺蘭老頭一起行動，熊雄和他媽會晚一些才過來，蘇安他家和石蕊家一起行動。焦家算是到得最早的。

停車的地方離植物園大門還有些距離，因為還在花展期間，人流量相比平日裡要多一些，而作為主會場的植物園自然也有更多人的開車過來，但不可能讓大家都開車過去，植物園大門附近可沒那麼多停車的地方。當然，有通行證的還是能過去的，比如蘭老頭等人手上就有，他們跟植物園的人早就是老熟人了。

雖然之前蘭老頭給了焦爸證件能讓鄭歎進去，但是為了不過於顯眼，鄭歎還是先委屈一下蹲背包裡。

做人要低調，做貓亦是。

不可能讓小柚子和焦媽揹背包，尊老愛幼原則，焦遠也不會讓焦爸揹，焦遠都高三了，比焦爸還高還壯，他不揹誰揹？

往大門走的時候，鄭歎從背包拉鍊縫看到附近立著牌子，也有穿著統一服裝的義工們發一些植物園內各區域的植物分布圖，上面明顯標注了一些禁止區域，今天有幾個地方並不對外開放。

他正看著，一輛黑色的轎車緩緩駛過來。

「為什麼那輛車能開進來？沒覺得有多特殊啊。」焦遠疑惑的問道。他們剛才經過的周邊有人攔著，不讓車進，所以才會將車停在更遠一些的地方。

「那車的車窗上貼著通行證。」焦爸解釋。

焦遠「哦」了一聲，也不糾結了。特權總是存在的，他們能夠擁有，別人亦能擁有。

鄭歎則從背包裡探出頭看著那輛以並不快的速度駛過的車，他覺得剛才那輛車開過去的時候，車裡面有東西盯著他們這邊。

蘭老頭跟焦家人說過他們展出珍品花的地方，焦家人帶著鄭歎先往那邊走了一圈。這時候植物園裡的人還不算太多，不過展出珍品花的展廳就火爆了，每個展臺旁邊都圍著一圈人在那裡評論鑑賞，鄭歎不方便往太裡面過去，太擁擠了，他依舊待在背包裡，被焦爸拎著，就站在邊上人少一些的地方。

焦媽帶著小柚子過去賞花了，女人對這些比較感興趣。

焦遠去擠了一圈之後回來時汗流浹背。

「看到『玉貓』沒？」焦爸問道。

「沒能擠進去，掃了一眼沒看清。人太多。」焦遠說道。他還沒能多瞟幾眼就被擠出來了，擠他的還是幾個四、五十多歲的大叔們，還有爺爺輩的人，他自然不可能跟他們擠，大略看了一圈便回來了。

雖然每個展臺邊上都圍著一圈人，但那盆蘭花的展臺旁邊圍著幾圈人，裡面的人不走，周邊還有越圍越多的趨勢。那些喜愛養花的老頭子們平日裡確實還算好，斯文很多、講究很多，但今天他們可是慕名而來的，現在不擠進去就看不到，聽著裡面的人一聲聲的評論就抓心撓肺的，一激動便往裡擠了！在他們看來，焦遠這種「小屁孩」來湊什麼熱鬧，趕緊讓位才是正確行為。

所以，焦遠不僅被擠出來了，還被用責備的眼神瞪了好幾眼。

「沒事，回家之後再去拜訪一下蘭教授。」焦遠心裡安慰自己，近水樓臺先得月嘛。再說，那花本來就是他們家的貓找到的，蘭教授能讓自家人單獨看，心裡肯定是明白的，到時候他厚著臉皮去磨一磨就行了。

看那邊的火爆場面，焦爸現在相信蘭教授的話了。

為什麼蘭教授對那盆蘭花那麼大的信心？

很多花之所以貴，多數是炒作出來的，有人推波助瀾，或許過幾年就從高富帥跌成矮矬窮了。

蘭老頭為什麼不怕跌價？

第一，這花別人養不出。一般來說，自然變種的話，同樣的突變品種會集中在同一片地區。怎麼弄來的苗，除了鄭歎，誰都不知道，別說這祕密焦家人不願意公開，就算是願意，誰能讓一隻貓開口？所以，近些年甚至更久的時間內，只要不分苗賣出，這盆花算是獨一無二的了。物以稀為貴。

這第二嘛，就憑的是真正的實力了。能吸引那麼多外行人駐足圍觀，也讓蘭友們為之著迷的花，還怕跌價？

等焦媽和小柚子出來之後，焦家人便同鄭歎去其他地方了，展廳畢竟空間有限，進去擠一圈太艱難，他們也不是什麼風雅人士，還是去植物園其他地方多逛逛。植物園這麼大，有的逛。

對民眾們來說，這裡只是一個找樂子看花看風景散心的好地方，就像一個娛樂場所。但事實上，並非完全如此。

植物園內三百多名員工中，就有一百多人從事研究工作，有碩博學位培養點，以及博士後流動站，除此之外，還有好幾個重點實驗室和檢測中心等。可以說，楚華市各所大學以及研究所中研究植物或者中醫藥等方面的科系學院，大部分都與植物園有聯繫。

像蘭老頭他們就是植物園的常客，相互之間的交流很頻繁。近幾天因為蘭老頭培育出來的珍品自然變種蘭花的事情被知曉之後，植物園就有好幾個人過去，鄭歎的特殊證也是那個時候蘭老頭趁機提要求撈到的。

植物園分很多個景區，有些看得比較細緻的遊客，一天走下來也看不完。不過，遊客們都是往自己喜歡的、感興趣的地方走。比如焦爸感興趣的藥園、竹園，焦媽感興趣的是一些具有其他地域特色的奇花異草等，至於焦遠和小柚子，更喜歡去逛奇異果園和其他果園。一路走過去的時候，鄭歎還看到有一些遊客在周圍零星分布的一些枇杷樹那裡摘枇杷。

這些地方人太多，走了小半天，焦爸他們決定找個地方休息，在那裡碰到了社區的一些人，熊雄和蘇安他們都在，熊雄正拿著一顆奇異果吃。

大人們聊大人的，小孩子聊小孩的，鄭歎無聊。一上午他幾乎都待在背包裡，看焦爸他們是打算在這裡休息一、兩個小時再走。吃完自己帶的乾糧，蘇安他爸把撲克牌拿出來打算玩幾局。

鄭歎想到處遛一遛，焦爸同意了，也叮囑鄭歎別忘了時間，別迷路，有事可以嚎。

鄭歎不認為自己會迷路，隔一段距離就會有路牌，一路走過來的時候，鄭歎心裡已經有了個大致的地圖。

本來小柚子打算跟著，但鄭歎想，小柚子跟著的話，焦媽肯定不放心，也會跟著，估計還會有其他女士跟著，這樣他溜達得不暢快，便自己跑了。

自己在這裡閒晃的話，肯定會找一些冷僻點的、人少點的地方，於是鄭歎打算往高處走，他記得有段路是通往地勢高一些的地方，那邊好像沒有什麼人。

鄭歎往那邊走了走，看到指示牌上寫著「岩石植物區」，而指示牌旁插了一個「禁」字牌。邊上也貼出了說明，說是裡面整修，今日禁止遊客進入。

整修什麼的對鄭歎沒影響，正好那裡人少，因此鄭歎打算進裡面去看看。

第六章

玉貓仙被盜了！

岩石植物區不像其他景區那麼多彩，至少鄭歎覺得看起來挺枯燥，不感興趣，沒啥看頭。沿著小溪旁邊的狹窄走道走過，鄭歎動了動耳朵。有模糊的人聲，不過離得還有些距離，鄭歎不擔心。

鄭歎是從小道過來的，當他走到小道盡頭，看到寬敞許多的大道時，見到了一輛黑色的車，正是之前他們過來時看到的那輛有特殊通行證的車。

本來鄭歎不打算過去，過來的時候焦媽說了要他別惹事，鄭歎沒想惹事，很多時候他自己都不知道為什麼麻煩事總找他，他還無辜呢！

轉彎，鄭歎打算沿著另一條岩石小道離開。

正走著，鄭歎腳步一頓，抬頭嗅了嗅風中的氣味，扭頭看周圍。

周圍很安靜，不仔細聽的話，也不會聽到人聲。有幾隻鳥過來，正在一棵並不高的、鄭歎不知道叫什麼的樹上啄著一些青色的葡萄大的小果子。因為上方有鳥在啄，不少果子從樹上脫離掉落在地上發出啪的聲響，果子比較硬，掉落之後還會滾一點遠。

鄭歎看了看那邊樹下的果子，被啄不少了。不過這果子也沒人吃，也不用它們來生根發芽，沒誰會管，難怪那些鳥放心大膽的啄。

看看周圍，各種草和不認識的植物環繞，看不到其他。

不過，鄭歎知道，這裡可不只他一個，除了樹上那幾隻鳥之外，還有一位潛行者。

鄭歎也沒驚擾那些鳥，只是悄然蹲在旁邊。他知道那位潛行者發現了自己，不過對方的目標是那些鳥，鄭歎靜觀其變。

風吹過，樹葉發出沙沙的聲響。突然，一道身影從一堆石頭後猛然跳起，藉著那堆石頭，再次跳躍，一連串的動作在眨眼間完成。

正在啄果子的鳥受到驚嚇，也不啄果子了，立刻飛起。

不過，空中有截擊者。一隻原本站在枝條邊上啄果子的鳥剛飛起就被已經躍起的截擊者咬住了。對方的目標就是牠，動作太迅速，悄無聲息，下口還狠。

鄭歎不知道這種鳥叫什麼，灰色的羽毛，跟學校裡那些灰喜鵲差不多大，對於咬住牠的截擊者來說，這鳥的體型其實並不算什麼。

鄭歎看著從石堆後面跳出來的大貓，他沒想到會在這裡遇到爵爺。

是的，此刻叼著一隻鳥的大貓，就是爵爺。剛才鄭歎聞到氣味時就意識到了，所以並沒有跑開，爵爺不至於攻擊他。

這麼看來，那輛黑色轎車就是唐七爺的了？而那時候在車裡看著他們的就是爵爺？再想想這片景區，昨天還對外開放的，今天就禁止了，難道也是唐七爺的原因？

沒顧得上想太多，爵爺在咬住獵物之後，看了鄭歎一眼，便離開了。

那隻倒楣的鳥只在爵爺嘴裡折騰兩下就沒了氣。

鄭歎好奇爵爺這傢伙怎麼會在這裡抓鳥，便跟了上去。

爵爺的速度不快不慢，而且看上去很悠閒、很自在的樣子，似乎對這裡很熟悉，像是在這裡生活了很久似的。在外面，鄭歎可沒見過爵爺這樣子。

回想一下，鄭歎第一次見到爵爺的時候，是二〇〇四年的暑假，那時候ＣＦＨ事件已經過去十年，就算是第二代ＣＦＨ，爵爺年紀沒十歲也應該有九歲了；現在又過去五年，爵爺依舊如當年一樣，並沒有一些老貓老態的樣子，看剛才牠捉鳥的一連串動作就能看出來，這戰鬥力仍能將一些普通的青壯年貓甩好幾條街。

五年前爵爺宰人的時候就讓葉昊驚訝了好久，現在這傢伙估計依舊能輕鬆宰人。

鄭歎跟著爵爺一路走，來到一個地方，爬上斜坡。在那裡有一棵大松樹，張開的樹枝讓松樹下顯出一大片陰影。

鄭歎爬坡上去的時候，爵爺正在樹下刨坑。

以爵爺那爪子，刨坑是件很簡單的事情，只是鄭歎不知道為什麼爵爺要在那裡刨坑。一般來說，狗埋骨頭、埋吃的會刨坑，在一些泥土地面的屋子裡，夏天狗熱了也會刨個坑進去蹲著，而貓的話，刨坑基本上意味著這隻貓在拉尿拉屎。

鄭歎沒往那邊走，他感覺爵爺應該不會希望有誰靠近。

很快，松樹下被刨出了個小坑，鄭歎就見爵爺將剛才獵的那隻鳥放進土坑裡，然後又埋了起來，埋好之後沿著松樹走了一圈，一邊走一邊嗅著什麼，最後牠在一個地方趴著，交疊著前爪，看著遠方。

這裡的地勢高一些，而爵爺蹲的方向就對著鄭歎所站的方向，從這裡能看到坡下的情景，以及遠處植物園內的其他樹林。

不過，鄭歎可不認為爵爺在盯著自己，牠只是看著遠處的風景。對於變得深沉起來的這隻大貓，鄭歎心裡很好奇牠剛才的行為到底是為了幹嘛，抓了鳥也不吃，還是立刻斃其命，壓根不像社區裡阿黃和警長牠們先玩再吃的行為習慣。

周圍還有鳥，也有剛才獵到的那種鳥，但爵爺似乎對那些已經不感興趣，除了耳朵因為一些聲響而動了動之外，視線根本就沒怎麼往四周看。

鄭歎能夠聽到人聲，就在附近。因為這裡地勢較高的優勢，鄭歎能夠站在坡上看到不遠處的一間小屋，就在那條大道旁邊，黑色的轎車停在那附近，只是因為樹枝遮擋的原因，從鄭歎這裡只能看到轎車的局部，而不能看到整個車身。

那間小屋倒是能看得比較全面，約莫十來坪的地方，設計看上去有些石屋風格，與這個景區倒是相得益彰，應該是植物園內負責照顧這裡的人臨時居住的地方。

屋子外站著兩個人，看起來挺普通的，但鄭歎知道，那只是看起來而已。他們是負責保護唐七爺的保鏢，其中一個鄭歎曾經見過。這麼看來，唐七爺應該就在那屋子裡。

看了看依然維持著剛才的姿勢趴在那裡的大貓，鄭歎決定還是過去小屋那邊看看，或許能找到答案。

鄭歎本來以為自己的行動還挺隱祕的，但正當他打算翻窗戶進去偷聽的時候，察覺到一股視線，側頭看過去，發現不知什麼時候原本守在門口的人此刻正站在不遠處看著他。

這人是鄭歎見過的那個，就是不知道他認不認識自己。

對方只是警戒著，並沒有什麼惡意，這讓鄭歎心下稍安。沒辦法，在鄭歎心裡，早就將葉昊和唐七爺等人打入「黑社會」之列，唐七爺身邊的人，鄭歎不敢亂撩撥，他們可不會像葉昊身邊的豹子等人能容忍他。但鄭歎又想聽一聽八卦，他聽到裡面唐七爺的聲音了，還有另一個人，聊的也不是什麼機密事情，並且談到了爵爺。真要是什麼商業機密之類的，鄭歎可不會去看，好奇會害死貓的。

那人盯著鄭歎看了幾秒之後，便又重新回到小屋門口。

屋後，鄭歎走到房屋轉彎處探頭往前面看了看，見那人並沒有什麼動作，便又回到屋後的窗戶下，跳上去。

窗戶並沒有關，橫拉式的，有紗窗攔著，不會有飛蟲進入。

鄭歎沒打算扒開紗窗，他只想看看裡面是什麼人，然後聽聽他們聊什麼而已。沒想到裡面的唐七爺已經看到窗戶上的鄭歎了。

「黑碳？」唐七爺看著窗戶說道，「我就知道會遇到你這傢伙，快進來吧，翻窗戶上探頭探腦幹什麼，做賊呢？！」

其實唐七爺剛才已經得到手下的彙報說屋後有隻黑貓的事情了，他一聽就直接聯想到了進植物園時見到的焦家人，而下屬中也有人說看到了焦家人帶著黑貓。

既然唐七爺說話了，鄭歎也不打算在窗戶這裡縮著，地方太小，蹲著難受，還是進去大大方方的聽來得爽快。

這個房間是臥室，五坪左右，臥室的主人便是坐在唐七爺對面的這位五十來歲的有些黑的男人，穿著也不怎麼講究。

簡易的折疊方桌上放著酒和酒杯，一碟鹽炒花生米。這酒還是高檔酒，大概是唐七爺帶過來的，酒幾乎都是這人在喝，唐七爺這邊只有一杯茶。

這裡看上去很簡陋，這人也像是植物園裡普通的員工，如果不是看到書架上大本大本厚厚的中文英文皆有的書籍的話，鄭歎也會因為第一印象而得到錯誤的判斷。

這人有些喝多了，原本有些黝黑的臉變得黑紅。

「這貓誰家的？養得真好。」說著，那人還朝鄭歎伸手過來，被鄭歎避開了。

唐七爺只說是一個朋友的。

那人也沒糾結為什麼會將貓帶進來，喝了口酒，拿著筷子夾起幾粒花生米吃著，繼續跟唐七爺說：「這時候阿咪應該捉到鳥了吧，待會兒等你們走了我去看看。嘿，算上今天的，那松樹底下估計都有四十九隻了，要是讓那些傢伙知道，肯定會氣炸肺。」

鄭歎不知道這人說的「那些傢伙」具體是誰，不過，從這人話裡推斷，應該是那些主張保護鳥類的人。

一隻貓一生中能宰多少老鼠、殺多少鳥、玩死多少昆蟲，沒人知道。貓科動物本就是殺手級別的，就算是窩家裡睡覺的、看上去性子很好很懶的寵物貓，也有一顆獵殺的心。

「現在還好，一年也就過來殺一次，一次就殺一隻，這要是老爺子還在的時候，只要一忽視牠，牠就跑出去逮鳥，逮了之後也不吃，就放在顯眼的地方給老爺子看，像是撒氣似的，氣得老爺子只能拿著棍子敲石頭，因為捨不得打貓。那時候……」

有些人一喝醉就話多，就算是說了好多次別人都聽得耳朵長繭的話，也說得興起。這也讓鄭歎瞭解到更多關於爵爺的事情。

聽這人說，鄭歎才將爵爺跟這人口中的「阿咪」對上號，敢情爵爺以前沒出去的時候就生活在這裡！

當年鄭歎也曾懷疑爵爺是不是躲在植物園，躲過了一開始那兩年對ＣＦＨ的嚴查期。現在已經沒人再去計較什麼ＣＦＨ了，遮醜都來不及，誰還提？卻沒想到牠不僅躲在這裡，還有人幫忙打掩護。

也是，那時候鄭歎就覺得爵爺能聽懂很多人語，如果不是跟人接觸久了，不會明白那麼多。真正野生狀態成長的話，現在也不會願意跟著唐七爺他們了。

正說話的這人是研究岩石植物的，跟他父親一樣。他口中的「老爺子」已經在二〇〇三年去世，去世時間正好是十月份。就這段時間，前幾天這人還帶著家裡人去墓地看了老爺子。

當年老爺子就住在這裡，方便研究植物，也順便照顧一下這裡的植物。爵爺當年就是被老爺子發現的，確切的說，老爺子那時候發現的是一隻懷孕的母貓，只是母貓的身體狀態很不好，生下爵爺之後不久就去世了。

舊時傳說貓死後要掛樹上，但那老頭沒，而是用一個盒子裝好之後埋在坡上這棵老松樹下。本來老人家只當是養了一隻小貓抓一抓老鼠，那時候剛好屋子裡發現了老鼠啃咬書籍的痕跡，老爺子一時興起便養下了，從一開始的餵奶粉到後來煮貓食。當時這邊管得不嚴，沒說不讓養貓，老爺子沒啥經驗，不知道貓什麼能吃、什麼不能吃，直接買了奶粉將就著，等瞭解到不能亂餵食的時候，卻發現這貓崽挺好養，啥奶粉啥糊糊都吃，也不拉肚子。

結果，一年時間，這貓像是吃了激素似的膨膨長，比一般的貓要大得多，也比那隻母貓大太多了，弄得老爺子都懷疑爵爺是不是家貓與大些的貓科動物雜交出來的，還去植物園各處看了看，沒發現其他體型大些的貓科動物活動的痕跡。

為了避免一些麻煩，老爺子將爵爺藏得很好，有人的時候，就讓爵爺藏房間裡或者藏在林子裡。爵爺也聰明，這一老一貓一直配合得很好。

和其他貓一樣，爵爺那時候幹了不少傻事，有時候也耍性子，比如這人剛才說的一被人忽視就去抓鳥洩憤顯示存在感的事。老爺子將那些可憐的鳥也埋在那棵松樹下，說是給爵爺牠媽吃。再後來，爵爺也不讓老爺子動手了，自己埋鳥。平時牠也喜歡趴那裡睡覺，沒誰打擾，視野還開闊，有時候一睡睡大半天。

霸氣的爵爺也是有青蔥歲月的。

毫無疑問，爵爺是幸運的，牠能出世本就是一種低概率事件，而且收養牠的老頭子和這裡的人只對植物感興趣，對動物方面並不怎麼關心，頂多從生態角度關心一下。

等老爺子離世，小屋這裡一時也沒人，爵爺只跟老爺子熟，對老爺子家裡人雖然還算不錯，但也只是「不錯」而已，遠沒有那種默契和親近，便漸漸試著往更遠的地方跑。

在楚華市的貓中，以這傢伙的戰鬥力來看，都能稱王稱霸了，當時植物園這一片估計都被爵爺納入牠自己的地盤，巡邏領地的事情估計沒少幹。楚華大學離這裡也不算太遠，那周圍也在牠的活動範圍，不然那時候李元霸怎麼遇到爵爺還生下花生糖那傢伙的？

爵爺雖然從植物園離開，現在跟著葉昊和唐七爺他們，但每年這時候還是會回來，抓一隻鳥埋那裡，然後靜靜的趴在松樹下。

「真的，這貓特好，也不傷人，我孫子孫女那時候還很小，經常拿牠當枕頭。我老伴兒就常

說，別看這貓長得大，偶爾調皮，但是性子還是溫和的。」那人嘆道。

一直沒說話的唐七爺：「……呵呵。」

別說唐七爺呵呵了，就連鄭歎在見過爵爺怎麼宰人之後，也不會將牠與「溫和」這個詞畫上等號。

「阿咪長情，每年這時候都回來祭奠老爺子。」那人再次嘆道。

「長情好，長情好啊。」唐七爺道。

這也是為什麼唐七爺願意把爵爺放身邊的原因。如果真的是沒心沒肺的那種，唐七爺反而還擔心，像爵爺這類，你對牠好，牠記得，也會對你好，而不會在關鍵時候反過來咬你一口。

等唐七爺他們開始聊投資的岩石植物裡藥用植物方面的事情時，鄭歎也沒繼續聽了，翻窗戶出來，還幫忙關上了紗窗。

再次來到斜坡上，鄭歎發現那裡有兩個七、八歲大的小孩。

穿著小碎花裙子的小女孩正在跟爵爺磨蹭。

「阿咪一起去玩啦，別偷懶睡覺！」

說了幾次見沒用，小女孩抓起爵爺的兩隻前爪費力的往外拖。爵爺就由著她拖，斜躺著看。小女孩因為力氣小，臉憋得通紅，憋紅臉也沒拖多遠。爵爺還是有些重量的，這個年紀的孩子沒多大力氣。

之後那個小男孩也加入了，一人一隻貓爪，將爵爺從樹下拖出來。爵爺也不惱，由著這兩個孩子費力，草地上拖動也不疼，尾巴尖慢悠悠往上一勾一勾的，似乎還覺得挺有趣。

這兩個孩子應該是屋子裡那人的孫子孫女，不然爵爺不會那麼好脾氣的任由他們鬧。

有人在坡下喊兩個小孩，又磨蹭了一會兒，兩個孩子才不情不願的離開，不過離開之前，那小女孩還摘了一朵小白花插在爵爺耳朵那裡。爵爺是長毛，那裡的毛也不稀疏，花莖卡在毛裡一時也沒掉下來。

等那兩個孩子離開，爵爺才起身，慢悠悠的走到松樹下，還是在老地方趴著，抬爪撥了撥耳朵，將掉落的小白花吃進嘴裡咬了兩口，隨即嫌棄的吐掉了，然後繼續看著遠方。

鄭歎沒想到因為蘭花來植物園一趟竟然會碰到爵爺，還知道了這傢伙以往的一些事情，這也算是今天來植物園的收穫之一了。

沒再繼續待在這裡，鄭歎可不想跟爵爺那樣趴一個地方發呆，大略算了算時間，鄭歎又跑了幾個地方才回到焦家幾人休息的地方。

鄭歎去的時候，坐在那裡休息的幾家人正琢磨著收拾東西再逛點地方，鄭歎的時間拿捏得剛剛好。

很多人喜歡在秋季逛植物園，因為這個時節沒有多少蚊蟲，氣溫也不錯，除了秋季開的一些花卉之外，還有果園值得逛逛，當季的有，反季節的也有不少，水果還有賣的，由植物園負責販售，賣得很便宜。當然，平時是不允許亂摘的，那些偷偷摘果子的人都避著植物園裡的負責人。

春夏之際這裡還有賣蜂蜜、蜂王漿和花粉。

再過一個月，一些樹葉開始變黃變紅，卻又不到大肆凋落的時間，景色很美。

溫室裡有很多熱帶植物，雖然有不少種類在楚華市也能種植，但因為氣候的關係，長得不如熱帶地區的好，也就植物園等一些比較特殊的地方才會看到長得壯壯的各種熱帶植物。

生科院的學生們很多會在大一和大二的時候被帶過來植物園認識植物，有專門的老師帶著，雖然很多樹上都掛著標注種屬名和注解的牌子，但也有很多沒掛，得靠老師告訴他們。

除了水果之外，植物園靠近大門的地方還有很多賣紀念品和盆栽的攤位，每次植物園舉行一些大型的展覽會時，這裡的生意就相當不錯。

有個攤子在賣類似人造琥珀的四葉草掛飾，是真正的四片葉子的植物種屬，而不是因為突變或者自然變異由三片葉子長出來的四葉。見識過五葉、六葉甚至還摘過九葉，鄭歎對這些一點都不感興趣，琥珀的話，他自己還撿到過一個真正的具有考古意義的琥珀呢，這些他更看不上。

逛著逛著往回走，路經展廳的時候，待包裡的鄭歎發現展廳外面站著不少拿著相機像是記者之類的人。

「展廳裡面滿人了，限制人數，這些都在排隊呢。」旁邊有人說道。

「還好我們那時候去得早。」焦媽說道。

「以前也沒見這麼多人啊，再說現在都快傍晚，要到吃飯的時間了，這些人還在這裡排隊幹什麼？該結束了吧？」石蕊她爸奇怪道。

旁邊一個戴著植物園工作牌的人聞言，跟他們解釋道：「都是來看『玉貓』的，聽說蘭教授送展的那盆『玉貓仙』珍品蘭估價千萬一苗，一苗啊，不是一盆。」

作為早就知道的人，焦爸他們還算鎮定，不過旁邊的一些遊客們就震驚了，本來逛累了還打算回家的，現在揹著包就往展廳那邊跑了，不就是排一會兒隊嗎？千萬級的花還是過去親眼看看的好。

「不就一盆花嗎？一般人誰閒著沒事去買那個啊？也就那些花痴們會幹。」一位遊客說道。

那位工作人員意味深長的看了那人一眼，幽幽道：「就這價還有不少人嚷著買呢，有商人還有一些喜愛玉石的。我半小時前出來時有人直接報價兩、三千呢，聽說那人是個大公司的老闆。」

「兩、三千……萬？」

「要不然呢？」那工作人員搖搖頭，這種事他們只在旁邊看看就好，作為還在還房貸的人來說，是接觸不到那物質精神層面的。

因為這名工作人員的話，周圍有不少遊客想找關係進去，展廳門口的牌子上早就寫明只展出一天，以後想看也不行了。

鄭歎只覺得這件事情有些誇張，出乎他的意料，卻不知道展廳的火熱程度比那工作人員說的還要爆。

因為展廳爆滿，不僅有圈內專家，也有不少媒體進入，同時植物園的負責人電話不斷，其中不乏一些經常跟植物園做互動交流的知名人士，這些提起名字就能在相關研究圈子裡抖三抖的大人物們很多並不是楚華市人，平時也忙，所以第一時間並沒有得到消息，等不少人說起來之後，他們那興趣就提起了，但趕過來也來不及。

他們想著，花展不是還有一週嗎？花展之後還有專門的菊花展呢，這樣算算日子都能延遲到十一月，展廳裡那些蘭花多展幾天又怎麼了？交流，就是要人多了才能交流嘛，就那麼幾個人，還有一些打醬油的，還只有一天時間，他們這些大人物都沒多少人出面，能交流個屁！

負責人得罪不起，每接一通電話就挨個賠罪，額頭上的汗一直沒止住過，那些知名人士之所以被稱為「大人物」，說明了他們不僅人厲害，脾氣也大得很，雖然平時接到他們的電話讓人感覺很榮幸，但這時候負責人心裡就萬駝奔騰了。

除了這些大人物的電話，也有不少媒體跟植物園交涉，有本地的、有外地的，甚至還有中央的要來採訪，這事植物園的人還真沒想到。

既然現在這麼多人發話，他們也只能挨個去跟送展的人接觸商量商議多展幾天。他們心裡其實很明白，最重要的還是蘭教授的那盆「玉貓仙」。按現在的事態發展，說不定明天就有國外的人過來了，到時候真不是他們這些小人物說了算，得請幾位高人出來撐場子。

蘭老頭被勸說後把花留在那裡了，他自己也住在植物園那邊照料蘭花。植物園的人還派人過去將翟老太太也一起接過來，他們知道，只有蘭教授一人的話，發起脾氣來他們控制不了，還得老太太出馬。

鄭歎他們回去之後，第二天就在各早報、晚報、都市報上看到了大篇幅的報導，彩頁版面的還有照片，一張是蘭花的照片，一張是花盆邊上放著的牌子，上述種名、銘品名、送展者和編號等。鄭歎覺得，之前讓蘭老頭在前面頂著確實是個好主意，不然現在要是大家在牌子上看到送展者是焦家的人的話，估計有不少人上門堵人，那樣就別想安寧了。

還是讓經驗豐富的蘭老頭去頂著的好。鄭歎欣然自喜的想著。

沉寂三年，蘭老頭這次算是狠狠出了口氣啊！昨天鄭歎他們離開植物園的時候，蘭老頭還抽空出來跟焦爸見面說幾句話，雖然多是抱怨那些不按常理出牌的老傢伙們，但鄭歎看得出來，蘭老頭心裡還是得意的。

植物園那個單獨的展廳由原本的開放兩天變成開放三天，而且還是限時限人數的，展廳的負責人員增加了三倍，以防出問題。

二毛在知道這事並親眼見過那盆花之後，跑去跟蘭老頭磨了半天，又去焦爸辦公室堵人，商談了一個小時，最後終於預定了幾株苗。

鄭歎一聽「幾株」苗，鬍子一抖。他知道二毛不缺錢，但這傢伙竟然不缺錢、不在乎錢到這個程度，按照炒出來的價，那絕對是在千萬以上，二毛一出手就幾株，還真是個隱型土豪。

不過，並沒有確定是幾株，可能是一、兩株，也可能更多，現在蘭老頭也說不準，他還要養幾年。二毛現在也不急，他讓蘭老頭之後分盆時多分出來一小盆，他打算到時候送給他遠在京城的爺爺，最好能夠趕上老爺子做壽。

而在報紙和網路上，「玉貓仙」這個詞成了人們熱議的話題，自然有人詢問為什麼這花的名字裡面要帶個「貓」字。在知道這花的發現與貓有關後，一些養貓的人心裡就想，為啥不是自家的貓呢？只會啃花毀花，連屋裡養的室內景觀樹都被這些小混蛋們磨爪子磨死了，還在花盆裡拉屎！果然，別人家的貓都是聰明懂事還招財的，自家的貓就是個賣蠢的搗蛋精！

而除去這些純屬好奇的人，這其中也有不少攪渾水的，炒作的居多。因為炒作，蘭老頭這盆蘭花成了網路上的熱搜詞，人們飯後聊天也會聊到這個。對很多地方的小老百姓來說，別說千萬級別的珍品了，就連幾百塊的花他們都覺得貴得要死、一點都不實惠不划算，但作為一個聊天話題卻是再好不過的了，夠他們聊好久。

或許，當初蘭老頭所說「不用炒作」的另一個原因就是這事了，壓根不用自己動手，總有一些人會去攪渾水。

炒作讓這花越來越出名，價格也刷得讓人膽戰心驚了起來，一些真心想買的人對那些攪渾水的人相當憤怒：你們不買瞎摻合啥？你們又買不起！都給老子安分點！

攪渾水的人則想：是呀，我們買不起，雖然買不起但炒作我們在行，我們就不安分，我們就要把它的價格炒起來，看看那些大豪們帶著一張便祕的臉去爭執，我們只負責在旁邊看戲就行，你們能奈我何？

這花現在很火爆，每天的報紙上都有相關的報導，又是國內大牌專家，又是國外知名人士前來觀賞的，連市裡一些飯店因為假期過去而有些冷的生意都開始熱起來了，希望這話題繼續熱門下去的人可不少。

話題冷了？

再炒起來！

相比起那些打了興奮劑似的振奮起來的人，鄭歎卻感到有些不安。

果然，沒兩天，那盆蘭花被盜了。

蘭老頭差點因為這事進了醫院。當時聽到這個消息的時候蘭老頭眼一黑，要不是翟老太太扶得及時，估計就會栽地上去了。

放在展覽館裡的古董之類的物品有人偷，這個說得過去，但一盆花也有人偷？雖說也有過類似的事情，但畢竟相對於其他東西來說算少的了。

古董等死物被盜，過多少年再找回來也可以，但花草不行，照顧不當是很容易死的，很多東西越貴越嬌弱。

有人覺得可惜，有人幸災樂禍。總之，本來因為話題沒新花樣而炒得有些乏了的詞，再次在全國乃至世界範圍內掀起了風浪。

與此同時，鄭歎來到老瓦房，打開了手機。

鄭歎能用手機正大光明毫不掩飾地聯繫的人，只有六八，而且鄭歎覺得六八本來就是這方面的能手，即便不能幫忙找到，只要能找到點線索也是好的。

很幸運，最近六八剛做完一筆大單子，來楚華市休息一段時間，順便幫金龜一點兒小忙。收到鄭歎的簡訊時，六八正拿著報紙看今天的新聞，金龜在旁邊一個勁兒的八卦，而他們八卦的話題正是失竊的蘭花。

炒得太火，現在突然被盜，話題更火，就算是想掩飾也來不及了。媒體的嗅覺總是令人驚嘆的，報紙和網路上已經有不少關於這次失竊案的話題了。

六八本來就對那盆蘭花有些興趣，之前是因為手頭有工作沒在楚華市，現在回來也錯過了最佳看花時期，本來還有些遺憾，蘭花被偷後還想著要不要自己去查一下，來個黑吃黑，等接到鄭歎的簡訊時，六八沒控制住，「呵」的笑出聲。

這不是幸災樂禍。第一，他沒想到那盆蘭花跟鄭歎有關係，從之前瞭解到的一些資訊，只知道這花跟貓有關，現在看來還真是「貓仙」。第二，六八正想著自己動手，不料就接到簡訊了。回了封簡訊之後，六八便起身離開。既然決定插手，還是越快越好，時間久了，不說能不能找到，說不定那花就玩完了。

鄭歎看到回覆的簡訊很驚訝，六八沒說要啥利益，只說自己本來對這事也感興趣。

關上手機，鄭歎將手機放進背心裡，帶回家。特殊情況，他得時刻瞭解一下進展，不可能每次都跑出來窩在這間瓦房內。反正家裡白天也沒人。

這兩天，蘭老頭的狀態很不好，對於蘭花的失竊，他比焦家人還急。

蘭花在植物園獨立展廳被盜，花展時的那個展廳早已關閉，之後因為「玉貓仙」的緣故，植物園特地開了個獨立展廳，專門放置這盆蘭花，以便從各地奔赴而來的人欣賞。現在花被盜了，植物園肯定得負責，保險金和賠償金也不會少。

但是對蘭老頭來說，錢不是問題，問題是心病。

如果找不到蘭花，或者找到了可是蘭花已經毀了的話，蘭老頭這心病是去不了的了。

本來蘭老頭還打算將「玉貓仙」送去參加瓊島十一月的蘭花交流會，別想到會發生這種事。

花了這麼大的功夫，當心肝寶貝似的養著，那是心血，一眨眼就被人偷走了。

鄭歎昨天跟著焦爸去樓下看望蘭老頭的時候，老頭子像是生了場大病似的，與平日裡的精神狀態差太遠，本來焦爸還想寬慰一下，他們對那盆蘭花真不那麼執著，但寬慰無效。

當時蘭老頭太激動，說話帶著顫抖，眼睛都紅了，「小焦啊，我恨，心裡恨吶！」

他恨偷蘭花的賊，也恨自己沒護好，那麼張揚幹什麼？這不就是招賊嗎？！

「那些偷花的賊能將花看護好？十來萬的花，他們能用千百來塊就賣掉，這盆花的下場……唉！」蘭老頭說著，又抖著手擦了擦眼角。

「那邊的獨立展廳防衛措施做得很好，這些年也沒出過事，一般人沒那能力偷到，而有那能力的肯定也不是一般人，他們的眼界不會太小，想來也是很看重那盆蘭花，到手之後應該會精心照料。」焦爸說道。他知道對蘭老頭來說，花是最重要的，能把花照顧好，只要花不被糟蹋，其他的也就次之了。

從蘭老頭家裡出來後，焦爸打電話給葉昊，讓他們幫忙打聽一下消息；而鄭歎也去找了瞎老頭坤爺，雖然坤爺只占據一方，地界之外的不插手，但能知道這地界上有沒有問題也好。

至於鄭歎怎麼跟坤爺說……話是沒法說，但他在坤爺那裡翻了報紙，然後找到報紙上關於蘭花失竊的版面，放在坤爺面前，自然會有人跟坤爺說。以坤爺的智商，不至於連鄭歎的意思都摸不清楚。

二毛他們也在幫忙尋找，蘭花是晚上被偷走的，而植物園的監視器並沒有提供多少有力的幫助，推斷是有人做過手腳。至於現在，花偷走後是連夜運出，還是依舊在楚華市，沒人知道，只能盡力去查。

警方不可能告訴鄭歎案情進展，就算是蘭老頭這位名面上的蘭花歸屬者，鄭歎相信警方也不會告訴他多少，反而為了安撫住蘭老頭，還會說一些善意的謊言。

坤爺那邊給了一個車牌號碼，其他的沒說太多，不在他的地界上，對方也做得很隱蔽，短時間內查不到多少。葉昊那邊說了幾個可疑人物，但只是可疑，並不確定。而且，葉昊和坤爺那邊都說了，有人在黑市高價買那盆蘭花，至於買方是誰、是男是女、是國內人國外人，並不清楚，黑市上很多身分資訊都是假的。

果然，炒作炒得悲劇了，吸引來了不少麻煩人的注意力，難怪鄭歎那幾天總感覺要出事。

鄭歎將坤爺給的那個車牌號碼以及葉昊說的幾個可疑人物，發了簡訊給六八，至於怎麼查，六八是專家。

在鄭歎將簡訊發過去的第二天，六八說要去找個人，問鄭歎想不想一起去。鄭歎仔細考慮了一下，決定去一趟，瞭解瞭解情況。

約好時間，六八開著大眾型車到東教職員社區附近的學校側門門口捎上鄭歎。

跳進車裡之後，鄭歎看了看周圍，金龜沒跟著，後車座上放著一臺筆記型電腦，還開著，畫面上打開了空白文件檔。

「想說什麼直接敲字。」六八開著車說道。

鄭歎看看電腦，又看了看正開著車還時不時從內後視鏡往後座瞟的六八，不動。

見鄭歎不打字，六八也沒一直沉默，說了說要去找的人。

要找的人叫「撲克王」，不是說這人在撲克牌方面稱王稱霸，而是因為他的撲克臉。

撲克王愛「賭」，不過據六八所說，撲克王並不像那些嗜賭的賭徒們那樣進賭場玩。用撲克王自己的說法，他只是喜歡雅堵，水準比較高的賭，而不是單指玩撲克牌或者賭場的遊戲。撲克王玩牌，也玩賭石、玩賭草等等。

對於精益求精的撲克王而言，自我的控制便是賭者必備的條件，但即便是頂級的撲克牌玩家也會因賭局中的某些情況而露出馬腳，於是撲克王做了撲克除皺手術。所謂的撲克除皺術是使用內視鏡，移除所有的抽搐、斜視和細微表情，創造一張完美的撲克臉。後來很多人看到撲克王這張撲克臉之後便給了這個外號。不過，撲克王覺得這外號挺好聽的，漸漸地便成了一個特殊的稱謂，越來越多的人知道「撲克王」，卻已經沒多少人記得他的真名了。

撲克王在一次賭石之後接觸了蘭花，那時候因為蘭花而一夜暴富的人多，也引起了撲克王的注意。

據說，剛剛從山上挖下來的野生蘭花稱為「下山蘭」。一般而言，下山蘭和真正的名貴蘭花在品相上有著比較大的差異，並不值錢。但這種蘭花存在著一定的變異性，有可能經過幾年的栽培，變成「熟草」之後，出現身價上萬的品相。

由於下山蘭價格便宜，一些人大批購買，期待在那一大堆「雜草」中能有一、兩株「極品」，這個環節則被稱為「賭草」。那時候有不少因賭草而大發其財的「蘭客」。

既然是賭，那就意味著風險。撲克王的運氣不錯，那時候狠賺了一筆，據六八所瞭解到的資訊，撲克王在賭草上賺了幾億，不過現在蘭市動盪，撲克王沒將主要注意力放在這上面了。雖然沒怎麼注意，但撲克王對蘭客圈子裡的消息還是很清楚的，不管是明面上還是黑市裡，值得諮詢。

六八曾經偶然幫過撲克王一次，後來也接觸過，兩人關係不算好，也不算太差。

兩人約見面的地方是一處小茶樓，茶樓比較偏古典的裝修風格，看上去有點高級。門口的服務生看到六八遞出來的一張條子後，便帶著六八往樓上走。三樓是特殊的貴賓室，鄭歎看到每個包廂外面的名字多是以植物命名的，而且都只是一個字，比如「梅」、「蘭」、「竹」、「菊」之類，服務生帶他們進入的便是「蘭」廳。

裡面已經坐了人，一個四、五十歲的中年人坐在木桌旁，端著杯子喝茶，六八進門的時候，他只是微微側頭往這邊看了一眼，沒什麼太大的表情，看上去挺高深莫測的樣子。

果然是一張撲克臉。鄭歎心想。

那中年人身後站著三個男人，應該是保鏢之類的人物，身上帶著些煞氣，不過現在沒什麼惡意，只是警惕而已，堅守其職。

撲克王抬手指了指對面的座位，示意六八坐，視線在跟著六八進來的鄭歎身上停留了兩秒，也沒說啥。

對面的座位只有一張椅子，六八從包廂邊上搬了張小凳，讓鄭歎坐那上面。

「你說的就是這隻貓？」撲克王往鄭歎那邊掃一眼，對六八道：「也沒感覺什麼特別的。」

「低調，要低調，這可是祕密武器，高調了那還叫什麼祕密武器？貓鼻子比人鼻子靈多了，你說是吧？」

六八說話顯得比較隨意，不知道是故意的，還是因為跟撲克王的關係而自然地隨意。

撲克王微微點頭，也不知道是對六八前半句點頭，還是對後半句的認可，也不繼續針對這個話題了，而是道：「我看過那盆蘭花，so beautiful。」

或許是因為早已習慣了不動聲色，再加上做過撲克除皺手術，就算是在感嘆和誇讚時，臉上也沒有多少特別的表情，配合語氣的話，看上去很是詭異。

鄭歎覺得撲克王的手下真可憐，整天對著一張撲克臉，還漸漸被同化，也變成一個個撲克臉了，對著這些撲克臉，食欲都驟減。

六八和撲克王在那邊說話，鄭歎蹲旁邊一臉嚴肅的扮演祕密武器。

撲克王認識一些人，都是玩賭草發家的，現在好幾個都是身價上億的人，平時跟撲克王也有聯繫，時不時說些賭草圈子裡的新聞，關於蘭花的話題也多，「玉貓仙」是現在他們熱議的話題。

撲克王撿了一些聽到的覺得比較有用的消息跟六八說了，還告訴六八，有兩個養蘭高手最近突然沒消息了。照撲克王的意思，那兩個人要麼是已經遭遇意外，要麼就是有什麼重要的事情讓他們不想與外界聯繫。

聯繫上這次蘭花被盜的案子，撲克王猜測那兩人大概被人請走了，畢竟養蘭、養好蘭並不是一件容易的事情，何況是「玉貓仙」這種再次刷新高價的蘭花。

除了那兩個養蘭高手之外，撲克王還說了個人名，外號叫「鼹鼠」的傢伙，而這人，正好是葉昊給出的名單中可疑人物之一。

看到名字之後，六八皺皺眉，「這人……有好幾方人都在找他，他現在還待在楚華市？」

「大概明天就不在了，所以你得趕快，那傢伙油著呢，逃跑很快，如果不能一次就抓到他的話，下次想抓到就難了。」撲克王說道。

「這人我之前就找過，沒找到人。」

聽到六八的話，撲克王抬了抬手，身後一人遞過來一個資料夾，撲克王打開資料夾，從裡面拿出一張紙片，確切的說，應該是一張從地圖上剪下來的局部圖片。

鄭歎餘光能瞥見六八從撲克王那裡接過那張紙，他也很想看看到底是哪裡，只不過他得嚴肅、穩重點，這樣才能裝祕密武器。就像六八來時曾說的，撲克王這人喜歡裝，所以看人看事也帶著點這意思，你裝得高深，他還能高看你一眼，做事也能多盡些力，要是太散漫隨意、啥事都顯臉上的話，撲克王估計就會想糊弄你了。

難得裝了這麼長時間的祕密武器，鄭歎忍著好奇，還是繼續嚴肅的蹲在那裡，目不斜視盯著前方。鄭歎感覺到撲克王剛才往自己這邊看了一眼，心裡一緊，果然撲克王連貓都不放過。還好自己繼續裝下去了。

在包廂談完事情喝完茶，六八又帶著鄭歎離開。

等從茶樓那裡出來，回到車上，鄭歎終於看到了那張紙片。確實是從城市地圖上剪下來的，鄭歎前些時候還仔細研究過地圖，那位黃鼠狼老闆進貨的時候走過那邊。

找到了點消息，六八打算回去仔細查查資料，鄭歎也得回家露露面，不然焦爸又得到處打電話找貓。

趁著回家，鄭歎發了封簡訊給六八，他記得上次跟著雜貨店那位黃鼠狼老闆進貨的時候，中途遇到過警匪爭鬥，那個姓廖的年輕警察給他的印象比較深，而且黃老闆和二毛都說過這人還不錯，所以鄭歎想著，如果六八一個人搞不定的話，能不能招那人幫幫忙？當時看那人抓匪抓得挺迅速的。撲克王不是說了嗎？一次抓不到，鼴鼠就溜了。

雖然鄭歎對那位廖警察不瞭解，但為了儘快找到蘭花，還是相信黃鼠狼老闆和二毛一次，至於六八那邊，用點手段總能聯繫上的吧？

六八收到鄭歎的簡訊和建議之後便查了查那位廖警察，這一查還真查出點東西，六八覺得挺有意思，心想難怪那隻貓會推薦這位。

鄭歎不知道六八是怎麼聯繫那位廖警察的，六八只說晚上去抓鼴鼠。

六八跟廖警察做了筆交易，廖警察喜歡抓賊，這「賊」不一定指偷小東西的賊，也包括一些犯大事的人，但偏偏總有人擋他的道，所以廖警察讓六八拿點那些擋道人的黑資料，有了這些黑資料，廖警察覺得自己以後抓賊時那些人會顧忌一二，也不會總出來妨礙他抓賊了。

六八還跟鄭歎開玩笑說那位廖警察挺有意思，敢拿上司的黑資料，不在乎升職只喜歡抓賊，用廖警察自己的話來說，他是屬貓的，就喜歡抓老鼠玩，升職和錢對他來說沒太大吸引力。

六八說晚上抓賊，大概會比較晚回家，鄭歎想著到時候讓六八打通電話給焦爸算了。

晚上十點半，市區附近某商業街的一條巷口，一輛警車停在路邊，裡面坐著兩個人，其中一個便是廖警察。駕駛座上的人同廖警察一樣也是一身警服。

剛才這邊一個社區有人報警，說是家裡被偷東西了，報警的是附近一所名校的女學生，聲音還挺好聽。

「那間學校的女學生素質普遍比較高，有學問長得還漂亮，這個報警人聽聲音就讓人酥了半邊。小廖啊，你信不信？那女的肯定是個漂亮妹子！別說梁哥我囉嗦，你這年紀也得找對象了，碰到個不錯的就抓緊機會，我認識的一個兄弟就是在一次失竊案中跟那個報案的妹子搭上的，現在都談婚論嫁了，嘿嘿，不過……」

「喀！」

廖警察滿臉驚訝的看著自己手上的手銬，又難以置信似的看向梁警察。手銬一頭銬在他一隻手上，另一頭銬著方向盤，而手銬的主人很顯然就是梁警察。

「小子，學了這麼久還沒長進，這反應怎麼去抓賊？技術不過關啊，跟大哥我學著點，以後多鍛鍊鍛鍊，別哪次沒銬住賊卻被賊反銬住，這次就當是教訓。話說回來，這次報案用不著兩個人，我一個去就行了，你在車上等我。別想著打小報告啊，我們不能做叛徒，知道嗎？」梁警察得意的說道，說完打開車門準備出去。

可是，梁警察剛邁出一條腿，就感覺手腕上一涼，因為拉扯，手腕上傳來了很明顯的痛感。梁警察回頭看向手腕，發現原本銬在廖警察手上的手銬竟然不知怎麼出現在他自己的手腕上！

「廖實，你！」

「梁哥，不好意思啊。」廖警察帶著真誠而歉意的笑，對梁警察說道：「我也覺得自己的技術有所欠缺，需要多多鍛鍊，這次還是我自己親自去鍛鍊一下的好。」

說著，廖警察走出車門，來到不遠處一間快關門的飲品店買了杯咖啡，很貼心的為梁警察放車裡。

「梁哥，你先喝點咖啡，我解決完那邊的事情就回來。」說完，廖警察抬手壓了壓帽簷，走進巷子。

「我艸！廖實你他媽……」被自己手銬銬在車裡的梁警察氣得恨不得吐血，卻又不敢大聲開罵，被周圍民眾聽到影響不好。

他趕緊掏鑰匙……沒有！

他打電話找人，掏口袋……又沒有！

「馬的！」梁警察氣得用沒被銬住的手狠狠敲了兩下方向盤，低聲罵著廖實，想著事後要怎麼辦。

去打小報告？他傻了才去呢，根據公安部關於警械的佩戴使用規定，手銬是公安機關執法時使用的刑具，即使是公安機關人員使用也有嚴格的規定，這次是他自己先用手銬銬同事的，這說出來自己絕對會挨罵評寫報告，要是有心人在後面推兩把，他還要不要升職了？

馬的，還打算給這小子點教訓，沒想到自己反而被坑了。虧其他同事還說廖實這人跟名字一樣實在，實在個屁！

看了看擱旁邊的那杯咖啡，梁警察「哼」了一聲拿過來，吸了一口。

「艸！」加冰的！不知道今晚降溫嗎？！不應該買溫熱的才對嗎？！

梁警察氣得又狠拍了兩下方向盤。

鄭歎和六八來到約好的地點的時候，廖實那邊已經結束了，地上躺著四個人，三個看上去很年輕，不知道是打工的還是學校的學生。另一個三十來歲，個頭不高，身材微胖，正是鄭歎他們要找的鼴鼠。

鼴鼠是打算今晚就逃掉，溜之前手頭的一些「貨」想處理，這樣溜得能順利點。只是他沒想到，正在交易的時候被一個穿著警服的年輕人攪和了，他還沒能成功開溜就被敲暈在地上。

「人給你，東西記得到時候發給我。」廖實指了指趴地上的鼴鼠，看向六八說道。

六八點點頭，「記得呢。」

得到保證之後，廖實問道：「你要審問這人嗎？」

「嗯，有些事情想瞭解一下。」六八說道。

「哦。」廖實頓了頓，又道：「如果是比較重要比較緊急的事情，估計會有點麻煩，這人嘴巴不好撬開，他以前沒少經歷刑訊。」

「所以？」六八看向廖實。

「所以，我建議你可以找個人幫幫忙。」

「誰？」

「那隻貓知道。」廖實指了指六八身後不遠處蹲在陰影裡的鄭歎，笑得一臉真誠。

鄭歎：「……」指我幹嘛？我知道個屁！

總碰到這種說話都說半截、並不把話說明白的人，可奇怪的是這些傢伙們卻能從半截話裡面聽到對方想要表達的意思，這讓鄭歎對自己的智商表示著急。

「看在你給我的這些資訊上……」廖警察掏出本子寫了一串號碼，撕下紙遞給六八，「他的號碼，不過，如果你自己獨自去的話，他不會理你的，讓那隻貓帶你過去，成功率高一些。」

說完，廖實抬手壓了壓帽簷，走了，壓根沒管其他三個被扒了衣服趴地上吹冷風的人。

六八對鼴鼠注射了一管藥劑，這管藥劑能保證鼴鼠繼續熟睡。

將鼴鼠塞進後車箱裡之後，六八看向鄭歎，「剛才廖實說的人是誰？」

鄭歎也是一臉茫然：天殺的，我哪知道廖實說的人是誰？

仔細想了想自己認識的人，以及廖實可能認識的人，鄭歎心裡猜測，難道廖實說的是那隻黃鼠狼？這兩人不是不熟嗎？可是除了那隻黃鼠狼之外，還能有誰？二毛？還是其他人？

六八照著廖實留下來的電話號碼打了過去，聲音還特意稍微調大了點。

鄭歎跳椅背上，支著耳朵仔細聽。

響了好一會兒那邊才接通，一道模模糊糊像是沒睡醒的聲音響起。

「喂。」

只一個字，鄭歎就確定，是雜貨店那隻黃鼠狼無疑。

深夜，街道上只有道路兩邊的橘色路燈亮著，四周的住房鮮有還亮著燈的。路上基本沒見行人，白日顯得有些擁擠的車道，現在車也少了。

雜貨店內，黃老闆從菸盒裡拿出一根菸叼嘴裡，掏出打火機準備點菸，正在這時，門被敲響了。黃老闆晚上住在雜貨店後面的房間，此刻被敲響的門則是雜貨店的後門。

也不急著點菸了，黃老闆叼著菸踩著拖鞋來到門口打開門。

門口站著的人黃老闆不認識。

六八正準備說什麼，黃老闆直接將嘴裡的菸吐了出來，那根菸打在六八身上，往下落的時候卻又被黃老闆快速接住。

六八覺得，如果不是眼前這人叼著菸的話，估計會直接朝自己吐一口唾沫。所以，他該慶幸吐過來的是菸而不是唾沫。

之前在電話裡六八說是廖警察介紹過來的，黃老闆的語氣就不怎麼好，六八直覺這人跟廖警察估計有什麼小摩擦，但是為了蘭花的事情，還是過來了。

重新將菸叼進嘴裡，黃老闆視線下移，便看到旁邊蹲著的那隻眼熟的黑貓。深吸一口氣，沒說話，黃老闆只是側一側臉，示意他們進門。

黃老闆確實在聽到廖警察介紹過來的時候沒打算幫忙，就算幫也不會輕易出手，先敲一筆再說，可沒想到這隻黑貓居然跟著。不管怎麼說，因為這隻貓，自己的店鋪打了一個免費廣告，現在生意還不錯，再加上這貓跟二毛也認識，直接開趕好像也不好。

見黃老闆的動作，六八心裡鬆了口氣，只要准許進門，就說明這人會幫忙了。他先返回停車處，看了看周圍，沒發現有誰注意這邊，便帶著車上還昏迷的人進去。

鄭歎之前只在雜貨店前面的店鋪看過，沒來後面的休息室，看這裡也就三、四坪的空間，卻也不雜亂。相比而言，黃老闆晚上的脾氣似乎不怎麼好，雖然這人看上去很刻薄，但一般白天時對人的態度都是比較好的，不像現在這樣，似乎憋著一肚子火氣並且沒打算忍著。估計被吵醒了所以有了脾氣？

看了看一旁被扔在地上的鼴鼠，黃老闆抽著菸，說道：「我這人很討厭晚上被吵醒，姓廖的這是故意讓你們大晚上來打擾我。嘖，年輕人就是小心眼。」

這次鄭歎能確定，黃老闆跟那位廖警察肯定後來因為一些事情有了點小摩擦。之前鄭歎跟著進貨時，兩人連對方的名字都不清楚，現在說起來倒是熟很多，估計在那之後兩人有過摩擦，也不算大事，雖然看起來相互製造麻煩，但這也是交流的一種。

事實也是。九月底的時候黃老闆跟廖警察都受邀參加了一個認識的人的婚宴，黃老闆跟廖警察在同一個酒桌，酒桌上拚酒廖警察輸了，被黃老闆等幾個年長些的糊弄得露了點小醜，於是廖警察便將這幾個老傢伙記上了，一有空就找他們幾人的小麻煩。這次也是，明知道黃老闆晚上不喜歡被人打擾還給了電話讓人過來。

六八想從鼴鼠口中知道一些事情，而黃老闆這位「民間藝術家」顯然也有這個能力讓鼴鼠開口，原本六八還想著這人會開多少價，沒想到這人卻沒提價錢。

黃老闆看著鄭歎說道：「這次就算了，我們扯平，下次別晚上帶人過來，而且下次就要收錢了，不打折。」

一個小時後——

六八拿著記錄好的資訊被趕出門，同時被扔出門的還有再次昏迷過去的鼴鼠。鄭歎在黃鼠狼老闆開趕之前就很自覺的出門了，晚上黃老闆的脾氣還真差。

之前鄭歎已讓六八打電話給焦爸，說晚上不回去，所以從黃老闆這裡離開後，鄭歎就跟著去六八那邊了，也就是金龜的老窩。

「還真沒想到你竟然認識這麼多能人。」六八看了眼副駕駛座上的貓，說道。

不管是廖警察還是黃老闆，都是比較特殊的一類人，身懷絕技，卻不顯山露水，就連六八自己在楚華市待這麼久也沒聽說這過兩個人。

剛才審問鼴鼠的時候，六八還想著黃老闆會顯露點什麼絕活，沒想到黃老闆啥都沒做，就那麼叼根菸坐在旁邊，僅有的兩、三個簡單動作也沒看出啥來，看上去就只像是瞧瞧鼴鼠這人長什麼樣，然後端著一杯茶坐回去而已，其他時候黃老闆都只坐在原位問話。這讓六八佩服不已，同時也想著，以後有機會的話跟這兩位多走動走動。

這也是這次事情中最大的收穫，不虧。六八想。

從鼴鼠嘴裡撬出來的資訊沒多少，卻很有用。鼴鼠雖然沒有直接參與去偷蘭花，但他幫著弄了一輛車外加幾個車牌。其中一個車牌號碼，便是坤爺給出的那個。

那些偷蘭花的人中途換車了，換的車就是鼴鼠幫忙弄到的，透過追蹤那輛車以及那幾個車牌號碼，應該能大致摸清楚那些人在省內的行車路線。

不過，跨省追蹤的事情六八不打算做，沒那麼多精力，而是將手頭得到的資訊整理好之後，發給了專案組的總負責人。

蘭花被盜之後，因為影響太大，警察局便成立了專案組，還是限期破案，出動了大批警力和聯防隊員對轄區內過往的可疑人員展開拉網式清查。六八相信警方那邊應該有了線索，只是他手上的資訊會讓案子進展更快而已，他相信這些資訊能讓專案組組長更輕鬆一些，畢竟這可是限期破案，破得了，升；破不了，組長的位子就危險了。

專案組組長最近確實在煩惱案子進展太慢，有兩個關鍵人物一直沒找到，收到六八發過來的郵件之後便順著裡頭的提示，找到了被扔在某地下停車場內昏迷的鼴鼠。專案組組長倒是想知道發郵件的人到底是誰，但郵件是匿名的，對方也做過相關掩飾，查不到正確ＩＰ，郵件裡還有一句話：「不要問我是誰，我是好人喵。」

專案組組長盯著最後那個「喵」字愣是盯了一分鐘，要不是事情緊急、他忙著破案的話，估計會研究更久。寄件者到底是個怎樣的人？年紀如何？這是一直徘徊在專案組組長心裡的疑問。

六八發郵件的時候，鄭歎就在旁邊，看到六八發出的句子之後，鄭歎鬍子抖了好幾下，他想起了曾經還鑽石的時候在燒餅袋子上寫的「紅領巾」。果然，幹這種傻事的不止他一個。

次日一大早，焦家人起床的時候，鄭歎就回去敲門了，他得趕在焦家人出門前露露面，不然焦家人心裡估計得一直放心不下。

果然，看到鄭歎之後，焦媽心裡踏實多了，焦爸和小柚子雖然沒說啥，但鄭歎感覺這兩人跟焦媽的心情差不多。

跟著焦爸去吃了餐廳早餐，鄭歎又去蘭老頭家看望了一下蘭老頭。蘭老頭的精神還是不怎麼好，只這幾天時間都瘦了一圈，年紀來了，一點小毛病就能引發一連串的不良反應，再繼續這樣下去也不知道會怎麼樣。翟老太太很擔心，每天都要在旁邊開解一下，蘭老頭的兒子孫子們都常過來安慰。

其實鄭歎想著，如果蘭花真的找不回來，他就找機會去再挖幾株回來，但是聽翟老太太的意思，蘭老頭又犯倔了，就盯那盆蘭花上，再挖回來的也比不上丟的那盆。

第一盆總是好的，在蘭老頭心裡的位置無可替代。

專案組是在十一月中的時候發回消息，他們在滇省邊境地方找到了那盆蘭花。據說，滇省一個縣城公安局辦理的刑事案件中，百分之七十都是蘭花被盜案件，那邊有不少養蘭高手，也有不少偷蘭高手。

專案組找到那盆蘭花的時候，也見到了那兩位失蹤的養蘭高手。和撲克王預料的一樣，那兩人被人高薪請去照料蘭花，聽說原本打算照料好了之後運出國的，沒想被攔截了。

至於在黑市出價的人，聽說在國外，暫時沒查出，不好查。至於這話的真假，暫且不說，對蘭老頭來說，找到蘭花就是最好的安慰了。

第七章

新夥伴，千里和順子

在蘭花被運回的時候，蘭老頭被翟老太太扶著，哆嗦著走過去，看著那盆依舊盛開著的如玉一般完好無缺的蘭花時，老淚縱橫。在那之後，蘭老頭安穩的睡了一天一夜，之後精神便開始好轉了。

心情對人的病情有直接的影響，隨著蘭花被找回，蘭老頭的恢復情況相當好。而他一恢復，便找人改建小花圃。

蘭老頭對小花圃採取一連串的防盜措施，找了好幾個關係不錯的專業人士來幫忙。用鋼筋、鐵網和防盜門等加固花圃內的花棚等，還安裝了自動報警設施、高壓脈衝電網、電視監控和錄影系統等，聘請了人過來看守，校保衛處和附近一些後勤部的人進行聯防，學校全力配合。

除了這些之外，蘭老頭還動了心思，想著養隻狗，電子設備也不是完全可靠的，就像植物園那邊不就是各種電子防盜措施嘛，還不是被人動了？所以蘭老頭打算多管齊下。以後還會養蘭，蘭老頭自己也有信心養更多的精品蘭花，因此防盜措施必須得做好。

既然決定養狗，蘭老頭又遇到問題了，他只對花草這方面有瞭解，對狗不瞭解啊，平時常見到的也就社區裡的那幾隻。不過，論看守的話，經常脫歡的撒哈拉和好脾氣的聖伯納小花肯定不行，難道找牛壯壯那種？可聽說那狗不好訓，而且太凶了點，小花圃雖然要防賊，但也經常會有人過來參觀，一不小心將人咬了，那怎麼辦？

最近有不少人替蘭老頭出主意，正因為建議多了，不知道聽誰的，蘭老頭一直沒敲定。

於是，某日，鄭歎出門閒晃的時候，就被出門散步回來的蘭老頭叫住了。

「黑碳吶，來，給你蘭爺爺出點主意，你說我養啥狗好呢？」

鄭歎覺得莫名其妙。這老頭還真是……

——你要養狗問我作甚？

——有見過想養狗的還問貓拿主意的嗎？

鄭歎瞥了蘭老頭一眼沒打算理會。他哪知道養啥狗，知道也回答不出來啊！

不過，鄭歎不打算理會，蘭老頭卻沒準備放過鄭歎，他叫住打算離開的鄭歎，然後往小花圃那邊走去。

鄭歎不太理解這老頭想幹啥，但還是跟著走過去了，看在這老頭好不容易恢復過來的分上，給點面子。

此刻小花圃裡有兩個人守著，一個守大門，一個守側門。雖說鄭歎總稱這裡為「小花圃」，但其實這裡並不小，只有一個人的話還真未必能守得住。花圃裡面也改建過了，跟以前相比，安全級別要高出幾個等級。

蘭老頭走進小花圃之後，沒有久留，而是騎著他運花的一輛三個輪子的電動車出來，後面拖貨的地方還有些上次拖過花之後沒擦乾淨的泥土。

「來，黑碳，上車，咱買狗去。」蘭老頭對邊上站著的鄭歎說道。

這段時間替蘭老頭出主意的人多，蘭老頭也一直沒下決定買啥狗，看中的狗，人家家裡又沒有狗崽，他也不願再多等幾個月，早點辦完這事心裡舒坦，不然總覺得有啥懸著。

聽人說最近正校門附近有賣小寵物的，老街那頭另一個菜市場那邊也有賣狗崽的，所以蘭老頭打算去看一看。那邊賣的肯定不是什麼名貴犬種，不過蘭老頭對於名貴犬種並不太熱衷，犬種無所謂，只要能看門就行，一個朋友家裡養的小京巴看家也不錯的，比一些光長個子不長心眼的狗要強。所以說，狗不在貴、不在大，只要能看家防賊就滿足蘭老頭了。

——買狗？

鄭歎猶豫了兩秒，還是跳上車，他依然不明白蘭老頭買狗關自己啥事，不過，跟著看看熱鬧瞧個新鮮也好，反正留家裡也沒事幹。

學校門口確實有賣小寵物的，春夏之際賣小金魚、烏龜等的有很多，而秋冬的話，一些烏龜等之類的動物要冬眠，學生們對這些不怎麼感興趣了，倒是那些倉鼠、豚鼠、兔子、小貓崽之類的比較熱門。

這幾年鄭歎在學校裡看過不少被遺棄的小動物，流浪貓之類的就不說了，學校裡被遺棄的貓可不少。倉鼠、豚鼠之類，跑出來估計就會被貓盯上。剛開始養的時候，學生們都圖個新鮮，等新鮮感過去了，閒麻煩，便開始有了丟棄的心思。有時候鄭歎往人工湖或者溜達到附近一些景觀湖邊，也會看到被扔水裡的已經死去的各種小動物。這些事每年都有很多，不管學校怎麼宣導，總是屢見不鮮。

有學生買，商販們自然也樂意帶著「貨物」來學校門口賣。沿著學校大門口這條路一走，鄭歎就能看到好幾個賣家。

鄭歎跟著蘭老頭來到一個攤前，這裡有賣倉鼠、兔子的，旁邊的大籠子裡有四隻小狗，看上去一個多月不到兩個月的樣子，毛茸茸的，能走路，精神還不錯，毛色偏點棕黃帶些灰色。

剛才路過的幾個賣家那裡也有賣狗，不過那邊圍著的學生多，狗崽有京巴、小金毛和並不太純的混種哈士奇等。蘭老頭似乎都沒看上那些狗，而眼前這個賣寵物的攤子是這條路上的最後一個了。

小狗看上去都很可愛，對學生尤其是女學生們有很大的吸引力。不過，像眼前這幾隻，只要再過一個月，估計就要開始招嫌了，因為牠們土狗的樣子會越來越明顯，相比起其他那些京巴、金毛等犬種，土狗在學生中的人氣確實很低。

不過，論看門的話，蘭老頭還是很滿意土狗的，不然也不會停在這個小攤前。

據這位攤販說，他是幫朋友賣的，朋友家住在城郊，家裡養的土狗生崽了，不想留，也不想賣到狗場去做肉狗，便託他帶出來賣。

這話蘭老頭不信，他昨天聽人說賣狗場做肉狗價錢不會太高，沒多少錢就能收購一大批農戶人家的小狗，所以才會有人想著帶狗出來賣給學生，在學生這裡還能多賺幾十塊錢。

「這狗怎麼這顏色啊？」蘭老頭看著籠子裡的狗崽說道。

那攤主一看蘭老頭有那意思，便堆著笑說道：「您別看現在有些灰，等長大就不同了，那肯定是跟母犬一樣的大黃狗。哦，忘了說，母狗耳朵是立著的，這些狗崽長大了肯定也是立耳朵，瞧著也有精神。您這是想買狗看家還是就養著玩啊？」

「看門。」蘭老頭對狗耳朵沒啥要求，立著的、折著的都無所謂，重要的是能看門。可是能不能看門，現在他也看不出啊，瞧這幾隻狗崽總覺得不怎麼可靠。

「那就對了！還別說，這看家守門的，還是土狗好，那些名犬什麼的未必比能起到作用。前陣子新聞上不就說了嘛，有戶人家家裡被偷，狗還幫著搬東西呢。像住我們家附近的一戶，家裡也養狗，買的時候聽說還花了好幾千塊錢呢，可那狗啊，嘖，有人敲別人家的門，他家狗叫得厲害，可當他自家的門被敲響，那狗就不吱聲了，你瞧這像什麼話嘛！」

那商販說得可帶勁了，蘭老頭也跟著點頭，不過沒發表意見。什麼狗表現什麼樣子也不能以偏概全，不管什麼品種的狗，總有好有壞。

商販還在那裡吧啦吧啦的誇，不同的客戶有不同的要求，他打的廣告詞推薦語自然也不同，學生們多是求個可愛、好養、新鮮，但老人的話就肯定是求個實用了。

「咱這狗都是農戶人家自己養了防賊看家的，絕對個個都是能手，我朋友家那大黃狗還抓過幾次偷雞的賊呢！」

商販沒說完的話是，他朋友家養的雞都被狗咬死幾隻，這話他是絕對不會說的，要是這老頭家裡也養雞，話一說出來這買賣就別想成了，所以抓賊攆雞，只要說抓賊就行了，攆雞還是別提的好。

蘭老頭聽著有些心動，抓賊的狗好啊，可到底要買哪隻呢？還是多買幾隻？

對這事蘭老頭還真是沒經驗，所以看著籠子裡那四隻長得差不多、個頭也差不多的狗崽，蘭老頭一時也拿不定主意，於是視線一挪，看向正蹲車上瞧著籠子的黑貓道：「黑碳吶，你說，買哪隻好？」

小攤販剛才沒注意，現在聽蘭老頭一說，伸脖子一瞧，呵，這老頭買狗竟然還帶一隻貓！哪有買狗還帶貓的？

「嘿，老爺子您家這貓養得真好。」小商販說道。好話誰都願意聽，蘭老頭得意的點點頭，「嗯，不是我家的。」

小商販：「……」不是您家的您得意個啥啊？

鄭歎沒理那商販，蘭老頭讓他挑狗，他哪會挑，挑貓都不會，何況是狗？這四隻狗長得都一個樣，都是公狗，小耳朵折著，看著人「哼哼」的時候給人的感覺可憐吧唧的，狗總是特別容易引起人們的同情心。

籠子裡的四隻狗崽看到鄭歎之後，都擠到面向鄭歎的籠子那一面，對鄭歎這隻貓很好奇的樣子。鄭歎站在籠子前，能將這四隻狗崽的樣子看得一清二楚。

小攤販也瞧出蘭老頭的為難了，便說道：「其實哪隻狗一樣，這養狗就跟養孩子一樣，受到的教育不同，以後長得肯定也不同了，還是得後天訓練。」他的意思是隨便挑哪隻都行，買回去好好養就可以了。讓一隻貓來挑狗？荒謬！那還不如自己閉著眼睛挑一隻呢。

其實，長到一、兩個月的狗崽也能看出脾氣了。在寵物中心的時候，鄭歎看過小郭他們為小貓檢查身體時也檢查每隻小貓的脾氣，有些貓你把牠抓起來時乖乖的，有些貓則使勁掙扎，又撓又咬。

不過，鄭歎看眼前這四隻狗崽，脾氣似乎差不多，沒有特別鬧騰的，也沒有特安靜的。難怪蘭老頭難以決定。

「黑碳吶，你放心大膽的挑，挑哪隻都行，以後養歪了也不怨你，那是我的責任。」蘭老頭說道。

其實蘭老頭的想法是，社區裡的幾隻狗都不錯，鄭歎這隻貓既然跟狗關係比較好，讓鄭歎來挑狗的話，怎麼也不會太差吧？總比他這個只對植物感興趣、對動物基本門外漢的要可靠。

鄭歎不知道蘭老頭的想法，他聽蘭老頭這麼說，便抬手拍了拍籠子，拍的那裡，一隻狗崽正跟牠三個兄弟擠著，見鄭歎拍籠子，牠還張了張嘴，似乎覺得很好玩的樣子。

「就那隻了。」蘭老頭指著那隻狗崽說道。

小攤販心裡好笑，他覺得那隻黑貓只是朝籠子裡面的狗揮揮爪子而已，並不是什麼挑狗，不過客戶這麼說，他也不會多解釋，樂呵著打開籠子，將剛才指的那隻狗崽抱出來。

「您看是不是這隻？剛斷奶，您可以餵一些米糊之類的東西。」小攤販將狗崽遞給蘭老頭。

「黑碳，是這隻吧？」蘭老頭看向鄭歎，見鄭歎已經回到車上，便又看向手裡的狗崽，瞧了瞧也沒見有傷病的樣子，便問了價。

「本來打算賣八百的，老爺子您是今天第一個買狗的，給個優惠，六百吧。」小攤販說道。

「六百？唬人呢這是？前幾天我還聽說三個月大的狗只賣五百呢，你這價也太高了點。」蘭老頭道。他倒不是嫌貴，只是說了實話而已。

「哎，話不是這樣說的老爺子，是什麼價也給看狗不是？這狗是真的好，繼承牠爹媽看家守門天生一手好本事，不像其他嬌養的狗，城裡很多狗都忘了怎麼看門了。」

最後，這隻狗崽還是以六百塊錢交易了，只不過小攤販送了個籠子，籠子不算大，能裝兩隻這麼大的狗崽，只是做工要差一些罷了。

將籠子放車上，蘭老頭對鄭歎道：「黑碳幫忙看著點，咱再去那邊的菜市場瞧瞧。」

鄭歎詫異，這意思是還得買一隻？早知道剛才就直接點一對了。

蘭老頭所說的菜市場並不是楚華大學附近的那個，還得騎著車走點距離。

車上，關在籠子裡的狗崽似乎對於陌生環境不怎麼適應，周圍也沒有牠熟悉的氣息，不像之前那麼精神了，「哼哼」了幾下，看到鄭歎後，將鼻子嘴巴從籠子鐵網的縫隙中伸出來點，咬咬鐵絲，還伸爪子扒拉幾下。

鄭歎看著狗崽在那裡啃鐵絲玩，抬手拍了一下牠伸出來的鼻子，沒想著小傢伙還張嘴咬。鄭歎閒著沒事，就拍著這狗崽的鼻子玩，狗崽的反應不快，速度跟不上，怎麼咬也咬不到鄭歎。

狗崽張嘴咬並不是說牠想咬出個什麼樣，牠只是在玩耍而已。

鄭歎之所以選這隻狗，並不像蘭老頭想的這狗有多優秀、有多靈氣，就這點小狗，鄭歎也看不出來有啥優秀的，其實主要的原因是瞧著這隻狗嘴巴最大，他剛才仔細對比一下，這隻狗崽相比起牠的三個兄弟，嘴巴確實要大那麼一點，總算找出了點差別，鄭歎便點了這隻。

二十分鐘後，蘭老頭騎著車來到一個菜市場，推著車進去。這時候菜市場裡過了早上的高峰期，沒多少人。

到菜市場買狗，一般年輕人不會做這事，一來會給人一種不愛狗的感覺，二來菜市場基本上只賣土狗幼崽，年輕人們不喜歡，所以來這裡買狗的以中老年人居多。蘭老頭也是聽人說才知道這裡有賣土狗幼崽，以前他可沒這種經歷。

問了問，蘭老頭便順著別人指的方向走過去，那邊有賣狗的攤子。

菜市場這裡賣狗，要麼是專門收了再賣去給人下鍋，要麼就是本來賣菜，家裡有狗崽了就順便提出來賣了。

蘭老頭看了兩家，那兩家的狗大了那麼點，應該有三、四個月的樣子。蘭老頭覺得狗還是從小養來的好，感情也深，趁小狗的性子還沒完全養成，自己還能將牠修正修正，所以這次他打算一下子買兩隻一、兩個月大的狗崽，從小養，就放小花圃裡養，這樣更有效果。也正因為這個原因，他還拒絕了幾個朋友送狗的好意，大狗送過來也跟他沒感情，培養感情不容易，還是算了。

大概因為菜市場裡有一些大狗小狗的聲音，車上籠子裡的小狗崽也不跟鄭歎玩了，蹲在那裡仔細聽著什麼，還東張西望的瞧。

鄭歎看著周圍，那些關在籠子裡的狗，他感覺有些悲哀，這會讓他想起曾經那段不太好的經歷。這些狗都不是被當肉狗養的，是攤販從一些農戶那裡低價收購過來的、以前都用作看家養的土狗，看眼神能夠看出來。

不說這些狗，就算是現在，也有無數的貓被運往南方。

改變？

社會如此，無法改變。

正想著，鄭歎聽到前面不遠處有議論聲，伸長脖子瞧過去，便看到一隻花毛土狗叼著籃子跟著人一路走到一個賣菜的攤位前，籃子裡有狗崽，看上去比蘭老頭車上這隻還稍微小一點點。角度原因，鄭歎看不清有幾隻，牠只看得到一隻狗崽的半個狗頭，另外的瞧不見。

因為這個，有不少人圍上去觀看。

蘭老頭也推著車走了過去。好在這時候菜市場人不多，不然車還真推不進去。

「這狗賣的吧？」有人問。

「賣，自家的狗，很聽話的，我們讓牠叼著籃子，牠就叼過來了。」那攤主說道。

「這母狗也不知道要賣狗崽吧？哎，看起來挺可憐的。」

雖然有人可憐，但圍上去的人也就只是說說。不過，還真有要買狗的。

一個是附近開餐廳的人，現在還沒到工作的時間點，那人在菜市場找人聊天，看到狗後想養了。餐廳裡總得防賊，也對一些想找麻煩的傢伙起個威懾作用。

「這狗不錯，這蝦腰長得好。」那餐廳老闆看著剛才叼籃子的母狗，雙眼放光。他開餐廳這些年，也養過不少狗，有點眼力。

「怎麼的？劉老闆，土狗還有這講究？說說，有興趣我也買一隻，我家那倉庫確實得養狗守一守。」另一個中年人過來說道。

「喲，王老闆，您怎麼在這裡啊。」開餐廳的劉老闆也沒多問對方什麼，見周圍人都看著自己，便開始講了起來：「這土狗也不是別人說的那麼低賤，能打獵能看家的……」

劉老闆唾沫橫飛說著以前養的幾隻狗，周圍人這時候也沒事，都過來聽故事。蘭老頭也饒有興趣的聽著，只是因為他推著車的原因，並沒能靠得太近，只能從前面人之間的空隙看到蹲旁邊的那隻母狗。

其實，鄭歎聽著這劉老闆所說的話，這人未必真對狗有多麼瞭解，只是建立在以前養過的狗的基礎上，再加上從別人那裡學到的一點兒經驗，在這裡唬唬人還是可以的。

「……那人還說他養的狗好，哎喲喂，當時我就笑了，明明是用來打獵的狗，將狗養成個豬樣水桶腰還洋洋自得，我都不好意思說他，跟我家以前養的那隻蝦腰狗差得遠了！我家那狗，跳一下能有個三、四公尺遠，擱一些地方能賣幾萬呢！」

周圍人聽到這話也不禁驚嘆。

聽著大家的誇讚，那開餐廳的劉老闆更得意了，咳了一聲，收斂了下臉上的笑，一副專業高人的樣子說道：「不過，用作打獵的狗的話，挑什麼狗還是得看地形、看地方，是打平原還是打山丘？打小山還是大山？地形不同，需要的獵狗也不一樣。打個比方，你弄隻細犬去打大山，牠幹不了野豬，還是得卡斯羅等一類的大狗出馬；可你用打大山的狗去平原抓狐狸野兔，牠也未必能跑得過……不過話說回來，其實吧，這狗，自己用得順就好。」

然後周圍一堆人在旁邊「是是是」的認同。

「劉老闆，啥叫細犬？」後面攤位賣菜的有人問道。

劉老闆坐在攤主給的椅子上，蹺著條腿，慢悠悠回答：「細犬嘛，就跟牠名字一樣，長得細長流線型的，跑起來那速度，嘖嘖，跟射出的箭似的。細犬那可是我們國家的傳統獵犬，知道神話裡二郎神的那個哮天犬嗎？那原身就是細犬。」

周圍又是一陣驚嘆的「喔」一聲，這滿足了劉老闆不少虛榮心。

覺得差不多了，劉老闆也不再多說，起身拍了拍腿上並不顯眼的灰塵，說道：「不過現在好狗難找了，串來串去不像樣，總是不怎麼完美，想找好狗，難囉！」

說完，劉老闆走到要賣狗崽的那人攤位面前，原本蹲在旁邊的母狗已經被女主人牽走了，賣狗的話，母狗留這裡不好，容易出亂子。雖然是母狗叼著籃子過來的，但牠未必知道籃子裡的狗崽要賣出去，保險起見，還是牽走的好。

「你家這狗怎麼賣？」劉老闆問攤主，「可別因為我剛才的那些話而賣個萬八千的，那我可不幹。」

這狗確實不會因為剛才這位劉老闆說的話就一下子漲到幾千幾萬塊。這狗賣幾萬？呵，周圍一些人不禁在心裡嗤笑，誰買誰傻，幾百塊也沒人會買。

故事聽一聽就行了，作為經驗豐富的商販，周圍的這些人還不至於被劉老闆這麼幾句話的故事就糊弄住，在菜市場混，沒那點腦子怎麼賣菜？

那攤主聽到劉老闆的話後，憨厚一笑，「哪裡能啊，這狗我們也就打算賣個一千塊。」其實原本只打算賣個三、四百的，他沒想到會有劉老闆這一齣，趁這機會漲了點價。

「嘿，給你個杆你就順著爬了，隔壁那幾家這價錢可都是大狗的價。不過，我就看中你家狗這腰了，八百塊錢，這隻狗我帶走。」劉老闆指了指籃子裡那隻跟母狗花色幾乎一樣的狗崽。

其實，真要將價壓得太低，劉老闆他自己面子上也過不去，好歹那隻母狗是自己剛才誇讚過的，狗崽的價錢怎麼也得比其他狗高點，也正因為這樣，他聽到攤主的報價之後才沒怎麼還價。

「哎，好咧，這狗保證比我家那母狗要好得多。」攤販將籃子裡那隻扒在竹籃邊沿上的小花狗抱出來遞給那位劉老闆。

劉老闆給錢之後看了看狗崽，大概是因為要賣出去，攤販為狗崽做過簡單的清理，看起來也不怎麼髒，劉老闆抱著就走了。

等劉老闆離開之後，那位說要買狗守倉庫的王老闆指了指籃子裡那隻身上大部分黑毛、四肢帶白的狗，「我就喜歡這種四蹄踏雪的，就這隻了，打包。」

周圍人聽著樂呵，這當是買便當呢，還「打包」。

攤主好不容易找到一個帆布袋裝了狗，笑咪咪遞過去。

等那兩人都離開，周圍的人也散了。攤主瞧著籃子裡剩下的一隻狗嘆氣，果然這隻是最難賣的，不過，那兩隻的價錢已經超過了預期，算是個安慰，剩下的這隻實在賣不出去就低價甩了算了，要不然賣給那些收了做肉狗的也行，留著的話他可沒多的飯來餵。

蘭老頭也在嘆氣，他一開始其實就瞧中了那隻「四蹄踏雪」的狗，雖然不算是純正的四蹄踏雪，但看著總比最後剩下的那隻狗好。就算不能買這隻，蘭老頭之前還想著買那隻花的，沒想到最先被買走的就是那隻小花狗，然後四蹄踏雪也被搶先一步了。就三隻狗，蘭老頭看中的兩隻都沒能買到，至於剩下的那隻……

蘭老頭皺皺眉，總覺得看不上啊。

不光蘭老頭看不上，周圍人也看不上。

其實，只要毛色變一變，還是有一些人願意買的，但問題就是現在這種毛色很多人嫌棄，而且剩下的那隻看上去沒前兩隻有精神，安靜的蹲在籃子裡，剛才那兩隻狗鬧騰得厲害的時候牠也沒怎麼動。

毛色不好，精神又差，誰願意買啊？雖然說沒多少錢，但菜市場的人也不願意白花，對他們來說還不如多買幾包菸呢。

「這種毛色的狗我知道，長大之後那毛色看起來像得了皮膚病似的，難看死了。」不遠處一個賣豬肉的攤主說道。

「我瞧著也不得勁。」另外一個攤主跟著道。

「確實不怎麼好看，雜毛啊。」周圍有人附和。

蘭老頭聽著也不想買了，第一，他看不上毛色。或許因為養花的原因，他更喜歡稍微純點素點的顏色，就算不是純色的，帶點其他花色的也行，卻不怎麼喜歡這種雜毛，就如剛才一個攤主說的，這顏色的狗長大了看上去就跟得了皮膚病似的。第二，這是別人挑剩下的，再加上周圍人的那些話，他總感覺是劣質品。

蘭老頭正打算推車離開，卻沒想一轉頭就看到車上的貓跳了下去，走到竹籃邊上。

雖然別人看不上，但鄭歎覺得，這狗瞧著還挺好的。

籃子裡的這隻狗雖然相比起其他兩隻來說不太活躍，但眼神並不是看上去那麼無精打采的樣子，鄭歎靠近的時候，能從這隻小狗崽眼神裡看到些許警惕之色。

剩下的這隻狗崽身上的毛底色偏灰，全身的毛間雜了深棕褐色甚至近乎黑色的斑紋，乍一看上去，會讓人想起貓中的玳瑁貓。不過，玳瑁貓的毛色比較雜，沒有什麼規律，並不會有這種相對均勻一些的色斑分布。

在寵物中心待久了，鄭歎也見過不少狗，聽過不少關於各種狗的事情。有一次鄭歎在小郭那邊完成任務之後在寵物中心裡閒晃，看到一個人在跟小郭說話，而那個人周圍有好幾隻這種看上去毛色很雜、像是得了皮膚病似的狗，查理他們說，那叫虎斑狗。

仔細看的話，確實，那些狗身上的斑色有些是像條紋狀的，與李元霸那種毛色分部不同，那狗看上去也似乎很凶的樣子。不過，有很多人熱衷這種毛色，比較出名的自然是上饒虎斑，傳言曾用於皇家行獵的獵犬。虎斑狗未必像一些人所說的那麼神，即便不是全對，但也說明這種毛色還是有很多人喜歡的。

跟小郭說話的那人就非常喜歡這種虎斑狗，手裡的狗中大部分都是這種毛色。其實在農村，這種毛色的土狗並不罕見，只是在農村用來看家的狗，很多人並不在意其毛色而已，不會區分得那麼嚴重。其實重要的，還是人怎麼養。

現在，三隻狗崽中就這隻挑剩下的，毛色是最主要的原因。

除去毛色問題，鄭歎瞧著，這隻狗崽還挺順眼，不鬧騰。

以前聽查理他們說，虎斑狗在一般情況下，相對其他土狗來說比較倔一點、凶一點，獵性不錯，看家打架都還算可以，比一般的土狗更靈活些，用作打獵的話，在小山丘表現也比較出色，但是因為其偏急躁和欠沉穩的性格，使得多數虎斑狗在進入大山的實戰中，很少有能夠當頭狗的。話不絕對，只是大多數情況下是這樣。

虎斑會顯得很酷，不似很多大黃狗那樣看起來老實，可鄭歎瞧著，這隻小虎斑土狗比前面買的那隻小黃狗要老實沉穩一些。當然，這只是看上去而已，至於以後混熟了、長大了會是個什麼樣，現在鄭歎也說不準。

周圍人都嫌棄這狗的毛色，鄭歎卻越看越覺得不錯。

原本蹲著的狗崽，也隨著鄭歎的靠近而站了起來，一開始沒怎麼叫，但是盯著鄭歎看了一會兒之後就開始「嗚嗚」的哼了，小尾巴還甩動著。

賣狗那人剛才見一隻黑貓跑到狗籃子旁邊還納悶呢，菜市場什麼時候有這樣一隻黑貓了？還大搖大擺在這裡走動。一般來說，貓狗在菜市場不會這麼淡定，因為殺氣太重，就像關籠子裡那些即將被賣出去的狗那樣，都在焦躁不安，而相比之下，這隻黑貓就太過另類了點，既沒焦躁不安，還不怕陌生人。

攤主正打算說什麼，蘭老頭已經發話了。

「怎麼的，黑碳，看中這隻了？」蘭老頭走過去，蹲身，仔細瞧瞧狗崽。

他剛才沒打算買，但見到鄭歎的行為之後，又轉了心思。

「喲呵，老爺子這您的貓啊，膽子真大。」那攤主笑道。

蘭老頭「嗯」了聲也沒多說，仔細看著狗崽，還將狗崽抱起來瞧了瞧。

見這狗崽除了毛色有些難看，好像也沒啥病，蘭老頭心裡的彆扭勁稍微緩和了一點，再看看旁邊的黑貓，蘭老頭心裡的天平又傾斜了一些。

見蘭老頭猶豫，那攤主想趕緊將狗賣掉，便說道：「老爺子，這最後一隻狗崽，過了這村就沒這店了，這狗是好狗，不然剛才那兩位老闆不會買。不過我瞧您看不上這毛色，這樣吧，我給您打個折，剛才那兩隻賣八百，這隻就賣六百給您，怎麼樣？」

蘭老頭沒出聲，似乎還在考慮。實際上，他在觀察鄭歎的反應，對狗拿不定主意，他就將選擇權放鄭歎身上了。發現鄭歎的視線確實一直盯著這狗崽，蘭老頭也起了買下狗崽的心思。

算了，不就是毛色不好看嘛，挑狗最重要的還是對狗的內在品格把關，外形方面，不必過於強求，要不就本末倒置了！蘭老頭心裡安慰自己。

只是蘭老頭的沉默在攤主看來是對這價錢的不滿意，看眼前這老頭的穿著也沒啥特別的，不像是有錢人的樣子，而且他知道，這個年紀的老人們對錢看得緊，捨不得多出，於是攤主便想著要不要再壓壓價。

聽到有狗崽的叫聲，攤主往電動三輪車那邊瞧了瞧，見車上籠子裡有一隻狗崽，便問蘭老頭：「您車上那狗是剛買的嗎？」

已經有了決定的蘭老頭放下狗崽，慢慢站起身，「嗯，剛買的，六百還送個籠子。」蘭老頭實話實說。

在攤主看來，這老頭果然是對價錢有意見了，不過人家車上那狗崽比自家的稍微大一點，而且看起來也精神很多，還送籠子，自己再喊個「六百」的話，估計這筆買賣就不成了。

看周圍也沒誰對這隻狗崽有意向，攤主想了想，道：「這樣吧，我也想趕緊將這狗崽賣出去，我老婆帶著母狗離開，很快就要回來，在她帶母狗回來之前我想將狗崽賣掉，不然就四百吧，這算是半價了。其實，除去這毛色，這狗是真不錯，成年了之後牠看家絕對敬業的，您看這眼睛，這是見生人肯叫的類型，而且會叫得比別的狗更狠，不會因為嚇到而啞火。」

攤主看起來很老實，說話的時候瞧著也很有誠意，但其實攤主心裡想著，四百塊錢也比他們原想的要多，怎麼都是多賺了，不虧。至於誇狗的話，這純屬瞎扯，他哪會看狗啊，只是學著之前劉老闆那樣瞎編兩句而已。

本來還打算直接付錢走人的蘭老頭一聽又降價，頓了頓，看看攤主，沉默的搖搖頭，然後掏錢遞過去。周圍人都以為蘭老頭是對狗和價錢依然不滿意，只是勉強接受而已，可鄭歎知道蘭老頭這是表示無語，老頭壓根就沒怎麼在意這幾百塊錢，卻沒想只是少說了幾句話，攤主就直接降了價。

狗籃子，攤主沒打算送人，蘭老頭也沒想要，車上的籠子裡還可以裝一隻狗崽，兩隻狗崽擠擠就行了，反正很快就能回去。

兩隻狗崽擠在一個籠子裡，都是小狗，也沒怎麼打架，倒是那隻小黃狗活潑些，主動撩撥了幾下。

鄭歎就在旁邊看著。兩隻狗崽，合起來不到一千塊錢，多廉價。同樣是狗，這價錢相比起那些名貴品種，相隔了成百上千倍，甚至更多。

這狗是挑完了，至於以後這兩隻狗會長成什麼樣，鄭歎可不敢保證。蘭老頭不是說了嘛，以後養歪了是老頭自己的責任，與他無關。

回學校之後，蘭老頭就將兩隻狗崽安置在小花圃裡，沒有帶回家那邊。翟老太太煮了些米糊摻了些絞碎的肉末給兩隻小狗吃，兩隻狗崽吃得歡騰。

蘭老頭為兩隻狗崽取了名字，那隻小黃狗叫千里，虎斑的那隻叫順風。蘭老頭就希望這兩隻狗像千里眼順風耳那樣的能耐，好好守著小花圃，防著那些起歪心思的人。

那盆蘭花還開著，比其他品種的蘭花開花的時間要長，這讓很多人驚奇。

自打蘭花尋回之後，蘭老頭的小花圃就不對外開放了，也不給人看，只有幾個關係好的人才會放進去。媒體方面也冷了下來，不是他們不想報導，而是上面壓著不讓他們再繼續大肆報導。蘭老頭也是這意思，他可不想再招來一些心懷不軌的人。

狗崽還小，蘭老頭也沒讓牠們分窩，用紙箱子做了個臨時的狗窩放著，等以後兩隻長大了，再用木板分別做兩個更大的狗窩。

蘭老頭帶兩隻狗崽去寵物中心檢查的時候，才從那裡的人口中知道，順風這種毛色的狗還有虎斑一說。

寵物中心的人是有特意安慰蘭老頭的意思，所以說的時候誇張了些，聽得蘭老頭飄飄然的。其實不管怎麼說，不就是隻土狗嘛？很多人依舊看不上眼。不過，蘭老頭那彆扭心思現在是一點不剩了，反而還有點撿到便宜的得意，回學校看到鄭歎的時候笑得那叫一個和藹可親。

「黑碳吶，眼光不錯哈。」

鄭歎看著哼著小曲走遠的老頭，想著：這還小呢，等長大了就知道到底眼光好不好了。

不過，每次聽蘭老頭喊「順風」的時候，鄭歎聽著總覺得不對勁，心裡會自覺加上「快遞」兩個字，後來蘭老頭估計也覺得聽著像是送快遞的，便改叫「順子」。

◆◇◆◇◆◇◆◇◆

土狗好養，長得快，兩隻狗崽的適應力也不錯，放小花圃裡沒幾天就滿院子跑了。而除去鄭歎之外，這兩隻最先認識的貓，就是警長。

原來警長跑小花圃是為了啃花，現在跑小花圃跑得勤是因為這兩隻狗崽。鄭歎早就知道，警長這傢伙，對狗的興趣比貓強。

一開始的時候，警長還只是好奇，並沒有過去跟兩隻狗崽玩耍，而是站在花棚上面，看著下方正在玩耍的兩隻狗崽，脖子伸得老長，恨不得長一副長頸鹿的脖子似的，視線一直跟著那兩隻狗崽。

發現花棚上蹲著的貓後，兩隻狗崽便來到花棚下方，小黃毛千里張嘴朝著警長叫，帶著明顯的稚犬的叫聲。這個花棚頂是道斜面，最高的地方離地三公尺左右，最低的地方不到半公尺，而警長蹲的地方就離地一公尺左右，不然那兩隻狗崽也不會注意到牠。

順子倒是沒開口，不過牠也仰著頭盯著花棚上的貓。

鄭歎看警長那尾巴甩動的幅度就知道這傢伙非常想下去跟那兩隻狗崽玩，只是估計還想多觀察觀察。

見警長一直沒什麼表示，鄭歎繞到牠身後，一腳將牠踹了下去。

警長的蹲點不高，一公尺對於一隻成年的健康的貓來說簡直是小 case，即便沒料到會被鄭歎在背後踹一腳，反應有些驚慌，但警長也能穩穩落地。

突然被踹下來，不只是警長自己驚住了，那兩隻小狗也嚇了一跳，趕忙後退好幾步。小黃狗千里還撲騰著叫了幾聲，土虎斑順子倒是沉穩點，不過也是警惕的看著警長，尾巴都沒甩動了。

不過，很快，厚臉皮的警長打破僵局之後，沒幾分鐘，這一貓兩狗就玩一起去了。警長對於狗已經不陌生，應付兩隻狗崽更是不在話下，習慣了這兩隻狗崽之後，便玩開了。

小狗崽長了牙，咬的時候警長還有點疼，不過牠能應付，畢竟只是小狗而已。

鄭歎蹲在花棚上，看著那兩隻狗崽跟在警長屁股後面跑得歡騰，心想：有警長帶著，蘭老頭這花圃裡是安寧不下來了。

雖然只是小狗，但因為是土狗的原因，兩個月大的小狗已經有些重量了，還活躍，兩隻小狗齊上陣，警長也承受不來，不過打打鬧鬧，關係越來越好，最後玩耍到一起去了，警長還去小狗的狗盤子裡吃了點狗食，然後跟兩隻小狗擠同一個窩裡睡覺。

那箱子本來是蘭老頭為狗崽準備的，兩隻狗崽睡裡面還有點空間，在蘭老頭的計畫裡，這個箱子怎麼也得挺一個月吧？可現在警長擠裡面就顯得窄了，警長那兩條後腿還露在外面呢。

不過，貓嘛，軟骨頭似的，什麼姿勢都能睡。鄭歎看著那三隻在紙箱子裡面擠著的樣子就樂呵。他估摸著，過不了幾天，這紙箱子就得報廢，不是被擠廢，而是被折騰廢的。

看了看天色，鄭歎跳下花棚離開，該去吃午飯了，再過一會兒學生們就下課了，人多了行動不方便。

第八章

鄭黑碳到此一遊

鄭歎決定今天的午飯就在焦威他家小餐館解決，從小花圃離開便往校門那邊過去。在路過學校後勤部那邊的一棟房子時，鄭歎心裡正暗樂著蘭老頭以後會有多少麻煩，沒注意周圍，突然聽到一聲「小心」，下一刻一盆冷水就澆了過來。

鄭歎身上的毛全濕了，側頭，無奈地看了看端著盆子站門口滿臉驚訝的一個大媽，那大媽很顯然也不是故意的，一般情況下這裡也沒啥人過來，習慣了往外直接潑水，誰知道會突然竄出一隻貓來。

估計是洗水果的水，鄭歎還能聞到一點水果的氣味。

那位端著塑膠盆的大媽愣了愣之後就對鄭歎道：「哎，咪，來，過來阿姨幫你擦一擦。」說著還掏掏口袋，摸出一包紙巾，朝鄭歎招手。

鄭歎看了看那大媽的身材，一位……嗯，女壯士，那胳膊一看就是很有力道的。想了想，還是算了，他抬腳離開。

等離開那裡之後，鄭歎見周圍沒啥人，停下來抖了兩下毛，沒抖多少水下來。抬頭看看天空的太陽，陽光還不錯，曬一會兒應該就行了。鄭歎也沒當回事，帶著一身水漬往校門外跑。

不過，今天雖然有太陽，但眼瞅著就十二月了，氣溫也不會高，風一吹，還真有點冷。

焦威爸媽看到鄭歎的時候，鄭歎身上的毛還沒乾，焦威他媽還開玩笑說鄭歎是不是去游泳或者去抓魚了。話是這麼說，焦威他媽還是拿了個吹風機替鄭歎吹一吹。

吹乾之後果然感覺暖和多了，只是鄭歎在小餐館吃完飯往回走的時候，感覺有些頭暈，還打了好幾個噴嚏，似乎流鼻涕了，鄭歎一時也找不到紙巾之類的東西擦，便抬手擦了擦鼻子。先擦毛上算了，回去再洗。

原本打算再去小花圃那邊看看那三個傢伙現在是個什麼情形，有沒有在小花圃裡造反，因為感覺微恙，鄭歎還是決定先回家好好睡個午覺再說。

鄭歎不知道是不是自己的錯覺，總感覺這氣溫降了點，有些冷。他快步跑回家，跳上沙發，順手撈了放在茶几上的一卷衛生紙，扯過來一截擦了擦鼻子。頭更昏了。

懶得動彈，鄭歎就直接趴在沙發上睡覺。

原本只打算小睡一覺而已，可這一睡，就超過預想了。

下午六點多，焦媽回來。附中那邊五點多結束最後一節課，再坐車回來，每天到家的時候也都六點多了，所以焦家的晚飯現在一般都在七點以後。

小柚子現在國三了，國中最後一年，學校抓得比較緊，雖然學校沒有成立實驗班之類的，但對於幾個資優生，老師們還是會在課後開小灶，留下一些學生為他們解惑，所以小柚子比焦媽回來得晚一點。焦爸則是幾乎到了吃飯的時間才回來，因此焦媽是最早回家的。

焦媽站家門口時還在想自家貓是不是在外玩，忘了時間沒回來，因為鄭歎平時如果在家的話會將客廳的燈打開，木門也不會關。開燈開門這事，焦家的人都知道，這幾年下來早適應了。

掏鑰匙開門之後，焦媽見屋裡一片漆黑，樓梯間的燈光並不算明亮，照進屋裡也照不了多少範圍。

摸黑打開客廳的燈，焦媽就見到沙發上的那一個黑毛團。

「黑碳，在家怎麼不開燈？在沙發上睡覺別著涼了，旁邊還放著毯子。」焦媽將菜放地上，在玄關換拖鞋，一邊說著。

只是，說了好幾句話，焦媽沒聽到那邊有任何反應，換好拖鞋往沙發那裡看過去。依然是那個黑毛團姿勢，沒動。

焦媽知道，一般情況下自家貓很少會像其他貓那樣團成個團，獨自躺沙發睡覺的時候總像是想盡量霸占整個沙發似的，會伸展開來趴著，有時候呈大字型，有時候側趴著，但基本沒見過團成這個樣子，像是因為冷而縮起來似的。而且她剛才說了好幾句話，這邊卻一丁點反應都沒有。

客廳的窗子沒關，外面的晚風吹進來，帶著入冬之後的涼意。

焦媽渾身一顫，手上還拿著的鑰匙都抖掉了，也沒顧得上撿，快步走到沙發前。

「黑碳！黑碳！」

焦媽喊了幾下，依然沒見沙發上的那一團有什麼反應，她顫抖著手伸過去，發現那一團還是溫的、軟的，剛才差點窒息的感覺慢慢緩了過來，不過很快，焦媽意識到自家貓大概生病了，撈起沙發上的那一團就往外快步離開，連鞋都沒換回。因為動作太急，剛才換鞋時擱在旁邊地上用來做晚飯的菜都被踢得散了一地，下樓梯的時候焦媽還差點踏空，好在運氣不錯，穩住了。

下樓之後，焦媽便帶著鄭歎往寵物中心過去，寵物中心那裡二十四小時營業。

◆◇◆◇◆◇◆◇◆

陷入沉睡的鄭歎，根本不知道周圍發生了什麼事情，他也感覺不到。睡著之後，似乎過了好久好久，才聽到了聲音，聲音漸大。

四周圍繞著各種聲音，有人的喊叫聲、大笑聲、交談聲，也有強勁的電子樂聲，他使勁睜開眼，模糊的視野中各色的燈光閃爍著，只能看到那些朦朧的移動著的身影，看不真切。

縱使看不清、聽不清，卻讓鄭歎有種久違的感覺，陌生而熟悉。

視野模糊不算，周圍的聲音讓鄭歎感覺本來就發昏的頭更疼了，像是有人在耳邊使勁敲鼓似的，震得頭昏腦脹。

一道人影靠近。就算離得近了，鄭歎也看不清那人長得什麼樣。

「鄭歎，真醉了？就這點酒量不行啊！」

聲音聽著有些隱隱約約、若有若無的感覺。

好久沒被人喊「鄭歎」，乍一聽到，鄭歎還沒反應過來，反應過來之後也想不起來這聲音的主人是誰。

鄭歎使勁想睜大眼睛看看眼前的到底是誰，周圍是哪裡，到底是怎麼回事，但依然是徒勞。明明離得這麼近，觸手可及，卻又似乎相隔千里，無法捉摸，這讓鄭歎感覺到矛盾。

這種感覺沒持續多久，鄭歎便發現世界漸漸失調，變得扭曲，本來模糊的視野已經扭曲得看不見形態，四周的人和物似乎都離得越來越遠。

鄭歎想說「等等，老子還沒看清」，世界卻又變得安靜了，四周一片虛無。

又不知過了多久，鄭歎漸漸聽到了點模糊的聲音，聲音漸漸變大、變得清晰，不似之前的那種朦朧感。

鄭歎感覺自己被戳了一下，不重，只是輕輕的一下，還有點癢。

接著，鄭歎便聽到一道很熟悉的嬌嬌糯糯的聲音。

「黑哥怎麼還沒醒？」

哦，是二毛家的二元。二元小屁孩現在也快兩歲了，有二毛那個時不時變身話癆的爹在，二元學說話倒是學得很快。

「二元別搗亂，黑哥只是生病睡著了，需要休息。」

這是另一道聲音。是衛小胖，衛稜他家那個越長越圓的熊孩子。

「生病？」二元問。

「嗯，我爸說的。他的原話是黑……呃，黑哥的名字叫什麼？」衛小胖想複述一遍自家老爹的話，卻忘了是黑什麼。叫黑什麼來著？衛小胖突然不記得了。

他們平時都只喊黑哥，幾乎都忘了鄭歎的貓名。

「二元，黑哥的名字叫什麼？」衛小胖子問。

「叫……黑……黑……」二元努力回想自家老爹是怎麼稱呼她黑哥的，想了十幾秒，才慢悠悠的說道：「叫……黑……黑饅頭……」

鄭歎：「……」我他媽為什麼要在這個時候醒過來……

鄭歎睜眼的時候，發現自己在一個五、六坪的小房間裡，房裡還有一些醫療用的儀器，四周瀰漫著一股難聞的藥味。

房裡的人只有衛小胖、二元以及二元她媽龔沁，兩個小孩說話的時候，龔沁一直坐在旁邊看著一本關於寵物生病怎麼照顧的書。關於二元所說的「黑饅頭」，其實是二元聽岔了也記錯了，二毛一直叫鄭歎「黑煤炭」，二元就記得是三個字，然後想半天才覺得大概是「黑饅頭」這三個字，今早上吃的饅頭，所以她才會直接想起「饅頭」這詞。

衛小胖正和二元爭執著黑哥的名字是兩個字還是三個字，看到鄭歎睜眼之後，兩個小孩愣了愣，然後大聲喊起來。

「媽媽、媽媽！黑哥醒了！」

「爸，你快進來！黑哥睜眼了！」

衛稜和二毛在外面說話，聽到裡面的聲音之後開門進來，往貓專屬病床上看的時候，床上那隻貓正伸展四肢打哈欠。

「喲，黑煤炭醒了啊。」二毛笑著道。說完打了電話給小郭，也通知焦家人那邊。

「醒過來就好，醒了就沒事了。」衛稜說道。

在鄭歎昏迷期間，小郭讓人為鄭歎做了檢查，疑似感冒，但很奇怪的是，打針吃藥後體溫恢復正常，呼吸也平復，比其他貓好得快多了，看起來也應該沒啥大問題，但鄭歎就是不醒，像是沉沉地睡著似的，還維持著這種狀態一睡就是一星期，這可真是急壞了焦家的人。

小郭也請了不少這方面的專家過來，還問過一些有名的獸醫，卻沒一個能解決的。只能等。

現在，在得知鄭歎醒了之後，小郭便帶著人為鄭歎做了個全面檢查，檢查結果是──一切正常，而且狀態相對於同齡的貓來說要好得多，不論是骨骼還是肌肉等方面，都要甩同齡的貓好幾條街，一點兒都沒有他們所認為的「高齡化」現象。

拿到診斷結果時，焦家人徹底舒了口氣，但問起還會不會出現類似的情況時，寵物中心的醫生也給不了肯定的答案。相比起人來說，寵物方面的疾病治療技術手段等本來就沒那麼完善，各種情況都是可能會發生的，他們所能做的只是將這個病例記錄下來，然後再去討論研究，實在找不到答案的話，他們也沒辦法了。

「所以，最好的方法就是平時多注意，別讓貓生病，這樣牠也能更久的維持良好的狀態。」小郭對焦爸焦媽說道。

既然一切正常，鄭歎也不會再待在寵物中心這裡「住院」了，直接就跟著焦爸焦媽回家。

鄭歎這一病就病了一週時間，在這一週內，鄭歎一直待在寵物中心，小郭特意為鄭歎準備了單獨的病房，這可是特殊中的特殊待遇了。

焦家人在知道鄭歎生病之後急得跟啥似的，都在自責，各忙各的忽略了鄭歎，所以才讓鄭歎感冒了。人感冒什麼的也沒啥，可動物就不同了，一點小病處理不好就比較危險了，何況是鄭歎這個在眾人眼中已經漸漸邁入「高齡」的傢伙。

在住院期間，焦家人每天都過來好幾次，手頭的電話都是二十四小時開機，以防有什麼突發狀況而沒接到通知。小柚子和焦遠這兩個孩子，一個國中三年級，一個高中三年級，十一月底都有月考，因為鄭歎的事情，兩人考試都受到了影響，尤其是小柚子，要不是焦爸督促著，估計得錯過考試。而焦遠那邊，本來焦爸焦媽沒打算告訴焦遠的，沒想到焦遠從焦媽的狀態中看出了不對，向社區的幾個「耳目」打了電話瞭解情況才知道鄭歎住院，當天就請假跑了回來。

知道因為自己生病住院，焦家幾人都不在狀態中，鄭歎心裡很是複雜，他大概沒想到自己會有這麼大的影響力，有點愧疚，同時卻還有些賤賤的歡喜，被看重、被在意是好事，這證明別人在乎你。

不過在這之後，鄭歎想，自己得注意點了，還有半年焦遠和小柚子都會有重要的考試，這半年時間自己還是別生病了，要生病也得憋到那兩個孩子考完試再說，省得影響他們考場發揮。

那時候焦家人沒有將鄭歎的情況外傳，可住在同一棟樓的二毛很快就知道了，他知道之後，衛稜那邊也瞭解得快，兩人有空還過來看望了鄭歎好幾次，只是鄭歎那時候還沒醒。今天衛稜下班早，便帶著衛小胖過來，二毛也帶著二元，這兩個小屁孩還沒上幼稚園，有的是時間。於是，便有了之前鄭歎在醒過來時聽到的那兩個小屁孩的對話。

說到小屁孩，卓小貓也不知道透過什麼途徑知道了鄭歎生病的事情，讓小卓帶著去寵物中心看望過，這個鄭歎事後才知道。

對於已經上小學的卓小貓，鄭歎不可能像那小子還在幼稚園時那樣隨時能跑去說話，他們的室外活動時間也沒那麼多了。不過，卓小貓在開學不久就將體育課的時間告訴鄭歎，碰上體育課的話，一半時間是被體育老師帶著做體操或者其他運動活動，另一半時間是自由活動，卓小貓便跑牆角那邊跟鄭歎說話。

這日，鄭歎算好了時間，跑到附小操場上一處角落的圍牆上蹲著，看著那些小豆丁們被體育老師帶著繞操場跑。畢竟孩子還小，也不會多嚴格，慢跑了一會兒之後休息幾分鐘。

卓小貓顛顛兒跑過來神祕兮兮的對鄭歎說，為了慶祝鄭歎康復出院，他準備了一個親手做的小禮物。

鄭歎一聽是這小子親手做的，心裡就一突。不是他多想，去年收到這小子的兩個禮物，兩張賀卡，一張是端午節那時候送的，送卡的時候還外帶一瓶葡萄汁，鄭歎以為那是送給自己喝的，可沒想到那瓶葡萄汁是用來澆賀卡的。

鄭歎回家抱著滿肚子糾結的心情將葡萄汁澆在打開的賀卡上，沒多久便看到賀卡中顯現出來的那幅大大的抽象風格的粽子畫。

至於第二張賀卡，是中秋節的時候卓小貓送的，這次沒有葡萄汁，很好，只是……

鄭歎抽了個家裡沒人的時間，在房裡將賀卡打開，然後按照卓小貓說的，抱著小柚子的吹風機開熱風對著賀卡吹半天，等賀卡吹熱了，上面也顯示出來東西——一幅抽象派的月餅畫。

鄭歎當時的心情啊……

所以，現在卓小貓又說要送給鄭歎一個慶祝康復的自己做的小禮物，鄭歎鬍子抖了又抖，他怕這小子又弄出一個特別傻的禮物來。

那邊體育老師吹著哨子集合了，卓小貓快速跟鄭歎說了句「禮物還沒做好，等聖誕節了送」就跑了。

鄭歎搖搖頭，算了，不跟這小屁孩計較。

看著時間差不多，鄭歎在周圍小溜達了一圈之後，便跑到生科院焦爸的辦公室去。自打這次生病，鄭歎也沒那麼自由了，焦家人覺得以前就是太過相信鄭歎，才會發生這次的事情，都病半天才知道，要是發現得再晚點會不會發生什麼意外？焦家人擔心。

於是，在康復回家禁足一週，並且吃了一週的專門配置的營養餐之後，鄭歎實在忍不住了，太難吃，吃一週已經是他忍耐的結果。抗議了好幾次，鄭歎才結束了營養餐生活。

只是焦家人覺得鄭歎在逐漸邁入「高齡」階段，伙食不應該跟以前一樣，那些味道太重的、對貓身體不好的食物減少了，這讓鄭歎很不習慣，不過這已經是焦家人的讓步了，焦爸甚至還跟葉昊、蔡老闆以及馮柏金那邊都說了，鄭歎就算過去那邊，也別想吃到期盼的大餐。

二毛還開玩笑說鄭歎就是沒餓著，要真餓了，啥都能吃下。這話鄭歎不反駁，可現在這不是沒挨餓嗎？鄭歎賤賤地想。

其實鄭歎很想說自己相當健康，身體壯得能輕易抬起家裡的飯桌，只是一不能言，再者，焦家人這次嚇著了，不再像以前那麼順著鄭歎的意。如果可以的話，焦家人甚至希望鄭歎別出門，好好待在家裡，只可惜這是不可能的。

焦爸那裡有早就準備好的飯，放微波爐裡加熱之後，便是鄭歎的午飯了。

吃完後，在焦爸辦公室睡了個午覺，鄭歎才翻窗戶出來，打算舒展舒展。

好久沒去社區邊沿的那片小樹林，鄭歎決定過去跑跑。

快速在樹林之中跳躍、穿梭，還是和以前一樣快、一樣熟悉，沒生疏。

沒老，鄭歎想：爺還年輕。

跑了一會兒之後，覺得原本有些鬱悶的心情舒暢許多。鄭歎蹲在一棵樹的樹枝上休息，看著樹林裡那些落葉大喬木上已經變黃的葉子隨著陣陣風吹過而打著旋兒掉落。

鄭歎又想起生病沉睡那時候夢到的情景，很奇怪，夢到的情形，醒來之後卻仍舊記得清楚。而且，鄭歎還漸漸想起了那樣的場景到底是哪裡。

那個群魔亂舞一般的地方，是自己曾經很喜歡去的消遣地，有時候心情不好，連課都不上，打電話叫上幾個玩得好的便往那邊去了。

不過，那真是夢嗎？

鄭歎低頭，看了看自己的貓爪子，長長呼了一口氣。

從樹上跳下來，鄭歎本打算回家去算了，沒想到走了兩步，踩到點東西。撥開樹葉一看，是一小截鉛筆，上面還能看到「5B」的標注字樣。大概是美術學院來這裡寫生的學生丟的。鉛筆H值越大則越硬越淡，B值越大則越軟越濃，5B鉛筆適合一些暗色調描繪，也有些學生喜歡用B值大的筆從頭畫到尾來訓練對筆的掌控熟練度。

鄭歎看了腳下的這截鉛筆半分鐘，也顧不上鉛筆上的汙漬，叼著就往離這裡比較近的學校周邊圍牆跑，並在一個沒人的地方，踩在一根樹枝上，在離地面將近一百七、八十公分的地方，抓著鉛筆在牆上寫了一行字——

鄭黑碳到此一遊，2009年12月12日。

寫完之後，鄭歎便將那截鉛筆藏在曾經放手機的樹洞裡，以後還會用到的，不急著扔。

那個樹洞鄭歎雖然好久都沒去過了，但沒有其他動物進駐，還算乾淨，鄭歎撿了個塑膠袋將鉛筆包了包，在樹洞裡放好之後才回家。

卓小貓說聖誕節的時候送禮物，鄭歎猜不到到底是什麼，不過，算算時間，很快就要到了。

小郭那邊關於聖誕、元旦的雙蛋節目，鄭歎也有參與，只是小郭沒有再讓鄭歎跑跑跳跳的劇烈運動了，估計是前不久鄭歎生病的事情嚇到小郭，一時還沒緩過來。正因為如此，鄭歎的聖誕任務並不重，按照計畫擺幾個姿勢，拍拍照、攝個影就ＯＫ了。

小郭也沒留鄭歎加班，一到時間點就讓查理將鄭歎安安全全送回去。不加班就沒有加班費，好在鄭歎這大半年的積蓄也夠給壓歲錢了，現在輕鬆點也好。

二十四號那天晚上，焦家人剛吃完晚飯，也沒有像外面那些學生們那樣過洋節，焦媽還在對新聞裡一些崇洋現象做評價，家裡大門被敲響了。

「黑哥！」

門外的人一邊敲門一邊喊道。剛才還因為新聞裡一些現象而表現出不滿神色的焦媽聽到聲音立刻就笑出來了，趕緊過去開門。

焦家人都挺喜歡卓小貓這孩子，聰明討喜。每次卓小貓過來，焦媽都會拿出很多零食給他。

這次，小卓帶著卓小貓上門來，手裡還拿著個盒子。

「這是小貓送給他黑哥的禮物，慶祝黑碳康復，希望黑碳會一直健健康康。」小卓說著，便將手上的盒子遞過去。

「喲，小貓送的禮物啊。」焦媽將盒子接過來，笑著道。

鄭歎也好奇，湊過來瞧。而卓小貓已經迫不及待要展示自己的禮物了。

盒子打開，裡面擺放著一些零件，雖然沒拼接成型，但也能根據這些東西看出組裝起來應該是一輛自行車，微型的。

「自行車？」焦媽疑惑。

「是呀。」卓小貓笑呵呵的將那些零件拿出來，有些費力的拼接上，使不上力的時候小卓便過來幫忙。

沒兩分鐘，一輛微型的自行車就拼接完工了，長度也就半公尺左右，用的材料結實卻不重，整體很輕，焦媽大致估計了一下，半公斤不到。

「小貓說以前跟黑碳一起開四輪小車，很懷念，臥室牆上還貼著以前的照片呢。現在學騎自行車，他也想著可以跟黑碳一起騎著玩。」小卓在旁邊解釋道。

上小學的很多學生都在騎自行車，並不是靠這個騎去上學，只是在各自的社區裡騎著玩玩，小屁孩們有時候還比拚一下。卓小貓現在已經不會去碰那輛完全是應付小孩子的四輪兒童車了，而是在學自行車，所以在想著為鄭歎準備禮物的時候，他便將主意打到了這上面。

只是，卓小貓畢竟年紀小，沒有考慮到鄭歎的特殊。在卓小貓心裡，鄭歎是啥都會，無所不能的，騎個自行車算啥？

只是，就算鄭歎能夠騎自行車，但考慮到一些影響因素，也不會在光天化日下騎，四輪的車開的時候還能在隱蔽處操控，裝裝樣子，騎自行車就不行了，一騎出去絕對會吸引大批的相機。現在網路發達了，電子產品更新換代也迅速，鄭歎可不想被人放到網路上去討論。

不管怎麼說，這是卓小貓的心意，是他親手做的禮物，雖然這其中少不了小卓的幫忙，但心意送到了，相比起以前那兩張搞笑賀卡，這個要好得多。

「這車還真小巧，能騎？」焦媽問。

「能騎的，而且這是根據黑碳的體型做的，還有兩個輔助輪，就是不知道黑碳能不能騎。」小卓笑道。

在小卓看來，這車是用不上的，但卓小貓想做，她便幫忙了，還拜託一個學弟弄了點結實又輕便的材料。

焦媽也沒指望能用上，不過這自行車跟鄭歎那輛四輪的貓車一樣，放家裡當個裝飾品也好。鄭歎最後也沒當著這些人的面去騎自行車，卓小貓離開的時候挺失望的，還勸鄭歎早點學會騎自行車，之後一起出去遛一遛。可惜，這事估計是不成了。

這輛微型自行車暫時沒拆卸，放在焦遠房間裡，反正焦遠現在每週待家裡的時間短，東西沒地方放就都放他房間了。

鄭歎沒打算將車騎出去，可對於這輛自行車，鄭歎還是很喜歡。他以前看過卓小貓玩一個自行車模型的玩具，是塑膠拼接而成的，是佛爺他們買的玩具模型車，這輛自行車估計是根據那個模型而造，以卓小貓現在的能力還不行，主要出力的還是小卓。

焦遠房間裡沒人，鄭歎蹲在自行車前，趁沒人注意房間這邊的時候，伸手過去抬了抬，嗯，果然很輕。對於其他貓來說算重的了，但對於鄭歎而言，一點問題都沒有。

鄭歎打算等家裡沒人的時候騎著玩玩。

他正想著，主臥室那邊剛接了電話的焦爸喊道：「黑碳，過來，有你的電話！」

一般打電話過來的都是二毛或者衛稜他們，不過他們打電話也不會直接找鄭歎，一般會找焦爸說事，現在直接找鄭歎的，實在想不出還有誰。

鄭歎來到主臥室房間，跳上擱電話的床頭桌。

電話按了免持鍵，鄭歎能聽到那邊一些說笑的聲音，有男有女，似乎都壓低了聲音交談，還帶著笑意，這些聲音鄭歎辨認不出來是誰，大概都是陌生人。

「好了，黑碳過來了。」焦爸站在旁邊說道。

接著，電話那頭噗噗的兩下，像是搧動翅膀的聲音，再然後，鄭歎聽到了那久違的嗓音。

「我沒忘記～你忘記我～連名字你都說錯～證明你一切都是在騙我～看今天你怎麼～說～」

鄭歎：「……」

一聽到這聲音，鄭歎就直接往後退了幾步。

——天殺的，老子不接這傢伙的電話！

第九章

焦遠的大學禮物

十一月初的時候，因為楚華市這邊氣溫驟降，那隻賤鳥成天在家裡無精打采、萎靡不振，但牠飼主帶著牠去南方溫暖地之後，這鳥又開始抖起來了。

電話那邊有一些笑聲，可見那邊的話機旁有好幾個人，大概都是賤鳥牠飼主覃教授在南方那邊的家人。

沒讓將軍在電話裡多炫耀，很快覃教授就將說話權拿過去，跟焦爸聊了起來。

之前覃教授跟焦爸這邊也有聯繫，覃教授將他四樓家裡的鑰匙託給焦爸，家裡有些植物要澆水，雖然有自動澆水機，但總得隔段時間去看看，所以焦爸每週都會去四樓覃教授家裡轉一圈，然後跟那邊發封郵件啥的說說情況。

鄭歎生病的事情，焦爸是在後來跟覃教授聊天時聊起來的。今天這電話不是覃教授撥的，而是將軍自己用嘴巴啄的號碼，美其名曰慰問一下鄭歎這個病患，結果鄭歎一來就聽到這賤鳥唱著剛學到的一首老歌，不知道是覃教授家裡誰教的。

那邊將軍估計還沒唱夠，覃教授一邊打電話還一邊抱怨著將軍在那邊啄電話線撒氣。

除去將軍這個因素，覃教授本來也打算這兩天打個電話給焦爸。

「聽說你入選今年省風雲人物了？恭喜恭喜。」那邊覃教授說道。

鄭歎正打算離開，捕捉到電話筒裡傳來的話音，止住步子，他打算再多聽一聽。

——風雲人物？聽起來好厲害的樣子。

——不過，焦爸什麼時候入選的省風雲人物？

焦爸拿著電話筒，餘光瞥見鄭歎的動作，往那邊看一眼後收回視線，跟覃教授聊了起來。

鄭歎這才知道，所謂的「風雲人物」，其實是省內每年舉辦一屆的活動，評選一些對本省做出突出貢獻、取得傲人業績以及體現時代精神風貌的傑出人物，有學術界的、有金融業的，還包括體育、娛樂界等等圈子的人。

而焦爸則是屬於「十大優秀青年教師」之列。在一些人看來不過是虛名而已，可是能夠撈到這個虛名也不容易，不僅自身實力要強硬，還得跟一些人搞好關係。

聽焦爸和覃教授的聊天內容，感覺這兩人似乎都不怎麼太看重這個稱號。一般言語上不在意的，要麼是嫉妒、酸葡萄心理作祟，要麼就是焦爸和覃教授這種早就獲得過更好榮譽稱號的人。其實，要不是有前面那些榮譽的鋪墊，這種年度評選之類的偏面子工程的榮譽也不會選到焦爸身上。說起來，這兩年焦爸確實很努力，忙得經常不見人影，在生科院裡的影響力也越來越大了，有次鄭歎還聽生科院的學生聊著以後誰能扛起院裡的大旗，候選人物中，焦爸的人氣很高。

生科院的上司也給焦爸面子，不談實力，就說那隻紅老鼠，現在還好生生的在實驗室裡活蹦亂跳呢！相關研究方向的專案組大老闆們投票時，總得考慮一下焦爸對生科院的貢獻不是？

學校打算趁這個機會多做點公關方面的事情，這次露面可不僅僅只是在學術界的圈子裡，這是向廣大民眾公開的，頒獎典禮會在電視臺播放。因為涉及層面廣，有不少大企業家、大公司的老總，也有知名度比較高的體壇或者娛樂圈明星，節目收視率也會比較高，學校怎麼可能會放過這種刷存在感的機會？

覃教授以前有過這種經驗，所以這次打電話來對焦爸傳授點技巧，畢竟到時候可不僅僅只是參加個頒獎典禮，還會接觸到各行各業的名人，包括政界人士，不容出岔子。別以為一個搞學術的就能忽略其他行業的人，否則有你受的。

好的是，這次省內「十大傑出青年企業家」裡面，袁之儀也在名單之列。有袁之儀在，焦爸還有個伴能說說話，到時候被冷落忽視也不會傻站在那裡。

其實這次年度青年教師的評選，另一位教授差點將焦爸擠掉，畢竟名額有限，全省那麼多學校，也不僅僅只是在大學之間評選，還有中小學等。即便一些人看不上這獎項，但競爭還是相當激烈，怎麼說這也是個有證書的榮譽，在檔案裡存檔的。

至於為什麼那位教授被刷下去，鄭歎後來去焦爸辦公室的途中，聽到幾個生科院學生談起來才知道。那位青年教授的後臺比較硬，爸媽一個是知名教授、一個是成功商人，家裡還有在政府活動的人，按理說這樣的人想拿到名額的話，「活動」一下機會很大，可惜那位教授運氣不太好，再加上平日拉仇恨值拉太多，被手下的學生擺了一道。

就在評選投票的那段時間，那位教授有些過於高調，並且就一些事情跟手下的一名研究生起了衝突。第二天，那位研究生將自己的老闆賣了，在網路上影響力比較大的論壇裡公開了那位教授洗錢的事情，以及平日裡偽裝得很好的渣人品。

那位研究生估計是個寫論文的能手，文科類的，文字之間透露著強烈的委屈和憤懣，引人同情。這事別人也能理解，畢竟任誰被卡畢業也不會高興，還一卡就卡兩年。

其實，各個導師是什麼樣子，他們手下的研究生都很清楚，不論是碩士研究生還是博士研究生，總會涉及到一些報帳和金錢流動，對導師們的背景也會有所瞭解。就像當年易辛和學弟學妹們一起的時候也會八卦焦教授一樣，各位導師手下的學生也會八卦自家的導師。別小看學生的能力，一旦活動起來，那是止也止不住。

這次，那位青年教授被自己的學生戳了一刀，戳得還狠，要不是家裡專門找人壓下來，估計會鬧得全國皆知。但是即便事情壓下來了，他的名額也廢了，所以焦爸才有機會頂上，不然比後臺、比人脈、比明面上的成果、比政治影響力，焦爸還真拚不過人家。

正因為有了那位教授被爆洗錢的事情，校方還專門找焦爸去談過話，洗錢與否不重要，重要的是——是否會在關鍵時候出岔子？比如被自己的學生在背後戳一刀什麼的。

總之一句話，洗錢可以，但得做得乾淨些，否則到時候不僅是教師自己丟面子，學校也會跟著丟面子，因此校方不得不重視。

雖說楚華大學一直自詡省大學龍頭的地位，但這些年下來，本城另一所大學也輝煌起來了，閃瞎人眼的成果一個接一個，公關也做得好，傳播正能量多，民眾評價高，報考人數逐年遞增，以至於大家提起這兩所大學的時候，已經漸漸形成了一種楚城德比——校際對抗的趨勢。

對方是相當想找機會再踩楚華大學幾腳的，洗錢這事之所以對方沒拿出來做話頭，還是因為這事大家都心虛。

其實洗錢這種事，很多學校的老師都幹過，甭管是三流的大學，還是頂尖的那幾所。至於洗錢的方式，有很多，比如將國家研究經費轉出境外，納為私有；或者購買設備時報的是五百萬，其實只購買了三百萬，差額的大筆回扣納入私人小金庫；又或者買保險、吃喝玩樂等的消費拿發票報帳……等等一些方法，都可以用來洗錢。

用一些教師們私下裡的說法，申請專案基金為什麼那麼重要？洗錢發財啊！

生科院裡被學生私下八卦時爆過不少黑歷史的「疙瘩劉」，就是用合作研究來洗錢的。例如一個幾千萬的大課題，往上報的時候說是與別人合作研究，可私底下卻跟對方約定好了，讓對方開個高價，把錢匯過去，兩人再來個地下分贓吃回扣。

除了這些之外，部分巨額的研究審批經費則掌握在少數不懂技術的行政主管部門的官員們手裡，用一句飽受爭議的話來說，那就是「外行上司內行」，他們掌握生殺大權，院校爭取來的研究經費還有可能成為向官員以及某些專家行賄的來源。

正因為如此，大學裡有一句流行的俗語叫「跑部錢進」，這個「部」字所代表的，便是教育部、財政部、科技部等某些有關部門了。

好在焦爸一直沒用洗錢來發財，他的大部分金錢來源，並不是專案分成，而是袁之儀的那間公司。當初公司成立的時候，焦爸可是出過力的，手頭有股份。這些年下來，公司規模大了，在南邊也開了分公司，這次袁之儀可以在省年度風雲盛典上露面就能說明原因。

焦爸從覃教授等一些有相關經歷的老師們那邊獲取到不少經驗，焦媽還特意買了一套西裝，到時候讓焦爸穿著去領獎。

至於西裝，不能買太過奢侈的，要不然別人真的追究起來就不好解釋了，反而還容易被人扣上「疑似洗錢」的屎盆子；但也不能太隨意，不然撐不了場面，到時候可是有不少名人出席，雖說不指望能大開王霸之氣力壓全場，卻也不能太過小透明被人瞧不起啊！

難得上一次電視，焦家人都期待著。

◆◇◆◇◆◇◆◇◆

省年度風雲盛典在一月底，那時候一些學生們也快寒假了，考試結束得早的學生們早就買了票回家。焦遠和小柚子都剛剛考完試，有幾天的休息時間，等成績出來了再去學校拿成績單。

一月三十號那天，省年度風雲盛典在下午兩點開始，袁之儀早上過來接了焦爸一起去會場。今天袁之儀那一身打扮，還真有大老闆的氣場，穿著上比焦爸要放得開一些，一身行頭少說也有十幾萬了，過來的座駕也是特意挑選的，低調的奢華風格。

焦爸原本想自己開車過去，被袁之儀鄙視了。就焦爸那輛車，在袁之儀看來實在是太丟面子了，反正大家都同一個目的地，順道捎一程就行。

焦爸去參加盛典，焦家人坐在電視機前。其實，盛典沒有現場直播，晚上的新聞大概會有相關報導，然後明天的報紙和網路上會有相關新聞。明知道看不了現場直播，焦家幾人還會坐電視機前等著。

焦遠還開了電腦刷網頁，可惜，一直到吃晚餐的時間點也沒刷出什麼來。

在會場參加盛典的時候，焦爸的手機調整成靜音，坐在會場裡面也不好接電話。傍晚那邊會提供晚餐，焦爸在六點鐘的時候打了電話，說晚上不回家吃飯了，回家也會晚一點。

電話裡焦媽不好問太多，知道那邊一切順利也就放心了。焦遠、小柚子和鄭歎在焦媽打電話的時候都在旁邊支著耳朵聽，焦遠還想著讓焦爸找那幾位明星要簽名，可是焦媽電話已經掛斷，也就歇了那心思。

晚上七點半後，新聞播出來了。這下子焦家三人一貓都聚精會神盯著平時幾乎不看的新聞，生怕錯過一個細節。

「出來了出來了！」焦遠激動道。

電視裡，新聞說到了今天舉行的省年度風雲盛典，會場很大，看上去很氣派，省裡的幾位官員有幾個專門的鏡頭，鄭歎看到二毛他爹了，跟二毛長得還挺像，只不過看上去挺嚴肅，真要說的話，跟二毛他哥比較像。也是，能當官員的，總得給人一種穩重的樣子，像二毛那種時常耍白目、偶爾還犯蠢的人，還是走自由職業路線的好。

鏡頭其次多的是那幾位重要的財經人物，鄭歎也看到了幾位熟人，比如那位劉總。不過，跟劉總比較熟的是方邵康。鄭歎更熟悉的是劉總他兒子劉耀，當年還跟那小屁孩跑過車，現在小屁孩長大了，沒再玩遙控車，而是玩他爸為他訂製的小型跑車。

其他的人，大致都給了一個短暫的鏡頭，能看到幾位明星人物。焦爸在那個短暫的鏡頭裡面並不顯眼，不過還是被焦家人找出來了，袁之儀也被找了出來。十大優秀青年教師中給鏡頭比較多的是一位在山區教書的三十來歲的女人，這個大家能理解，所以大家對於焦爸那短暫的鏡頭也釋然了。

晚上焦爸回來的時候，袁之儀跟著一起上來說了一會兒話，相比起焦爸的淡定，袁之儀心情很好，倒不是今天頒獎，而是在這場盛典裡的一些見聞。

焦爸知道十來歲的孩子們都喜歡追星，不用焦遠他們說，他今天專門帶了本子去找那幾位明星要了簽名，幾位明星都要到了，一人簽了一張。

焦遠和小柚子一邊看著簽名，一邊聽袁之儀講頒獎典禮和典禮之後吃自助餐時發生的一些事情。一聽說焦爸要簽名的時候，某位明星很冷淡、頗有些不耐煩的樣子，焦遠、小柚子和鄭歎的動作皆一頓。

「哪個明星？」焦遠追問。

「就那個誰嘛……」袁之儀「那個誰」了半天，才終於將那位明星的名字想全。

袁之儀離開之後，在焦爸和焦媽沒注意到的時候，鄭歎看到焦遠將簽著那位態度冷淡明星名字的一頁紙，從本子上撕下來揉成一團扔廁所的垃圾桶裡了。

——嘖，這孩子。

——幹得好！

次日，報紙和網路上一些相關論壇裡果然有很多在說昨天盛典的，報紙上比較政治化的版面裡面，提得多的自然是那幾位被省裡推出來的模範，其他人只是個名字，再多也就那麼一、兩句話。而娛樂版面則有大篇幅的報導，還有很多那幾位明星在會場座位上坐著的大照片，文字裡也是諸多報導，涉及的還多，什麼某明星在會場穿的衣服是哪個牌子、有沒有整形、髮型如何、胸部如何、從明星的各種表現裡推測是否有家庭矛盾、近期緋聞是否真實等等。

報紙上就算了，畢竟是娛樂版面，可網路上呢？不看娛樂版面，只提一些大型論壇、一些比較活躍的公共交流平臺上，占據大篇幅的依舊是明星，從服裝到家庭矛盾以及最近參演電影無不提及，雖說這裡面有一些幕後推手，但也太多了，一些拍到的現場記者採訪照裡面絕大多數都是明星，照片中採訪話麥克風上的臺標有不少都名氣很大。

相比這幾位明星被記者圍追堵截，各種簽名、採訪、合影鏡頭，而其他人似乎都淪為了背景，財經人物的曝光還稍微多一些，像焦爸這種青年教師之類的人物，再感動全國也沒多少人理會。

焦遠翻出了一張照片，那張照片裡占據大部分的是一位畫著精緻妝容的明星，而在她座位旁邊以及斜後方的人都沒有被報導提及，淪為了路人甲乙丙丁，這篇帖子下方有不少人回著「好、頂、讚」之類的話。

焦遠之所以專門保存這張照片，是因為這是翻到現在唯一能找到有焦爸的照片，雖然照片裡焦爸只是個「路人甲」。

這是一個很常見的現象，很多看到的人都覺得理所當然。

焦遠跟論壇裡的人發生了爭吵，他剛才不過是回了一句「明星的光環和關注度已經夠高了，何不分點給別人」就被眾粉絲圍攻，現在正賭氣跟人爭論著，同時還召喚了他的小夥伴——社區的熊雄、蘇安以及蘭天竹等人合力開戰。

鄭歎也覺得不爽了。

鄭歎倒是也想戰，可惜家裡有人，電腦還被焦遠霸著。揍不了人，摸不上鍵盤，爪子癢，總想做點什麼發洩一下。

想了又想，鄭歎出門，來到老瓦房區。

蘭花被找到之後，鄭歎將手機充好電再次藏到了老瓦房這裡。六八給的這個手機上網功能不錯，鄭歎用不了電腦，便拿手機來發。

鄭歎花了三個小時，發了一篇近一千字左右的帖子。他沒有否認那幾位明星的影響力，也沒有拿焦爸的事出來說，他只是點名說了幾家媒體和記者，並且列舉幾位上面推出來的比較典型的值得多曝光多關注的例子，包括那位山區教書的青年女教師。

這一千字打出來花了鄭歎三個小時，不是鄭歎卡殼不曉得說啥，而是用爪子在手機上打字太難，以前打幾個字發個短句沒覺得怎樣，現在打字多了才發現爪子太不方便，一篇帖子打下來，爪子都有些木了。

巧的是，鄭歎發的這篇帖子被一位影響力比較大的學者發現了，還在自己常混的論壇轉發，那論壇裡多的是言辭犀利、敢說話、公眾關注度頗高的人。再然後，鄭歎這篇帖子小火了一把。

這個鄭歎自己都沒料到，他當時發帖的初衷只是因為看到那些照片和報導、看到焦遠在論壇裡跟人開戰之後，想發洩一下心裡的不爽快而已。

而那些記者們看到網路上被炒得很熱的這篇文章時，臉都綠了，尤其是被鄭歎點名的那幾家媒體和幾位記者，氣得在辦公室裡砸桌子——

馬的，這到底是哪個多管閒事的神經病寫的？！

不管那些記者們有多恨寫那篇文章的人，這事確實引起了一段時間的熱議，一些主流媒體也因為公眾的影響而出來做了說明，短時間內，娛樂圈的報導不說會減少太多，至少也會控制在一定範圍，一些電視臺還因為這事又播放了一些充滿正能量、響應政府號召的採訪節目。

私下裡肯定有人會查寫文章的人，可惜的是，鄭歎用的這個手機是六八給的，上網發帖都會有自動的掩護措施，那些人根本查不到，這也減了鄭歎的麻煩。

社會上因為鄭歎一時衝動發帖而引發熱議的這段時間，鄭歎沒怎麼去注意議論方向，焦家人的注意力都放在焦遠的考試上。不是大學聯考，而是京大的報送資格考試，筆試之後，面試時焦爸帶著他去京城，參加面試的同時，也去京大的兩位老師那邊拜訪一下，一位是焦爸早就認識的老教授，另一位是焦爸在出國期間認識的青年教師。

正因為那邊有認識的人，所以得到通知也早，附中那邊的老師還沒打電話過來，焦家已經得到了消息，焦遠成功獲得了保送資格。

除了焦遠之外，蘇安保送至寧大，在寧大那邊有他爸當年的導師，一位很知名的教授，這也是蘇安家裡早就計畫好的。至於蘭天竹，則保送南華大學。

既然獲得了保送資格，焦遠也不打算去學校拉仇恨了，還有很多同學在忙著備考，高三生最後的衝刺時間，焦遠這類獲得了保送資格的在別人眼前閒逛不太好，有擾亂軍心之疑，於是焦爸跟附中的老師說過之後，便讓焦遠跟他手下的研究生一起混實驗室。

小柚子的考試焦家不擔心，按照國三最後這半年的月考成績，以及她曾經獲得的競賽獎項來看，去附中一點兒都沒問題，用不著家長出面。

熊雄和付磊都得經過大學聯考，所以在大學聯考之前的這段時間，焦遠、蘭天竹和蘇安將熊雄和付磊拉著補習，等終於熬到考完，熊雄差點沒激動得直接揮著胳膊出去裸奔。

考試完畢，社區的四個小夥伴以及付磊出去狠狠狂歡了，鄭歎是被他們拉過去的，為啥？因為焦遠他們幾個早就想去凱旋了，而鄭歎是個很好的「通行證」。於是，鄭歎帶著這五個已經擁有了個人身分證的傢伙進了凱旋裡屬於自己的那間包廂。

雖說這五個人並不是都滿了十八歲，但這時候情況特殊，凱旋的負責人看在鄭歎那塊特殊的VIP卡的分上，沒跟這幾個剛大學聯考完處於興奮狀態的年輕人計較。

在五人討論著鄭歎這間獨特的「貓房間」待遇比人還好的時候，鄭歎則想著，這五個傢伙升學的話，自己要不要送點啥。

回想一下，當初這些傢伙還是個揹著書包的小學生，敲門進屋翻冰箱的那時候，易辛也不過是個研一的「保姆」。現在這些小學生們已經邁入成年，即將在人生的轉捩點開始一段新生活，而易辛已經從國外深造回來，在楚華大學生科院當一名老師，跟焦爸共事。

焦爸現在帶的研究生多了，可這些人裡面，不管是鄭歎還是焦家的其他人，還是覺得易辛最親切。作為焦爸的第一個學生，當年又打下手又當保姆的易辛，焦家人對他的感情是最深的。現在在生科院裡，蘇趣和曾靜早已畢業參加工作，焦爸如今帶著的學生裡面，大多數還是習慣跟著柯恆以及戴彤叫易辛為易學長而不是易老師，因為叫學長感覺親切。

鄭歎回憶著，感慨時間過得真快，當年那個踩自行車踩斷鏈條的易辛已為人師，而當年的熊孩子們也長大了。

看著拿啤酒瓶喝酒的五個人，鄭歎琢磨著，還是送點升學禮吧，怎麼說這幾個傢伙也是自己看著長大的。

直到那五個人狂歡嚎吼一夜，睡到第二天中午離開凱旋的時候，鄭歎還想不出送什麼禮物。既然想不到好點子，鄭歎決定簡單點直接送錢算了。

回家後，鄭歎從抽屜裡拿出五個紅包，這些都是他過年時從焦老爺子那邊多撈了藏起來的，以備萬一，現在正好用上。

數了數現在抽屜裡的現金，平均一下，五個人，每個正好五百。

等分數出來，通知書陸續到手，升學宴依次舉辦之後，五個人也要各奔東西了。

付磊報考了楚華市另一所大學，雖然學校比不上楚華大學，但在省內也算是個好學校了，付磊他爸媽已經很滿意，相比起當年那個總愛打架的小混混一般的傢伙，現在付磊的表現已經超過了他爸媽的預期。

熊雄是唯一一個留在楚華大學的，不過他的分數似乎還差那麼點，他媽找了關係，將熊雄硬塞進去的，不指望他以後搞學術出名，只是鍍個金。

五個即將成為大學生的人在收到紅包並得知紅包的給與者時，一個個跟看到蛤蟆會變身似的瞪著眼不敢相信，然後，另外四個人勒住焦遠的脖子。

「說，這些年你從你家貓那裡得到多少個紅包！見面分一半！」

從一開始的難以置信到慢慢接受，再到「拷問」焦遠，幾個人已經形成了默契，知道玩笑歸玩笑，但什麼該說什麼不該說，還是明白的。紅包收下了，他們也答應焦遠不將這事說出去，事後也暗自琢磨著回送點東西。

次日，鄭歎看著一臉無奈的焦遠提著的四盒精裝貓糧，抬腳將貓糧盒子踢出去了。

——那四個小王八蛋自己吃去吧！

最後，那四盒貓糧分給了阿黃和警長。至於大胖，牠一直都只吃牠奶奶做的，不吃貓糧。

八月，焦爸安排好了生科院裡的事情，帶著一家人以及鄭歎前往京城，送焦遠去學校，同時也順便一家人來個旅行。

提前預訂了飯店，到達之後休息了一晚，第二天開始一家人便在京城各個景點拍照合影。鄭歎不能明目張膽去的地方就蹲背包裡，焦家人偷偷帶進去，反正在哪裡拍照都有他，合影裡面四人一貓，一個都不會少。

很巧的是，在爬山的時候，鄭歎碰到帶著女兒出來玩的方邵康。難得方邵康這兩天有時間，出來既然碰上，也邀請了焦家人去家裡吃飯。

「那個是大米嗎？」

焦遠和小柚子都看向坐在方萌萌旁邊的那隻比普通貓要稍微大一圈的貓。

此刻，大米蹲在方萌萌旁邊，對周圍的人和事都是一副懶得理會的樣子，半張著眼睛，看上去有些慵懶，可當你對上那雙貓眼的時候會發現一抹讓人止步的犀利感。當然，大米的冷淡一直都是對外的，對自己人的時候還算和善。

大米記得鄭歎，卻未必記得焦家的其他人，所以在焦遠想摸一摸的時候，大米躲開了。對牠來說，焦遠是陌生人。

見到大米這樣子，焦遠和小柚子也不強求。貓嘛，你強求的話，牠會爪子伺候的。

「當年看到大米和小米的時候，還是這麼點的小毛團子。」焦遠用手比了比。

「是啊，現在大米都這麼大了。」焦媽看了看大米，然後問方邵康：「對了，你們見過大米的叔叔沒？」

「大米的叔叔？」方萌萌好奇。

「呃，就是大米牠爸花生糖的親弟弟。」焦媽說道。

「大米的叔叔長什麼樣？」方萌萌好奇。她只看過她爸拍的花生糖和黑米的照片，其他的都沒見過。

可焦爸焦媽也沒拍過照片，焦遠和小柚子也只見過一、兩次，好在芝麻給人的印象深刻，沒照片說一說也行。

「大米的叔叔是一隻斑點貓。嗯，就類似大麥町那樣的花色，白底黑點，只不過毛稍微長一點，是一個很調皮搗蛋的傢伙。」

說起貓來，焦遠、小柚子和方萌萌就聊開了。

而那邊大人們的談話也在進行中，知道焦遠要在京大上學，方邵康讓焦爸放心，他在京大認識的人多，到時候讓人幫忙照應一下。

雖然已經在京大拜訪過幾個老師和朋友，但畢竟自家孩子獨自在偌大個京城，焦爸焦媽未必完全放心，現在有方邵康這句話，他們心裡也安穩了些。京城水太深，有什麼事，焦爸在楚華市也照應不過來，遠水救不了近火，還是對京城熟的方三爺比較可靠。

鄭歎這是第二次來方邵康家裡，上一次是來京城拍紀錄片，住過幾天，這次鄭歎過來，方萌萌也通知了她的小夥伴。尤其是侯軍毅，見到鄭歎的第一句話就是「我的百寶箱怎麼樣」。

鄭歎想了想，侯軍毅給的那個箱子，他當初翻了翻之後就沒再怎麼打開了，還放在小柚子的床底下。

侯軍毅現在雖然還是有那麼點轉不過彎，但也知道自己當初做的事情確實有點傻，送給貓一個百寶箱？這不是扯淡嘛？不過，侯軍毅不會要回來，一是他真的感謝鄭歎當初的幫忙，二則是送出的東西萬沒有再要回來的道理，再說，這兩年他也有了新的百寶箱，收集了更多的工具，將一些東西更新換代，也用不上老的了。

雖說沒指望鄭歎聽懂，但侯軍毅聊起來的時候還是免不了說一些百寶箱的事情，鄭歎也沒啥事，就蹲旁邊聽侯軍毅分析介紹百寶箱裡面哪些東西大概做什麼用，鄭歎想著等回去了沒事自己開箱子一個個試著玩玩。

吃完飯後，方萌萌帶著大米出門閒晃，也帶著焦遠和小柚子逛一逛這周圍，他們這片住宅區的綠化還是很不錯的。

聽說這周圍住了一些明星，焦遠好奇的問了問，不過方萌萌的熱情並不高，鄭歎想大概是當年那事給方萌萌那三個孩子造成的影響比較大，因此對於明星這個話題也不再熱衷了。雖然有種一竿子打翻一船人的意思，但小孩子本就是這樣，以前的經歷會影響他們以後的思想。

正說著，焦遠突然戳了戳旁邊的小柚子。

「嘿，柚子，是魏卡拉！」

魏卡拉是一個明星，演過很多電視劇和電影，焦遠他們還讀小學的時候就看過不少魏卡拉飾演的電視劇，現在魏卡拉演電視劇少了，基本上都是演電影。

焦遠他們之所以比較喜歡魏卡拉，一個是魏卡拉確實漂亮，身材好，人氣高，負面新聞少；另一個就是，魏卡拉是楚華市出生的人，只不過現在她事業在外，沒怎麼留在楚華市了，但她為家鄉做過不少貢獻，在今年一月份也被邀請回楚華市參加省年度風雲盛典，焦爸要的簽名裡面就有魏卡拉的，焦遠後來還跟同學炫耀過。

相比起那位在會場對焦爸很冷淡不耐煩的那位，魏卡拉當時對焦爸的態度要好多了，不管是表面功夫做得好還是真和善，至少不會落人的面子。

小柚子看過去，她對這位明星的印象也不錯，最喜歡的兩部華語電影裡面就有魏卡拉參演。

鄭歎就看著焦遠和小柚子歡快的跑去找牽著狗散步的魏卡拉要簽名。

方萌萌嘆氣，道：「其實，他們想要簽名，可以直接去楊叔叔的公司。」

——楊叔叔？楊逸那傢伙？

——魏卡拉現在在逸興文化嗎？

想到難得來一趟京城，鄭歎琢磨著要不要去楊逸那邊晃一圈，幫焦遠和小柚子撈點簽名什麼的。自己也算是個功臣啊！當初那部電影不僅給楊逸帶來了不少利潤，也讓楊逸的公司曝光度增加，人氣嘩嘩漲。要點明星的簽名，楊逸不會有意見吧？

在鄭歎思索的時候，焦爸那邊也接到了楊逸的電話。

楊逸今天一直待在家裡休息，沒出門。今天孔翰送一位朋友去飯店，恰好看到了焦家的人以及鄭歎，只是當時招待著朋友，焦家那邊也走得快，孔翰沒來得及打招呼，下午回家之後便打電話給楊逸說了這事，還勸楊逸想辦法將鄭歎留下來。

一聽鄭歎來京城，正打算瞇一會兒覺的楊逸也來精神了，立刻翻手機號碼打給焦爸。

鄭歎知道楊逸主動打電話過來這事後，第一個反應就是：楊逸又在想什麼鬼主意？

約了個時間，焦爸開車帶著家人前往楊逸所說的地點。

這個年紀的孩子因為大環境的影響，總免不了對明星的好奇。別看焦遠、蘇安他們幾個平日裡在長輩們眼前看起來正經，其實心思多著呢，私下裡也會說說明星，尤其是體育明星和影視女明星。至於小柚子，雖然算不上追星一族，但因為經常看電視，也會有喜歡的電視劇，自然會有比較喜歡的明星。知道要去逸興文化總部那邊看明星，這兩人很是高興。

而焦爸和焦媽則想著，如果楊逸再提要求讓自家貓演電視或者電影的話，要怎麼拒絕。

鄭歎原本就決定了不再去摻合那些事情，電影演一部就夠了，自己又不是專門幹這行的，沒必要往那方面拚。

楊逸讓手下的一位助理來接焦家，出示證明，去地下停車場停好車之後，便乘著電梯往上。電梯是專用的，得刷卡輸密碼，平日裡就楊逸等幾位核心的人物才會使用。

在停車場的時候也看到了幾個電視上的熟面孔，焦媽和焦遠還往那邊看了好幾眼。

等焦家人被帶著進電梯之後，那邊停好車的幾個人也走到另一部電梯前，但沒急著進去，而是先聊了聊八卦，他們暫時不趕時間。

「剛那是楊大BOSS的親戚？」

「可能吧，不然也不會讓Sara來接。」另一個說道。

他們口中的Sara就是楊逸派過來的助理。

「剛才那裡還有隻貓呢。黑色的，看見沒？」

「說起貓，該不會是那隻吧？」

「你是說去年那部引發熱議的電影？那貓據說叫什麼來著？」

「Z，聽薛丁他們說過，好像是叫Z，那時候被楊大BOSS和孔翰寶貝得緊，什麼消息都沒露。」一直沒出聲的人說道，談起去年那隻引發網路熱議的貓，他很感興趣，「要不我們待會兒上去看看？」

去年一部電影帶起了薛丁和陶琪，也讓施小天和魏雯更進一步，更是讓楊逸被更多人所知，只是其中有很多疑點，到現在也沒人知道，就算問參演的演員，包括非本公司的羅奈爾得，也沒一個人願意說——確切的講，是不敢說。

一年下來，再大的疑問也沒人提起了，娛樂圈風起雲湧、大浪不斷，已經過去的風浪也沒人再提及了，只是現在既然碰到，幾人心裡難免有那麼點好奇。

「你們在說什麼呢？」高跟鞋的聲音漸近，來人問道。

「魏姐好。」幾人中一個年紀稍輕的人笑著道。

過來的人正是魏卡拉以及她的經紀人。

「卡拉，聽說妳要參演《圖騰》？」一個三十歲左右的男人問道。《圖騰》是一部大製作的電影，能被選進去也算是對明星地位的承認，不過他是個歌手，對演電影沒太大的興趣，相熟的人也多是歌手方面，演員很少，跟魏卡拉沒有太多利益競爭，所以問話時也沒什麼嫉妒的意思。

「還沒確定呢。」魏卡拉不願多說，而是問道：「剛才王哥你們在說什麼？」

那位王哥也沒瞞著，簡單說了一下。

魏卡拉心裡一跳，她想起了昨天在住宅區那裡碰到的人，以及那隻黑色的貓。

幾人進入電梯之後，那位王哥突然道：「卡拉，妳老鄉最近很風光啊。」

電梯內，魏卡拉聽到這話蹙了蹙眉，淡淡的說道：「哦，她天賦不錯。」

「有天賦的人可不少。」王哥也不多說，電梯到了之後便跟兩個朋友離開。

等電梯裡只剩下魏卡拉和她的經紀人，站在旁邊的經紀人看著電梯樓層的數字不斷跳動，緩緩說道：「離妳那位老鄉遠一點，她現在是越來越不知道收斂了，遲早把自己坑掉。」

「嗯。」魏卡拉微微低頭，也不知道在想什麼，只是輕輕應了一聲。

另一邊，被帶到楊逸辦公室的人和貓，正盯著楊逸給的那份雜誌的封面使勁瞧。

平時焦家的人不怎麼看時尚雜誌，家裡那僅有的兩本還是別人看完後順帶拿過去的，現在正放著墊桌腳，至於新的時尚雜誌，焦家沒人關注。

此刻，在國內銷售量頂尖的一份時尚雜誌的封面上，有一個看上去有些冷豔的模特兒，以及一隻黑貓。

焦媽盯著雜誌仔細瞧了瞧，然後不確定的問道：「這真是我們家黑碳？」看起來不像啊！不只是焦媽，焦家其他人也覺得雜誌封面上那隻跟黑豹子似的帶著冷硬氣場的貓，一點都不像自家那隻不正經的頑劣的貓。

「雖然有拍攝技術的因素影響，但是，這確實是牠。」楊逸指了指鄭歎，對焦家人說道。

楊逸這麼急著找鄭歎，不是他想再投資拍一部貓元素的電影，而是受人之託。這份去年的雜誌，現在基本上沒人關注了，只是黎微的經紀人跟楊逸聯繫過，說希望能再次合作，那時候楊逸知道焦家人不想再增添自家貓的曝光率，便跟黎微的經紀人說了說，這事便擱下了。可前不久，黎微來京城參加一場秀，她的經紀人跟楊逸聊起來的時候又提到了這個話題，昨天接到孔翰的電話，楊逸便想著再勸說一下，看焦家人能不能鬆口。

焦爸往鄭歎那邊看了一眼。

鄭歎扭頭，還微微退了一步，這是在告訴焦爸，他不樂意。

心裡有了思量，焦爸便道：「實不相瞞，黑碳牠去年年底生了場大病，在寵物中心住院一週，後來連寵物廣告都減少拍攝時間了。」

這話是事實，鄭歎現在相比起以前，參加小郭那邊拍攝的時間確實少了很多，不過小郭是在觀察鄭歎的身體狀況，如果確定鄭歎依舊壯得很，還是會加重擔子的，這事焦爸則沒說。

寵物中心參加拍攝的老一批貓年紀漸大，現在有幾隻的活動量已經減少，新收入拍攝隊伍的貓還在「調教」期間，沒磨合好。所以最近小郭愁啊，看來看去，也只有鄭歎還蹦躂得歡，生了一場病之後，除了定點去焦爸辦公室報到之外，也沒見多收斂。要不是這次送焦遠來學校，焦家一家人外出旅行，鄭歎還是得被小郭拉過去撐場子。

「生病？！」楊逸還不知道這事，他這一年來確實很忙，跟小郭那邊也沒怎麼通話了，焦家人又不主動說，他自然也不知道鄭歎的事情。

提起鄭歎生病時的事情，焦家四人情緒都不高，焦媽更是不想回憶當時的情形。

一看焦家人臉上的表情，楊逸就知道今天這事是談不下去了，不然得招怨，想著事後還是調查清楚了再說。

接下來，楊逸也不再提讓鄭歎參與演戲或者其他拍攝的事情了，聊了些輕鬆點的話題。

「放心，到時候焦遠要是無聊可以過來玩玩嘛，這邊別的不多，就是明星多。」楊逸開玩笑似的說道。

焦媽可不願意焦遠多接觸明星，雖然她也有喜歡的幾個明星，但讓焦遠接觸女明星？那還是得了吧，她寧願焦遠再也不過來。

楊逸還打算請焦家的人吃頓飯，焦爸婉拒了。

楊逸也沒勉強，隨後他送了一些有明星簽名的專輯和ＤＶＤ給焦家，剛才那本有鄭歎和黎微照片作封面圖的雜誌也遞過去了。這個焦媽很樂意接，相比起明星簽名，她更願意看有自家貓的雜誌。

謝過之後，焦家人便告辭離開，楊逸讓 Sara 帶著人逛逛公司。

楊逸看得出來焦遠和小柚子對公司挺好奇，難得他們來一趟，楊逸也樂意賣個好，一個是因為鄭歎的原因，另一個就是因為方邵康。知道焦家跟方邵康的關係還不錯，楊逸也會考慮更多。

被Sara帶著逛公司的時候，鄭歎碰到了不少熟面孔，他們對焦家人也好奇，不過也知道不能多問。離開時，焦家人又碰到了魏卡拉，因為昨天才找人要過簽名，又是老鄉，在魏卡拉打招呼的時候，焦遠和小柚子跟魏卡拉多說了幾句話。Sara在旁邊只是笑而不語。

等Sara帶著焦家人進電梯，魏卡拉和經紀人來到一個沒人的角落。

「剛才那幾個人是？」經紀人問。

「大概是BOSS的朋友吧。」頓了頓，魏卡拉又道：「年初時我回楚華市參加省風雲盛典，看到過剛才那位焦教授。」

魏卡拉的記憶力很好，頒獎典禮的時候她仔細記下了每一個上臺領獎人的臉以及部分資訊，事後還重複看過內部錄影。裡面這些人，今天能站上這個獎臺，明天也能站得更高，就算生活沒有交集，魏卡拉也不會去跟這些人交惡；當然，也不用太殷勤，碰上了，秉著基本的禮貌對待就好。也正因為這樣，焦教授過去要簽名的時候，魏卡拉的態度相對來說還是很不錯的。

只是魏卡拉沒想到，當時要簽名的人，現在卻跟自己公司的大BOSS認識。

魏卡拉正慶幸著自己如果真是相熟的人，他們要是在BOSS眼前多一句嘴……

薛丁和陶琪他們為什麼能在短短一年時間從默默無名的小透明起來？不只是因為去年那部電影，重要的還是楊大BOSS的一句話。因為楊逸的一句話，這兩人抓住機會，起來了。

想了想，魏卡拉突然一笑。

「怎麼？」經紀人被她這突然的一笑弄得有些摸不著頭腦。

「有人可能要倒楣了。」魏卡拉說道。

「誰？」

「我那位老鄉。」說著，魏卡拉抬腳往樓梯走去。

老鄉？經紀人挑挑眉。一般說魏卡拉的老鄉，除了既是歌手又是演員的常穎，沒別人了。

魏卡拉可是記得，年初在楚華市參加盛典的時候，那位焦教授找不少明星要過簽名，說是給自家孩子。其他的人態度還算好，只是自己那位老鄉卻當場甩了人家臉色，好在人家涵養好、不計較，若是個小心眼記仇的，事後往一些娛樂記者那裡說一聲，配合年初網路上那時候的爭論，估計還會多一場批鬥大會。

而楊毅那邊，等焦家人離開之後，他打了通電話，下午離開公司之前，他桌上就擺了兩份檔案，一份是關於鄭歎的，著重說了鄭歎生病那時候的事情；另一份則是關於焦家的，相對簡單一點，不算太詳細，除了一件事，年初時焦教授參加的省風雲盛典，因為有兩個自家藝人接觸過，所以查到的東西也多一些。

看了手上的檔案之後，楊逸叫過來自己的一位助理。

「常穎最近很風光嘛。」楊逸看似隨意的說道。

那位助理心裡一驚，瞟了楊逸一眼，知道這位老闆是不滿意常穎的某些行為了。

「既然她覺得忙不過來，就讓她放個假。」楊逸說道。

「其實她在這方面挺有才華的。」

楊逸笑了，「才華這玩意兒，圈子裡還缺嗎？也是這兩年把她捧得太高，都摸不準自己的定位了。」捧高踩低還到處得罪人的藝人，有再好的才華，他也不想要。

旁邊的助理眼皮一跳。這意思是要先敲打敲打，如果不知悔改的話，估計會從楊大BOSS的支持名單裡劃掉。助理心裡默默的替常穎點了根蠟燭。

之後的幾天，焦家人都在京城大學周圍，焦遠辦理了一些手續，被焦爸帶著去拜訪幾個京城的朋友。一切打理好之後，焦家四人一貓還在焦遠的宿舍照了相。

焦遠的室友在旁邊笑，說焦遠你爸媽和妹妹過來就算了，竟然還帶貓來。見過帶狗的，但他們第一次見到帶貓的，不免好奇了些。

「牠就是我們家一分子，走哪裡都少不了。」焦遠對室友說道。

鄭歎自己當年上大學的時候沒什麼特別的感想，他也不怎麼住學校宿舍，對當年自己學校的宿舍基本上沒印象，對照了一下楚華大學的一些宿舍，焦遠這邊除了些微的差別之外，其實格局也差不多，尚可。

不管焦媽多捨不得，到時間了還是得離開。這一離開，下次見到焦遠時，估計就是過年了。

每年開學季，鄭歎在楚華大學裡閒晃的時候，都能看到那些送孩子來學校的家長在離開時抹淚的樣子，而這次，輪到焦媽了。兒行千里母擔憂。

焦遠站在京大門口，目送焦爸的車離開。在他旁邊，不少帶著信心和野心的年輕學子們進進出出，在這些人中，焦遠並不顯眼。

等車輛從視野中消失，焦遠在原地又站了一分鐘，回頭看了看校門上的四個大字，深呼吸，握了握拳，轉身走進校門。

別看在校門口跟焦遠分別的時候焦媽一直帶著笑，可進車之後眼睛就紅了，離開時都沒回頭，從京城回楚華市的路上焦媽哭得跟啥似的，小柚子跟著哭，焦爸安慰這兩個半天也沒見效。

繼續看著前方開車，焦爸不知道是在跟焦媽說還是在對自己說：「總要長大的。總要放手。」

放在身邊十幾年的兒子突然分開了，還得半年才能見面，一想這事焦媽的情緒就一直不高。吃飯的時候，少了一個人，焦媽飯量減少。

「這要是三年後柚子也離開，妳怎麼辦啊？」焦爸說道。

焦媽：「……」

筷子一擱，不吃了！這還怎麼能有胃口吃？！一想家裡以後會更空蕩蕩的，焦媽就心酸。

「我不離開。」小柚子說道。

正準備去廁所使勁哭一下的焦媽頓住動作。焦爸和鄭歎也看向小柚子。

一般來說，在大學內部長大的孩子們，大學聯考之後總會更多的傾向於其他學校，或許有想跑遠點看看外面的世界、脫離父母掌控的意思；也可能是身在其中看清了學校的一些弊端，所以才會想往別的學校跑；又或者像蘇安那樣，家裡早就安排好的。以小柚子的成績，之後也可能會和焦遠一樣透過保送，或者透過大學聯考考出去，以後再出個國什麼的，小柚子小時候就在國外生活過，相比其他人更容易適應。

可現在聽小柚子這麼說，這意思是以後就報本地學校，或者直接在楚華大學本校？

「嗯，以後就報這裡。」頓了頓，小柚子加重了語氣說：「不離開。」

「本校也好啊。」焦爸點頭。

「當然是好的，怎麼說也是排名全國前十之列！每天還能回家吃飯睡覺呢！多少人還羨慕不來，也就那些小兔崽子們看不上，心氣高！」聽到小柚子的話，焦媽心情好了點。

不管小柚子的選擇怎樣，那也得三年後。但是，三年時間其實很快的，就像鄭歎感覺不久前熊雄那些小屁孩們敲門翻冰箱拿冰棒，現在都已經長那麼大的個子各奔東西了。

九月開學，小柚子收拾東西前往附中，那邊基本上是要住校的，小柚子跟西教職員社區的謝欣她們早就約好了，家裡人也打了招呼，都在同一間宿舍，這樣也好照應，不會覺得不自在。

看著空蕩蕩的家裡，焦媽一吸鼻子。這不用三年後，三年後也不會像現在這樣啊，至少小柚子考楚華大學的話還能在家吃飯睡覺，現在讀個高中離家那麼遠，一週才能回家。雖然焦媽作為附中的老師，每天都能在學校跟小柚子見面，但人沒住在家裡總覺得不習慣。

感覺最強烈的還是鄭歎，他晚上得獨自睡覺了。焦遠半年才能見到面，小柚子一週才能見一次。二十多坪的屋子，曾經還覺得擠，現在總感覺空了很多。

白天焦爸在生科院，焦媽去附中，鄭歎一個在家，這種空蕩感更強烈了，以前獨自在家也沒覺得啊！

搬出卓小貓送的自行車在家裡騎了一圈，然後開電腦上了一會兒網路，實在無聊，鄭歎翻了翻小柚子不上鎖的那個抽屜。角落裡有一個類似於電話簿那種巴掌大的隨身小本子，只是好久沒見用過了，現在記電話都用手機，也沒怎麼用電話本。

鄭歎拿出電話本，翻了翻，除了早些時候記下的幾個電話號碼，也沒什麼特別的了，整本電話本絕大部分都是空白。

將電話本拿出來，攤開在桌面上，從後往前翻了兩頁，鄭歎又在筆筒裡拿了一枝原子筆，彎爪子，適應了一下，抓著筆一個字一個字的在小本子上寫日記。

這要是放從前，鄭歎絕對沒有這種閒情和耐心。現在嘛，純屬無聊閒得蛋疼，一時興起，便寫著玩。

「2010 年 9 月 2 日，焦遠奔大學去了，小柚子一週都不在家，不爽。」

寫完之後，鄭歎看了看這篇簡短的日記，嘖，字真他媽醜。

將筆重新放進筆筒，鄭歎想著難道以後都抱著筆寫？操作麻煩，字還醜。

重新將本子放回去，鄭歎來到主臥室，再次打開電腦，註冊個微博帳號，名字就叫「鄭歎」。設置頭像那裡，鄭歎在電腦裡翻了翻，他記得有個資料夾裡面有很多自己的照片，焦爸焦媽專門放在裡面的，連拿回來的那本時尚雜誌都掃描了一張清晰的圖檔放裡面保存。

挑了一張自我感覺最帥的，鄭歎將這張設為頭像。處理好之後，鄭歎發了作為貓以來的第一篇微博。當然，發微博的時候，鄭歎並沒有標注焦遠和小柚子的名字，而是簡單打了一句「獨自在家，不爽」。

發了之後，鄭歎便關機，沒再上網。

想起侯軍毅說過的百寶箱，鄭歎回到小柚子房間鑽床底下將箱子拖出來。沒有想像中那樣蒙上厚厚一層灰，還算乾淨，大概是小柚子平時幫著擦過。

回憶了一下密碼，鄭歎打開箱子開始研究這裡面的那些小東西。等時間差不多了就去吃飯，然後閒逛一圈再回來接著研究。

一週後，鄭歎將百寶箱裡面的東西研究得差不多了，早上出門閒逛了一圈，來到校區邊沿的小樹林，翻出藏在樹洞裡的鉛筆，來到曾經寫過字的那片圍牆。

字還在，稍微模糊了點，鄭歎重新描一遍，然後在下方又加了一句：「2010年9月9日。」

寫完之後，鄭歎將鉛筆重新包好放回樹洞裡面，來到生科院，翻窗戶進焦爸的辦公室。

辦公室裡，易辛正在跟焦爸說著最近的一些研究，雖然他當老師了，但有疑問的時候還是會過來跟焦爸討論討論。

看到翻窗戶的鄭歎，易辛忍不住笑了，「喲，黑碳，好久不見。」

鄭歎看了易辛一眼，然後跳上他專用的椅子，讓他們師徒繼續聊，鄭歎決定在這裡補個覺。

他昨晚沒睡好，又做夢了，夢到了一些似曾相識的場景，半夜醒的時候還有些恍惚，然後發呆發到天亮，現在精神不太好。

鄭歎再次醒過來的時候，已經中午了。易辛早就離開，焦威送了飯盒過來。

焦威現在是碩博連讀，如今他家裡條件尚可，小餐館賺了些錢，不用操心生活。焦威爸媽以前沒怎麼上過學，尤其是焦威他爸，總希望焦威像現在的焦教授這樣，以後也當個大學老師，而大學老師尤其是名校的老師要求都是很高的，所以還得往上讀。

國內的研究生，大多數拿到的獎學金並沒有多少，已經畢業的一些同學總會談起買房買車賺了多少錢，這讓尚在讀書深造的人免不了壓力大，尤其是本身家庭條件不太好的人，很可能會被一些言論動搖，再加上很多人讀研究所之後發現研究生生涯並不像想像中的那樣，因此讀到中途放棄的人也不少。

焦威他爸是這麼跟焦威說的：「你放心讀，別的不用你操心，我跟你媽身體還能挺好幾年，等真幹不動了，你也早就出頭了，到時候我們就等著享福。」

社會變得複雜，但老一輩很多人的思想還是堅信著「萬般皆下品，唯有讀書高」這條名言，不管這是否絕對正確，不管士農工商是否改變，因曾經的一些經歷而帶來的根深蒂固的思想卻難以更替。

不過鄭歎瞧著，焦威並不是那種死腦筋的，如果他不願意，他爸再想，他也不會讀。各人有各人的路，自己選擇了，就得認真走下去。鄭歎只是想看著他們能走多遠。

飯盒裡裝的飯菜是焦威他媽做好的，焦威中午吃過飯之後便順便帶過來給焦爸和鄭歎。吃過飯，鄭歎本打算出去溜達一圈，被焦爸叫住。

「黑碳，有件事跟你說說。早上二毛打電話過來了。」焦爸說道。

鄭歎耳朵一支。二毛打電話過來，難道是約吃飯，還是又打算出去玩？

不得不說，這幾年下來，鄭歎還是有些瞭解二毛的。二毛確實要出去玩，而且是跟衛稜約好了國慶連假過後，帶著家裡人去看望師父老人家，自然也得叫上鄭歎。

雖然焦爸焦媽並不願意讓鄭歎出遠門，現在家裡兩個孩子不在，鄭歎一走，就只剩下他們倆了。還有鄭歎去年那病，總讓焦家夫婦覺得心裡不踏實。

不過，這段時間焦爸看鄭歎一直蔫了吧唧的，身體也沒啥毛病，看得出來是心情不好，讓他出去散散心也行。

「如果你願意的話，可以跟著他們去玩玩。」焦爸說道。

鄭歎這段時間正不爽著，聽到能出去玩，也心動。

「還是那句老話，別亂惹事。」

離二毛說的時間還早，焦爸託人做了個貓牌，在國慶假期那時候拿到手。具有定位功能的貓牌，還能檢測佩戴者的健康狀態。

鄭歎對這個沒什麼意見，反正以前也戴過類似的。

因為早就計畫好，衛稜調休安排了假期，連假的時候加班，之後休息。他們外出一般都會選擇避開假期。

衛稜一家三口，二毛一家三口，再帶上鄭歎。黑米現在不怎麼樂意出遠門，也沒放在寵物中心，被二毛託給他媽照料。

焦媽幫鄭歎打包行李的時候，鄭歎將那個百寶箱也拖出來了，手機和錢藏在裡面。因為箱子上鎖，焦媽也沒打開來看，只是好奇的問了幾句，也沒指望能得到答案，打包好行李之後，便讓焦爸提下樓放在二毛的後車箱裡。

「裝什麼啊，真重。」二毛提了提那個大包，隨口說道，沒打開看。

焦媽囑咐了鄭歎幾句，又讓二毛記得打電話，二毛連連保證。

龔沁和二元坐在後座，鄭歎坐在副駕駛座。

按照二毛的計畫，他們會先去裴亮和齊大大他們家那邊，沿路玩一圈，然後跟裴亮一起前往老人家那邊。二元沒去過齊大大的家，衛稜也帶著老婆和孩子趁這機會旅遊，齊大大牠家那邊可是個很好的旅遊景點。

鄭歎計算了一下，這一程估計還得花大半個月或者一個月時間，甚至更久。難怪焦媽在家的時候滿臉的不願意。

那邊二毛和龔沁跟二元說著齊大大的事情，而鄭歎則想的是蘭花，不知道當年的那些蘭花有沒有長更多？有沒有開更多的花？有沒有被人發現？

《回到過去變成貓11護犬尋花玉貓仙。》完

敬請期待《回到過去變成貓12》精采完結篇！

羊角系列034

回到過去變成貓 11

護犬尋花玉貓仙。

出版者■典藏閣
作　者■陳詞懶調　繪　者■PieroRabu　拉頁畫者■TaaRO
授權方■上海玄霆娛樂信息科技有限公司（起點中文網 www.qidian.com）
總編輯■歐綾纖
製作團隊■不思議工作室
郵撥帳號■50017206 采舍國際有限公司（郵撥購買，請另付一成郵資）
台灣出版中心■新北市中和區中山路2段366巷10號10樓
電　話■(02)2248-7896　傳　真■(02)2248-7758
物流中心■新北市中和區中山路2段366巷10號3樓
電　話■(02)8245-8786　傳　真■(02)8245-8718
ISBN■978-986-271-732-5
出版日期■2016年12月

全球華文國際市場總代理／采舍國際
地　址■新北市中和區中山路2段366巷10號3樓
電　話■(02)8245-8786　傳　真■(02)8245-8718

新絲路網路書店
地　址■新北市中和區中山路2段366巷10號10樓
網　址■www.silkbook.com
電　話■(02)8245-9896
傳　真■(02)8245-8819

☞您在什麼地方購買本書？☜

1. 便利商店（ ________市／縣）：□7-11　□全家　□萊爾富　□其他____________

2. 網路書店：□新絲路　□博客來　□金石堂　□其他__________

3. 書店（ ________市／縣）：□金石堂　□蛙蛙書店　□安利美特animate　□其他____

姓名：__________地址：______________________________

聯絡電話：______________　電子郵箱：______________________

您的性別：□男　□女　　您的生日：西元________年________月________日

（請務必填妥基本資料，以利贈品寄送）

您的職業：□上班族　□學生　□服務業　□軍警公教　□資訊業　□娛樂相關產業

□自由業　□其他__________

您的學歷：□高中（含高中以下）　□專科、大學　□研究所以上

☞購買前☜

您從何處得知本書：□逛書店　□網路廣告（網站：__________）　□親友介紹

（可複選）　□出版書訊　□銷售人員推薦　□其他______________

本書吸引您的原因：□書名很好　□封面精美　□書腰文字　□封底文字　□欣賞作家

（可複選）　□喜歡畫家　□價格合理　□題材有趣　□廣告印象深刻

□其他______________

☞購買後☜

您滿意的部份：□書名　□封面　□故事內容　□版面編排　□價格　□贈品

（可複選）　□其他

不滿意的部份：□書名　□封面　□故事內容　□版面編排　□價格　□贈品

（可複選）　□其他

您對本書以及典藏閣的建議______________________________

____

____

✌未來您是否願意收到相關書訊？□是　□否

感謝您寶貴的意見

印刷品

$3.5
請貼
3.5元
郵票
不思議信箱
FUSIGI POST

235 新北市中和區中山路二段366巷10號10樓

華文網出版集團　收

（典藏閣－不思議工作室）

陳詞懶調×PieroRabu

回到過去

BACK TO THE PAST
TO BECOME A CAT NO.11